El insomnio
de Bolívar

Esta obra obtuvo el II Premio Iberoamericano Debate Casa de América (2009) por decisión de un jurado compuesto por Alberto Manguel en calidad de Presidente, Lucía Méndez, Juan Gabriel Vásquez, Inma Turbau en representación de Casa de América y Miguel Aguilar en representación de la Editorial Debate.

El insomnio de Bolívar

Cuatro consideraciones intempestivas
sobre América Latina en el siglo XXI

JORGE VOLPI

DEBATE

El insomnio de Bolívar

Cuatro consideraciones intempestivas
sobre América Latina

Primera edición: septiembre, 2009

D. R. © 2009, Jorge Volpi

D. R. © 2009, de la presente edición en castellano para todo el mundo:
Random House Mondadori, S.A.
Travessera de Gràcia, 47-49. 08021 Barcelona

D. R. © 2009, derechos de edición mundiales en lengua castellana:
Random House Mondadori, S. A. de C. V.
Av. Homero núm. 544, col. Chapultepec Morales,
Delegación Miguel Hidalgo, 11570, México, D. F.

www.rhmx.com.mx

Comentarios sobre la edición y el contenido de este libro a:
literaria@rhmx.com.mx

ISBN 978-607-429-609-9

Impreso en México / *Printed in Mexico*

Para Ro, de México a Madrid,
y de vuelta

Todavía es más difícil presentir la suerte futura del Nuevo Mundo, establecer principios sobre su política, y casi profetizar la naturaleza del gobierno que llegará a adoptar. Toda idea relativa al porvenir de este país me parece aventurada. ¿Se pudo prever cuando el género humano se hallaba en su infancia, rodeado de tanta incertidumbre, ignorancia y error, cuál sería el régimen que abrazaría para su conservación? [...] Yo deseo más que otro alguno ver formar en América la más grande nación del mundo, menos por su extensión y riquezas que por su libertad y gloria.

SIMÓN BOLÍVAR, *Primera carta de Jamaica* (1815)

Índice

Segunda consideración. La democracia en América
(Latina). 87

*Donde se describe la trágica suerte de la democracia en América
Latina, se deplora la corrupción y mediocridad de sus gobernantes, se
detallan las vicisitudes y excentricidades de sus nuevos caudillos democráticos y se señala la perenne injusticia que prevalece en estas tierras*

Tercera consideración. América Latina, holograma. 149

*Donde se da cuenta de cómo la imaginación continúa dibujando el
azaroso perfil de América Latina a principios del siglo XXI, se reconocen sus nuevos artífices y territorios y se hace un balance de sus
espejismos y quimeras*

Donde el autor se atreve a mostrar algunos episodios cómicos o dolorosos de América Latina a principios del siglo XXI y, no sin una buena dosis de optimismo, aventura el futuro de esta agobiada región de la Tierra

A manera de prólogo

CONFESIÓN Y CONFUSIÓN

Donde el autor da cuenta de las inesperadas razones que lo movieron a iniciar esta empresa y cómo descubrió que, siendo mexicano, también era —ay— latinoamericano

Fue en España, para ser más preciso en Salamanca, apabullado por las centenarias piedras de Villamayor, frente a las severas estatuas de fray Luis de León y Unamuno, o al menos ante sus nombres inscritos en camisetas, afiches y llaveros, donde descubrí que yo era latinoamericano. Acababa de cumplir 28 años y hasta entonces había vivido en México, donde jamás fui consciente de esta condición y donde nunca tuve la fortuna o la desgracia de toparme con alguien que se proclamase miembro de esta especie. Gracias a la visión solidaria o convenenciera de los gobernantes de mi país, en los manuales de historia siempre se recalcaba nuestra orgullosa pertenencia a la región —las escuelas oficiales suelen llamarse Primaria Diurna 27 República de Argentina o Secundaria Nocturna 65 República de Colombia—, pero el guiño bolivariano no pasaba de ser una declaración de buena voluntad tan fatua como nuestros llamados en favor de la paz en el mundo. Si bien José Vasconcelos, el ilustre educador y artífice de la cultura revolucionaria, había dibujado el mapa de América Latina en el escudo de la Universidad Nacional —borrando minuciosamente a Estados Unidos y Canadá—, y el ex presidente Luis Echeverría, célebre por su papel en la represión del 68 y su verborrea populista, se había empeñado en convencernos de que éramos la cabeza de león de esa parte esencial del tercer mundo, los esfuerzos por acercarnos a las naciones del sur habían resultado más bien infructuosos. Durante mi adolescencia los lánguidos panfletos de la nueva trova cubana se habían desdorado poco a poco y a partir de los setenta incluso el *Boom*, quintaesencia de la unidad latinoamericana, había abjurado de su fe revolucionaria. Mis amigos ricos o aventureros ya habían tenido la suerte de viajar a Europa —alguno nos torturó con mil diapositivas de sus vacaciones soviéticas—, y en cambio no conocía a nadie que hubiese visitado Buenos Aires, Bogotá o Santiago de Chile, por no hablar de Quito o Managua. Poco después, tras la caída del Muro de Berlín y el derrumbe del socialismo real, la unidad latinoamericana terminó en el desván de las ideas caducas al lado de la lucha de clases, la dictadura del proletariado y la alienación capitalista. En nuestras mentes, América Latina aparecía como la vasta extensión entre el Río Bravo y la Patagonia: y nada más. Imposible llenar ese vacío con imágenes que escapasen al lugar común —de *Los tres caballeros* de Disney a los hinchas del futbol— o sentir otra proximidad hacia sus habitantes que no fuese dictada por el pasado, la religión o la lengua. Para los mexicanos de mi generación, América Latina —término rimbombante, resbaladizo— era un hermoso fantasma, una herencia incómoda, una carga o una deuda imposible de calcular. De no haber escapado de México para aventurarme en las añejas aulas de la Universidad de Salamanca, tal vez jamás habría descubierto lo que significaba ser latinoamericano. O, para empeorar las cosas, sudamericano. Porque, a lo largo de los tres años que permanecí en las riberas del Tormes —igual que luego en Francia o Italia—, me fue imposible convencer a los locales de que, además de latinoamericano, yo también era norteamericano. Cuando intentaba explicar que ese carácter no obedecía a una veleidad política o ideológica, vaya, ni siquiera a una decisión personal sino a la simple fatalidad geográfica —América del Norte termina en el istmo de Tehuantepec; América Central se prolonga hasta Panamá, y América del Sur, Sudamérica o Suramérica, como prefiera usted, comienza justo allí, a unos pasos del adusto Darién, en Colombia—, era inmediatamente acusado de traidor: el típico mexicano que aspira a volverse gringo. En un par de conversaciones menos amistosas, mis interlocutores, unos grandullones violentos y enfáticos, resolvieron la cuestión de golpe: dejando atrás toda sutileza, yo era un *sudaca* idéntico a mis colegas argentinos, hondureños o venezolanos. Quizás aquellos vándalos tenían un toque de razón: aunque la distancia entre México y Asunción o México y Santiago es casi la misma que media entre México y Madrid, la empatía hacia mis colegas chilenos o paraguayos era sin duda mayor de la que experimentaba hacia mis anfitriones españoles. Las razones son arduas de entender, y acaso este libro haya nacido con el secreto deseo de explorarlas. Como fuere, los estudiantes latinoamericanos de la universidad, fuesen costarricenses, uruguayos, peruanos, bolivianos o salvadoreños —los argentinos, lo sabemos, constituyen la entrañable excepción a casi todo—, percibíamos a los españoles, o más bien a los castellanos, y si somos exigentes a los salmantinos, como más directos, más severos, más huraños, más fríos y más tercos que nosotros (cabe aclarar que estos términos guardaban cierto componente positivo). Aunque nuestra ignorancia de las costumbres, gustos y manías de los otros fuese abismal —pocos podían ubicar en un mapa los países de Centroamérica o recordar los colores de las banderas nacionales—, la sensación de pertenecer a un mismo ámbito, radicalmente distinto de España, era unánime. Poco importaban aquí las lecciones de historia o las declaraciones políticas: el contraste con los otros nos hacía compartir, de pronto, cierta identidad común. Sólo frente a ellos —sí, vale, los conquistadores y todo eso— nos asumíamos como latinoamericanos (repito: latinoamericanos, no latinos ni, como querían nuestros presuntuosos anfitriones, hispanoamericanos). ¿Qué significaba ese epíteto? ¿Qué nos definía y qué nos separaba de los demás habitantes del planeta? Me resisto a responder: la crueldad de la conquista y el heroísmo de los libertadores, la sublime sonoridad del español o las tinieblas de la religión católica. ¿Y entonces? Otra anécdota: antes de vivir en Salamanca, jamás había sentido la repentina necesidad de bailar salsa (en México, a diferencia de países menos mojigatos, la burguesía desprecia la música tropical) y ahora, de repente, me veía una vez por semana en El Savor —así, con falta de ortografía incluida—, la catedral de la salsa salmantina, un turbulento antro en las proximidades de la Gran Vía donde cada fin de semana se congregaban los estudiantes latinoamericanos, acompañados de sus correspondientes ligues españoles, como hormigas atraídas por un rastro de azúcar (*¡azúúúcar!*). Colombianos, dominicanos y puertorriqueños dominaban la pista y mareaban tanto a las chicas locales como a las *guiris* —nuestras gringas—, pero incluso nosotros, patosos mexicanos, nos contoneábamos mejor que cualquier español. ¿Acaso ese innato bamboleo de caderas sería la esencia latinoamericana? En El Savor las chicas españolas decían "vosotros bailáis muy bien" y nosotros, educados y falaces —otra característica compartida—, les respondíamos: "pues ustedes no lo hacen nada mal". Y la condición latinoamericana surgía allí, de repente, entre cervezas Mahou, pasitos pa' lante y pasitos p'atrás, cuando venezolanos, ecuatorianos y mexicanos nos asumíamos por un segundo parte de ese *nosotros* y, no menos importante, cuando aquellos españoles celosos y aquellas españolas insinuantes —se me dispense la vulgaridad— nos consideraban parte de un *vosotros* único, guapachoso y danzarín. Pero abandonemos El Savor y trasladémonos a un escenario menos frívolo: las venerables aulas de la Universidad de Salamanca, donde ese *vosotros* adquiría sus propios matices. Como estudiantes de filología hispánica —lo que en México se llama simplemente literatura española— los latinoamericanos éramos asociados, irremediablemente, con García Márquez y el realismo mágico. Poco importaban la tradición prehispánica, los tres siglos de virreinato, el moroso siglo XIX o las infinitas modalidades literarias exploradas en América Latina a lo largo del siglo XX: si uno decía "estudio literatura latinoamericana", el 98 por ciento de los oyentes asumía que uno era experto en mariposas amarillas, doncellas voladoras y niños con cola de cerdo. Y ello no gracias al denodado estudio de los entresijos de Macondo, sino a la convivencia diaria con lo maravilloso presente en nuestras tierras. Surgía entonces la lista de lugares comunes, ideas recibidas y prejuicios ligados con lo latinoamericano: la fascinación por las dictaduras sangrientas y las guerrillas derrotadas, la algarabía futbolística, la venerable corrupción de nuestros políticos, la avaricia de los millonarios y la coquetería de las mujeres, el surrealismo como regla de vida, la crisis y la crisis de la crisis, la afición al sol y al ron con coca-cola, la hospitalidad hacia los extranjeros, la violencia ritual y la pereza elevada a la categoría de virtud. Lo peor era que, como suele ocurrir con los lugares comunes, buena parte de ellos eran ciertos. Es más: nosotros mismos desgranábamos nuestros defectos y manías en voz alta, felices de reconocer alguna suerte de parentesco. Nueva pregunta, ahora de corte darwiniano: ¿por

21

qué necesitábamos escudarnos así? ¿Tan amenazados nos sentíamos por los feroces caseros salmantinos? ¿La identidad era una especie de técnica de defensa personal, una capoeira colectiva? Las últimas semanas de junio, los latinoamericanos nos enfrentábamos a otra de esas añejas costumbres españolas inusuales en nuestros dominios: la emigración estival. En cuanto surgían los primeros rayos del verano —tardío fenómeno en la gélida Salamanca—, nuestros anfitriones se retiraban en masa a la Costa del Sol o a la Costa Dorada o a la Costa Brava o a cualquiera de esas playas-con-cemento que tanto disfrutan, y los latinoamericanos de Salamanca nos quedábamos al fin solos —bueno, en compañía de turbas de japoneses y de *guiris*—, calcinados en medio de las incandescentes piedras de Villamayor. En ausencia de nuestros amados y detestados referentes, las diferencias entre nosotros se volvían insoslayables: los argentinos se volvían más insoportables, los mexicanos más hipócritas, los venezolanos más torvos, los peruanos más melancólicos, los chilenos más incomprensibles, los colombianos más energéticos, los cubanos más… cubanos. Y la hermosa unidad latinoamericana se quebraba de pronto, como si un dios esquivo hubiese decidido fundir con 40 grados a la sombra nuestra idílica babel sudaca. Descubríamos entonces, pasmados, que apenas entendíamos nuestros acentos, que no teníamos la menor idea de lo que ocurría en nuestros países y que la literatura, el arte, el cine o el teatro producidos más allá de nuestras fronteras nos resultaban tan ignotos como la caligrafía china o la artesanía maorí (la música se mantenía como único vínculo común). Cualquier cosa parecida a una comunidad cultural se tornaba un espejismo: ni siquiera los países limítrofes, o acaso éstos menos que los demás, tenían acceso a los libros, las películas o los periódicos de sus vecinos. América Latina se derrumbaba ante nuestros ojos. O al menos esa América Latina viva, real, contemporánea, a la que creíamos pertenecer. Como estudiantes de filología —de literatura, pues— teníamos en mente los ricos intercambios que caracterizaron a la región en el pasado, citábamos a Mariátegui, a Rodó, a Gallegos, a Vasconcelos, a Mistral, a Borges, a Paz, al *Boom* y sus distintas empresas, pero en cambio no podíamos mencionar a más de cuatro o cinco escritores latinoamericanos posteriores, acaso uno o dos cineastas (aún no surgía la moda del cine argentino y del cine mexicano *made in Hollywood*), y párale de contar. Un síntoma más preocupante: todas las grandes editoriales latinoamericanas habían desaparecido en medio de nuestras incontables debacles económicas, habían sido absorbidas por los conglomerados españoles y habían dejado de distribuirse fuera de sus sedes. El intercambio intelectual entre nuestros países se aproximaba penosamente al cero. Interrumpo este diagnóstico con otra disquisición autobiográfica: aunque en teoría yo había ido a Salamanca a estudiar el doctorado junto con mi amigo Nacho Padilla, en realidad pasaba la mayor parte del tiempo concentrado en escribir una novela. El texto, que entonces tenía el amenazante título de *La aritmética del infinito,* buscaba ser un ajuste de cuentas con mi infancia: de niño había querido ser físico pero a la larga había abandonado la ciencia por la odiosa practicidad del derecho. La trama contaba, pues, el desarrollo de la física cuántica en la primera mitad del siglo xx y convertía en personajes de ficción a figuras como Werner Heisenberg o Erwin Schrödinger en el tortuoso escenario de la segunda guerra mundial. ¿A qué viene todo esto? A que en la primera versión de la obra el protagonista era un científico de origen mexicano, Jorge Cantor, cuyo nombre jugaba evidentemente con el del matemático Georg Cantor; hijo de un general revolucionario exiliado en Nueva Inglaterra, el joven estudiaba física en Princeton y, cuando Estados Unidos se sumaba al conflicto, se enrolaba en el ejército y recibía la misión de perseguir a los científicos que asesoraron a Hitler en su proyecto de construir una bomba atómica. A fines de 1998 comprendí que había algo ridículo en que un mexicano, y para colmo físico, se dedicase a cazar nazis en Alemania. Sólo entonces decidí, por una simple cuestión de verosimilitud, cambiar la nacionalidad de mi personaje, que se tornó estadounidense y pasó a llamarse Francis Bacon, como el filósofo isabelino. En abril de 1999 ese libro, ya rebautizado por Guillermo Cabrera Infante como *En busca de Klingsor,* obtuvo el Premio Biblioteca Breve, que en su primera etapa había sido un emblemático punto de unión entre las dos orillas del Atlántico, y la prensa se apresuró a señalar que se trataba del libro de un mexicano que no parecía mexicano, de un latinoamericano que —rara cosa— no escribía sobre América Latina. Aquella decisión pragmática de transformar a un mexicano en gringo se convirtió en un inesperado manifiesto. Si a ello se suma que, en efecto, al lado de mis amigos mexicanos del *Crack* yo llevaba años renegando del realismo mágico que se exigía a los escritores latinoamericanos —y que nada tenía que ver con la grandeza de García Márquez—, el malentendido estaba a punto. En medio de aquel alud de elogios y ataques, igualmente enfáticos, desperté como un autor doblemente exótico. Exótico por ser latinoamericano. Y más exótico aún por no escribir sobre América Latina (¿cuándo se ha cuestionado a un escritor inglés o francés por no escribir sobre Inglaterra o Francia?). De nada servía aclarar que antes de *Klingsor* todas mis novelas se situaban en México o que había escrito dos ensayos sobre historia intelectual mexicana: esta novela me transformó en un apátrida literario, celebrado y denostado por las mismas razones equivocadas. Un crítico mexicano llegó a pedir que se me retirara el pasaporte por no escribir sobre México y un español me acusó de usar un lenguaje desprovisto de localismos para conquistar el mercado mundial (que un oficial nazi dijese "me lleva la chingada" me parecía una simple falta de sutileza). Nada detenía la avalancha: en cada entrevista y presentación pública me veía obligado a aclarar mi nacionalidad y a señalar, en vano, que los escenarios no hacen que una obra sea más o menos latinoamericana. Aquella ruidosa querella tuvo, por fortuna, sus ventajas: me hizo enfrentarme a las permanentes contradicciones del nacionalismo y me animó a reflexionar sobre lo que significaba ser mexicano y latinoamericano. Poco después, en el verano de 1999, una pequeña y enjundiosa editorial española, Lengua de Trapo, convocó un encuentro de escritores latinoamericanos nacidos a partir de 1960 en la Casa de América de Madrid. Esta osada iniciativa permitió que decenas de incipientes autores se trasladasen por dos semanas a la península e instalasen allí una pequeña, azorada y alcohólica Organización de Estados Americanos. La repentina visita de representantes de todos aquellos lugares —había incluso un chicano— no hizo sino confirmar, en las sesiones públicas y en las largas noches de marcha, de pachanga, de rumba, lo que había aprendido en Salamanca: nos sentíamos felizmente latinoamericanos aunque en la práctica desconociésemos todo, vaya, casi todo, de los demás. Gracias a esta experiencia trabé amistad con escritores de aquellas naciones y comencé a discutir con ellos los términos de nuestra estrambótica hermandad. Luego viajé por primera vez a Argentina, Chile, Colombia y Venezuela —antes sólo había visitado Costa Rica— y por primera vez observé de manera directa la realidad política, social y cultural de esos países que antes me parecían tan ajenos. Desde entonces no he dejado de hacerlo, año con año, convencido de que en aquellas tierras se cifra un misterio, un misterio que me involucra y que por alguna razón me obstino en descifrar. Estos ensayos aspiran a ser justo eso: bosquejos, pruebas de laboratorio cuya meta no consiste en trazar un vasto mapa político y literario de la región a principios del siglo XXI —uno de mis argumentos principales es que esta tarea se ha vuelto inútil o imposible—, sino en estudiar algunas de sus muescas, trozos dispersos, huellas o astillas, y extraer de ellos unas cuantas conclusiones, igualmente truncas o fragmentarias, que nos permitan atisbar el fecundo caos que hoy distingue a este agreste y poderoso territorio imaginario que algunos todavía llaman América Latina.

Primera consideración

DESHACER LA AMÉRICA

Donde se narra cómo América Latina despareció de los mapas, cómo sus dictadores y guerrilleros pasaron a mejor vida y se llevaron consigo el horror y la gloria, cómo el realismo mágico fue sepultado en la selva y cómo esta milagrosa y tórrida región se torna cada día más difusa, más aburrida, más normal

1. El insomnio y el sueño

La tos le desgarra los músculos, como si el pecho se le partiese en dos: son las cuatro de la madrugada y el Libertador —así lo llaman— no logra conciliar el sueño. Hace días que no duerme bien, al menos desde que se embarcó en este penoso descenso por el Magdalena. Más cansado que nunca, se deja caer sobre el lecho, se concentra y cierra los párpados con fuerza. No puede dormir. La lucidez lo destroza. O la rabia. O la amargura. En la intimidad de la noche, mientras los demás pasajeros perciben el fúnebre rumor de las olas, la impertinencia de las cigarras o la escandalosa sinfonía de la selva, sus oídos se estremecen con el eco de quienes lo vitorearon o insultaron durante sus años de gloria (si bien no distingue las palabras). Las voces estallan en su cabeza, brutales, hasta aniquilar su letargo. El miserable intenta no pensar, de qué le serviría ya ahora, pero el bullicio en su cabeza lo tortura: nada queda, en efecto, de su obra. Si acaso llegase a esquivar la muerte, sería para abandonar estas tierras, esta vez para siempre, sin haber afianzado su deseo: una América española libre, una América española uni-

29

da, una América española próspera. Y, no menos importante, una América española cuyo timón le habría sido confiado.

Un alma piadosa le tiende un poco de té: el Libertador da unos sorbos, asiente con la faz devastada y, contrariado, acomoda la nuca sobre la almohada. Su sueño —suyo y de nadie más— es una ruina. Quizá siempre lo fue. Imposible gobernar un territorio tan vasto. Imposible domeñar pueblos tan agrestes, tan traicioneros, tan ingratos. Su fe, ahora lo sabe, se decantó en pesadilla. Bolívar se refocila entre las sábanas empapadas de sudor y por un instante imagina el futuro: cien, doscientos años después de su muerte. Atisba un mapa, formas difusas, luego alguien que pronuncia su nombre. Pero la tos lo doblega y lo arranca del delirio. Por fortuna la quinta de San Pedro Alejandrino no queda ya muy lejos, o al menos eso le han dicho para apaciguar sus temores. Tal vez allí, en compañía de sus últimos fieles, al fin podrá dormir.

2. A VUELO DE PÁJARO

Santa Cruz de la Sierra, agosto de 2005

Cuando les confieso a mis amigos mexicanos que me dispongo a pasar unos días en Santa Cruz, sus rostros no reflejan asombro: simplemente no tienen la menor idea de dónde se encuentra ese sitio y carecen de cualquier tópico al cual aferrarse. Con ese nombre evangélico y castizo bien podría ser un pueblo remoto de Guatemala, Venezuela o el propio México. Ninguno imagina que se trata de la ciudad más boyante de Bolivia porque ningún otro mexicano que conozca, salvo un par de curtidos diplomáticos, ha pisado jamás su territorio. Lo reconozco: hace apenas unas sema-

Casinos etc in Bolivia

nas estuve por primera vez en La Paz y Cochabamba, invitado a un congreso por mi amigo Edmundo Paz Soldán —el Dante de las letras bolivianas, decía con cálida sorna Roberto Bolaño—, y hasta entonces tampoco sabía nada de Santa Cruz de la Sierra. Ni, para el caso, de Bolivia. Para mis compatriotas dirigirse allí resultaría tan exótico como viajar a Kazajstán, Botsuana o la Luna. La comparación no es exagerada: La Paz bien podría pertenecer a otro planeta. Enclavada en el fondo de una olla rojiza en el corazón de los Andes, a más de 3 000 metros de altura, rodeada —sería mejor decir sitiada— por las agrestes barriadas de El Alto, con salientes rocosas que lo asaltan a uno en cualquier bocacalle y una organización urbana que no es tanto caótica como extraterrestre, la capital del país no se parece a ninguna otra urbe que conozca. Aquí los conquistadores y después los gobernantes criollos no se instalaron en las colinas, sino que prefirieron establecerse en medio de esta trampa mortal sin prever que con el tiempo los suburbios y chabolas terminarían por acordonarlos. Pocas ciudades tan fáciles de asfixiar como ésta: basta bloquear con unas cuantas piedras las cuatro o cinco vías que conducen a la hondonada donde vive la clase media y alta, como en efecto hicieron las tropas cocaleras de Evo Morales en 2003, para aislar a sus habitantes del mundo exterior. La consecuencia fue la prevista: el impetuoso presidente *Goni* Sánchez de Losada envió a la fuerza pública a romper el sitio con el trágico saldo de varios muertos y decenas de heridos, abriendo las puertas para que este país abrumadoramente indígena contase por primera vez con parlamentarios incas y aimaras y, a la larga, con un presidente de esta etnia, el propio Morales.

Pero ahora no pretendo analizar el nuevo indigenismo latinoamericano, sino dejar constancia de mi viaje a Santa Cruz, esa ciudad remota, tan distinta por no decir opuesta a La Paz, esa ciudad plagada de nuevas construcciones, casinos y antros de juego que no oculta su inesperada riqueza. Los cruceños se distinguen por ser industriosos y avaros —un poco como los regiomontanos de México o los catalanes— y las mujeres, blancas o morenas claras, tienen la obvia fama de ser las más hermosas del país. Aunque pasé diez días en aquellas tierras, bastante más de lo previsto, no recuerdo ningún rasgo distintivo de este lugar enclavado en el corazón mismo de América del Sur. Y quizás esta falta de señas de identidad sea su rasgo distintivo: una ciudad moderna, estable, funcional, no demasiado hermosa ni folclórica, sin apenas centro histórico o edificios coloniales, una ciudad normal, vamos, lo cual es ya una anormalidad en esta parte del mundo. Al llegar me entero, sin embargo, de que en unos cuantos días está programada una huelga general. El objetivo es, como de costumbre, protestar contra las políticas centralistas de La Paz, la distante capital que es percibida como una amenaza indígena frente a la orgullosa tradición criolla de Santa Cruz (y eso que todavía quedan lejos la presidencia de Morales y las reivindicaciones autonomistas de la provincia). Paso unos días apacibles deambulando por las calles y mercados de la ciudad, sin mucho que hacer, en espera del gran día. A diferencia de mi país, donde las huelgas se han extinguido gracias a la dócil corrupción de nuestros líderes sindicales, aquí todo el mundo se toma la cosa muy en serio. Una huelga general es —nadie lo creería en México— una huelga general. En otras palabras: nadie trabaja y, lo más sorprendente, nadie puede salir a la calle en automóvil bajo amenaza de terminar con el parabrisas apedreado. Como adelanto de lo que habrá de pasar en mi ciudad en poco tiempo, toda Santa Cruz se convierte, por un día, en espacio peatonal. Los niños juegan futbol en los bulevares, se instalan puestos de comida en las esquinas, la gente se conforma sin dificultad a esta brusca modificación de sus costumbres. Finaliza el inaudito día de fiesta y los cruceños vuelven a sus casas. Poco a poco la cadena de protestas cívicas, paros y huelgas dejan de ser percibidos como interrupciones o molestias y se convierten en la única vida cotidiana posible en América Latina.

Caracas, abril de 2006

No, no pienso hablar de Chávez. No todavía. Pésele a quien le pese, hay otras figuras en América Latina más allá de los monstruos o fantoches que llenan las primeras planas: jugadores de futbol, narcotraficantes y odiosos —odiosísimos— políticos. Prefiero hablar de estos muchachos. Cien, ciento veinte jóvenes que se reúnen a trabajar todos los días, llenos de entusiasmo. Una de las pocas experiencias que devuelven la confianza en el futuro de la humanidad. Vaya, incluso en el futuro de América Latina. Algunos se concentran, serios y distantes, pero la mayoría sonríe: en vez de pedir limosna, un mulato resopla como un fuelle; en vez de operarse las tetas o soñarse Miss Venezuela, una chica blanca, rubia, bellísima, digita un acorde perfecto; un chico de rasgos indígenas, de no más de 20 años, mira al frente y, a una seña mínima de otro, da un certero golpe de timbales; olvidando su lugar de nacimiento, donde lo normal es matar o hacerse matar antes de los 20, un gigante ejecuta un solo como un ángel. Las historias de estos muchachos bastarían para romperle el corazón a un amante de las telenovelas o entusiasmar al crítico más severo: bailan al unísono, se dejan conducir por el ritmo, atacan las notas con afinación de atletas, gozan al transfigurar los pentagramas. Uno pensaría que esto sólo podría ocurrir en

Alemania o en Austria, esas naciones que, pese a su pasado de barbarie, aún se imaginan como monopolios de la música clásica. No, estamos en Caracas, ciudad tropical, deslavazada, turbulenta, caótica; en el país de Chávez y sus horrísonas arengas radiofónicas (perdón, anuncié que no hablaría de él, y aquí estoy), en una sala digna del primer mundo, con una orquesta sinfónica de primer mundo —es así, sin titubeos—: la Simón Bolívar, dirigida por el carismático, enjundioso Gustavo Dudamel. No importa si se lanzan sobre Beethoven, Mahler o el *Danzón No. 2* del mexicano Arturo Márquez: la fiebre es la misma, el compromiso, el éxito. No todo es salvaje, burdo, corrupto en América Latina. No todo está crispado en Venezuela. Existen, al menos por el tiempo que dura un *adagio* de Schubert, la comunión, la solidaridad, el consenso. Parece haber, incluso, cierto compromiso tácito: los músicos no hablan de política mientras que los políticos —difícil olvidar quiénes son los políticos venezolanos— no se meten con la orquesta. José Antonio Abreu, fundador del sistema, sin duda uno de los proyectos sociales y culturales más valiosos de la región, no se lleva a engaño: su tarea es rescatar de la pobreza o el desencanto a miles de adolescentes gracias a los cientos de orquestas que ha fundado a lo largo de todo el país. Los mejores terminarán, como Dudamel, en la Orquesta Sinfónica Simón Bolívar. Y de allí saltarán, como Dudamel, a Berlín, Los Ángeles o Salzburgo. Grabarán para Deutsche Gramophon. Se convertirán en estrellas del mundo clásico. Los otros quizá nunca abandonen sus pequeñas orquestas regionales, o las abandonen para integrarse a proyectos menos glamorosos pero igual de relevantes: el trabajo en el campo, la educación, qué sé yo, la medicina. No importa: gracias a Abreu, y gracias a Mozart o Revueltas, habrán escapado de la marginación y habrán aprendido los placeres del trabajo en equipo. Unos *música in Venezuela*

y otros demostrarán, día con día, que no todo está perdido. Que, más allá de las insulsas arengas de los políticos, América Latina aún tiene esperanzas.

México, julio de 2006

Camino, azorado, entre los puestos de fritangas, los talleres de macramé y pintura al aire libre, las cocinas económicas, los televisores hábilmente enchufados a los postes de luz, las caricaturas, los eslóganes —algunos graciosos, otros groseros o insultantes— y las eventuales peroratas de los dueños del tinglado: un paseante más entre la multitud de vendedores, activistas y simples curiosos que atestiguan este espectáculo único en los anales de nuestra motorizada capital. Nos flanquean las sombrías estatuas de nuestros próceres, pero no soy capaz de reconocer la identidad de ninguno de esos sujetos barbados, severos, de levita, que miran con más asombro que desaprobación el gigantesco tianguis montado a sus pies. La frondosa ruta fue diseñada por el barbudo mayor, el efímero Maximiliano I, con clara conciencia de los usos del poder: la fastuosa avenida, los Campos Elíseos mexicanos, debía conducirlo desde el Castillo de Chapultepec, su idílica residencia en lo alto del monte, hasta los turbulentos salones de Palacio Nacional, en el Zócalo, ombligo de la nación desde 1325. Si uno tiene la suficiente paciencia, puede realizar la caminata en poco más de una hora, con la posibilidad de admirar las huellas de dos siglos de aventuras patrias y observar, de paso, la intimidad de los mexicanos en su hábitat.

Un corro de niños escucha la triste historia del fraude electoral; unas señoras uniformadas de amarillo —el color oficial de la revuelta— ofrecen quesadillas y tacos de canasta; cuatro profesores de primaria demuestran su compromiso en una sesión de dominó; algunas universitarias reparten volantes; unos cuantos campesinos, acarreados desde la sierra de Puebla, muestran su furia contra el gobierno; una familia compra globos con el dibujo del sol azteca para concienciar a sus hijos; un radical aporrea el micrófono con sus invectivas contra la madre del candidato oficial. La escena, comentan los esnobs que turistean como yo esta tarde de miércoles, tiene un eco de *Abre los ojos,* la fantasmagoría de Alejandro Amenábar: su protagonista se ve de pronto en medio de una Gran Vía de Madrid absolutamente desolada, vacía, muerta. Pero la diferencia es obvia: aquí, en el Paseo de la Reforma —nunca mejor nombrado—, se congregan multitudes, pero el paisaje resulta tan inquietante como en la película española. Hay algo peor que la ausencia de personas: lo que falta, lo que de pronto ha desaparecido aquí, son los automóviles, esas máquinas antediluvianas y, en horas pico, tan inmóviles como estatuas, que se han apoderado del DF. El embotellamiento —los atascos, las presas— ha desplazado al águila y la serpiente como su escudo de armas: omnipresente, feroz, el tránsito acecha a cada uno de sus habitantes, condenándolos a pasar infinitas horas de angustia en sus cajas rodantes, atormentados por el calor o la lluvia, con las excusas por el retraso convertidas en plegarias cotidianas. Y ahora, de repente, no hay pitazos ni mentadas de madre, o más bien han sido desplazados a las calles aledañas, donde la pesadilla imaginada por Cortázar en "La autopista del Sur" —adaptada por el cine mexicano en la alburera *Mecánica nacional* con Héctor Suárez— alcanza una crueldad sin parangón.

Reforma se convierte en paraíso: si bien los inconformes han instalado el megaplantón para exhibir su rabia *urbi et orbi,* la tradicional bonhomía mexicana reconvierte las tiendas de campaña en una suerte de feria, un espacio para traer a la familia y pasar muchas horas de sana diversión cívica. Para los organizadores, el bloqueo sirve para poner en evidencia a los dos Méxicos enfrentados tras las elecciones: a los lados, en las aceras, los luminosos y un tanto impúdicos rascacielos donde se congrega el poder económico y desde cuyos balcones los ricos observan, temerosos, el movimiento de esos hombres a los que no sólo ven, sino tratan como hormigas; en medio de la calle, en contraste, deambulan los otros, los invisibles, los revoltosos, esa parte de la sociedad que las televisoras silencian y su mesiánico líder manipula o enardece —aunque luego dirá que quiso apaciguarlos—: los pobres, ultrajados ante el fraude que le ha arrebatado la presidencia a su candidato.

Unas semanas atrás, Luis Carlos Ugalde, presidente del Instituto Federal Electoral, compareció ante las cámaras para decir lo que todo el país, y sobre todo él mismo, más temían. O para no decirlo. Pese a la legendaria eficacia del sistema de cómputo, bendecido una y otra vez por las autoridades mexicanas, Ugalde se limitó a balbucir, en un tono entre fanfarrón y aterrado, que la contienda entre Felipe Calderón y Andrés Manuel López Obrador era tan cerrada que no estaba listo para ofrecer resultados preliminares. El razonamiento era un tanto pueril: aun si el conteo rápido señalaba una diferencia mínima —menor del 0.5 por ciento, como se comprobaría después—, un funcionario responsable, consciente de la tendencia nacional a percibir conspiraciones en cada esquina, hubiese señalado los límites de la competencia, incluso si uno de los candidatos aventajaba al otro por diez votos, o por tres, o por uno. En vez de ello, Ugalde y los demás consejeros prefirieron callar hasta el día siguiente, despertando las comprensibles dudas del público y dando pie a que López Obrador, nunca amante de las buenas maneras ni de las instituciones —a las que no tardó en mandar al diablo—, contase con elementos para justificar sus descalificaciones y bravatas. Esa misma noche, esa noche blanca, debió ocurrírsele a alguno de sus ingeniosos estrategas que la mejor forma de presionar a las autoridades sería instalando un gigantesco mercado de pulgas en el Paseo de la Reforma. Daba lo mismo que las instituciones electorales tuviesen su sede a decenas de kilómetros, en el extremo sur de la ciudad: lo importante, debió argumentar el lúcido estratega, era el simbolismo, cortar la ciudad de México, y por tanto el país, justo por la mitad, como el mago que serrucha a una mujer por la cintura. No discutiré si López Obrador tenía razón o no en su iracundo cuestionamiento —más adelante dedicaré varias páginas al delicado equilibrio de nuestras democracias—; sólo quisiera dejar esta estampa en la mente de los lectores: la ciudad más grande del mundo paralizada durante semanas, en un caos inimaginable, con millones de ciudadanos afectados, y una sola calle, el mítico Paseo de la Reforma, transformada en esa utopía de solidaridad, armonía, convivencia vecinal y compromiso con que sueña hoy buena parte de la izquierda latinoamericana.

Santiago de Chile, enero de 2007

Todo el mundo, los taxistas y los universitarios, los tenderos y los artistas, los funcionarios y los policías, los profesionistas y los albañiles, hablan de lo mismo. Todo el tiempo. Todo el día. Chile lleva demasiados años creyéndose en camino ascendente hacia el primer mundo —el justo pago luego de tantas décadas de barbarie—, como para despertar convertida en una nación bananera. Pero, lo lamento, en estos días de fría primavera lo parece: las larguísimas colas en sus calles recuerdan las peores épocas de Allende o, peor, las de un hades comunista como Cuba. No han pasado más que unos años desde el referéndum que expulsó a Pinochet del poder, y la capital vuelve a tener esta pinta latinoamericana para horror de las élites —que en cualquier caso tienen automóvil— y la creciente incomodidad de los viajeros, es decir: de los votantes. El añorado y acariciado primer mundo se esfuma entre la bruma que llega de los Andes y la densa contaminación que aplasta a los peatones. He aquí otro de los anhelos compartidos en un momento u otro por todas las naciones de América Latina: la necesidad de ser reconocidas como parte de la civilización occidental, la obligación de sus gobernantes de anunciar el súbito ingreso en el club de lo moderno, la desesperanza de los ciudadanos al comprobar la falsedad de tantas buenas intenciones. Para colmo, la decepción chilena se debe a una causa más bien trivial: el sistema de transporte colectivo Transantiago. Desarrollado en Bogotá y copiado sin freno por otras capitales latinoamericanas, el proyecto es un sucedáneo del metro de construcción más económica: una serie de autobuses engarzados, con rutas y estaciones fijas, que circulan a toda velocidad por los carriles centrales de las grandes avenidas (en México se llama Metrobús).

Desde el advenimiento de la democracia, Chile se ha visto a sí mismo —y se ha vendido hacia afuera— como un modelo de desarrollo democrático y crecimiento económico. El éxito ha sido de tal calibre que los gurús del neoliberalismo han querido justificar con él sus fracasos en casi todos los demás lugares del planeta. Como sea, son los mismos chilenos quienes se muestran más orgullosos de su histórico cambio de rumbo: luego de

39

transport in Chile

décadas de ser vistos como parias les encanta saber que sus vecinos, Argentina en primer término, los contemplan con envidia. Por eso el escándalo del Transantiago resulta tan traumático: la acumulación de errores ha terminado por convertir una simple falta de planeación urbana en un cuestionamiento integral de la nueva democracia chilena (una espina clavada en el corazón de la presidenta Bachelet). Paradójicamente, el fracaso se debe a un exceso de ambición: a la hora de instalar el Transantiago, última medida del popular gobierno de Ricardo Lagos, alguien pensó que valía la pena aprovechar la coyuntura para modificar *todas* las rutas de transporte público. Como cualquier viajero intuye, las líneas de autobuses y microbuses nacen poco a poco, se extienden y entrelazan de acuerdo con la demanda de los pasajeros. Cualquiera que contemple el sistema desde afuera —digamos un político que *jamás* usa el transporte público— pensará que se trata de una maraña caótica y obsoleta. En un país que aspira al orden y la modernidad, semejante garabato no sólo resultaba impráctico, sino aberrante. ¿Qué mejor solución que cambiarlo de tajo? ¡Gran idea! Estructurar desde arriba todas las rutas, volverlas geométricas, elegantes, claras: idénticas al primer mundo que se espera construir. Dicho y hecho. Alguien —los santiaguinos aún discuten quién— toma la decisión y un buen día los viajeros despiertan en una ciudad desconocida, con un trazado nuevo, imposible de seguir o recordar. Todo el mundo se enfada, se extravía, llega tarde a la escuela o al trabajo. Repito: todo el mundo, o al menos el mundo de quienes no poseen automóvil propio. Catástrofe inmediata. Una prueba más —y, para colmo, en Chile— de que los políticos latinoamericanos aún se comportan como europeos destinados a rescatar del salvajismo y la barbarie a sus compatriotas… sin tomarlos en cuenta.

Managua, enero de 2007

Ocurre hasta en las mejores naciones (Italia es un buen ejemplo): un hombre en el que está depositado tanto poder, que lidia a diario con tantas responsabilidades, necesita liberar la tensión, desahogarse y, ¿por qué no?, divertirse un poco como mínima contraprestación ante las infinitas horas de desvelo y entrega a los asuntos de la patria. La proliferación en las telenovelas y revistas del corazón de enredos de alcoba de reyes, empresarios y presidentes demuestra que la mezcla de política y sexo nos fascina. Lo dijo Winston Churchill: el poder es el mayor afrodisiaco. Por desgracia, en América Latina los romances de palacio suelen esconder sucios ejemplos de brutalidad y de machismo, historias más dignas de la nota roja que de la prensa rosa. El escándalo, aquí, no podría ser más turbio: la hijastra del antiguo héroe revolucionario lo acusa públicamente de acoso sexual y, en vez de apoyarla, su madre la desmiente y confirma la honestidad de su marido. Los personajes del drama: Daniel Ortega, ex guerrillero del Frente Sandinista de Liberación Nacional, ex presidente y otra vez candidato a la máxima investidura de la nación; Zoilamérica Narváez (hasta entonces Ortega), su hijastra, y Rosario Murillo, la madre de ésta y segunda esposa del caudillo.

Una mañana de 1998, Zoilamérica comparece ante la prensa y denuncia a Ortega, con lujo de mórbidos detalles, por haber abusado de ella desde los 11 hasta los 31 años de edad. Para convencerla —argumenta la presunta víctima—, el líder usó la peor excusa imaginable: el bien de la Revolución. La respuesta de Murillo y Ortega es fulminante: la joven está loca, se trata de una mentira gigantesca, la pobre ha sido manipulada por la derecha, por la CIA, por el imperialismo yanqui. Los mismos argumentos empleados para descalificar a disidentes y críticos del régimen. Los jueces que reciben la demanda, bien seleccionados entre los adictos al neosandinismo, no tardan ni un día en sobreseerla. Zoilamérica insiste y se dirige a la Comisión Interamericana de Derechos Humanos. Poco después, en otro episodio de culebrón, o más bien de esos sucios *reality shows* que inundan los medios latinoamericanos, Zoilamérica y su madre se reconcilian en un programa radiofónico ante todo el país, aunque ella afirma no haber perdonado a su padrastro. La revelación pone a Ortega contra las cuerdas y lo obliga a negociar con su hasta entonces archienemigo, el ex presidente Arnoldo Alemán —acusado a su vez de corrupción—, estrategia que habrá de facilitar su triunfo en 2006. Durante la campaña, el antiguo líder comunista se transforma en un hombre piadoso y no deja de invocar el nombre de Dios. La denuncia de Zoilamérica queda en el olvido y, el 10 de enero de 2007, Ortega vuelve a jurar el cargo de presidente. ¿Una telenovela? Peor: un serial de violencia doméstica que se repite en América Latina una y otra vez.

Cartagena, marzo de 2007

Los privilegiados atraviesan los controles de seguridad y acceden, llenos de alborozo, a la inmensa sala. Sólo en el Vaticano, y ahora ni siquiera allí, se percibe un aroma a santidad tan intenso, una devoción tan ferviente, una admiración tan cercana al éxtasis. Si uno se levanta de su asiento y mira a derecha e izquierda puede reconocer a buena parte de los personajes que permiten que América Latina siga existiendo —al menos en las revistas *People*— y que han peregrinado hasta la hermosa ciudad amurallada desde los confines más remotos: agentes, editores, periodistas, fotógrafos, conductores de televisión, académicos, funcionarios culturales, políticos, cantantes, modelos, artistas plásticos y, claro, una tropa de bellísimas edecanes listas para conducirlos a sus asientos. Aún faltan largos minutos para que se inicie la ceremonia —nunca mejor dicho—, pero la algarabía contagia a los presentes: se abrazan y se dan palmadas, sonríen, cuchichean, rememoran los mejores pasajes del Autor, enhebran anécdotas suyas o recitan de memoria, cual plegarias, las primeras líneas de su Obra. A todos se les ha aparecido alguna vez —yo lo vi en un restaurante en Nueva York, yo en una pulquería en México, yo en una playa en Cuba—, confirmando su omnipresencia. La expectación recuerda los prolegómenos de una misa solemne o un concierto de Madonna: el público ocupa sigilosamente sus localidades, las luces disminuyen, se hace un repentino silencio, un silencio ritual. El Autor, al cual tirios y troyanos llaman por su apodo como si lo conocieran de toda la vida o lo acompañasen de copas cada fin de semana, como si se llevaran con él de piquete de ombligo, está a punto de hacer su triunfal aparición en el proscenio. Una cohorte de prohombres e hidalgos lo precede: el presidente de la República, el ex presidente que también es escritor, algunos ministros, el alcalde, el director de la Real Academia, el director del Instituto Cervantes y el amigo novelista mexicano, anunciados con la voz empalagosa del maestro de ceremonias y recibidos con sucesivas salvas de aplausos, aunque nada se compara con el júbilo de los fieles ante la súbita llegada del Autor. Humilde, vestido de punta en blanco como exigen los cánones papales, hace una sobria reverencia —qué hombre, se emociona una fanática— y ocupa su silla entre los mortales.

Los políticos le dan la bienvenida, se demoran en penosos discursos, trastabillan o tartamudean; luego el ex presidente repite algunas de las vagas confesiones que el Autor ha hecho sobre sí mismo; y, para terminar, el novelista mexicano se luce con una fulgurante apología de su amigo. Llega entonces el momento cumbre. La *iluminación*. El público ni siquiera necesita oírlo: adora sus párrafos, venera sus adjetivos, el ritmo inimitable de su prosa, su sintaxis arcana, su estilo salvaje y torrencial. Impecable o sólo tímido, el Autor musita algunas historias lejanas, cuenta por enésima vez las penurias que sufrió para publicar su Obra —qué bien lo cuenta— y, sin que se perciba apenas emoción en su tono, concluye y da las gracias. La parquedad de su discurso podría sonar anticlimática, pero no tratándose de él. Su recato es bendecido con un primer aplauso, y otro, y otro, hasta el delirio. Se suceden vítores, lágrimas, aullidos. Y, para cerrar boca, mientras del techo se descuelgan miles de papelitos amarillos, un grupo de niños de la provincia interpreta, porque usted lo pidió, el vallenato más esperado por todos, sí, señoras y señores, con ustedes… *Mariposas amarillas*. Es la apoteosis. La canonización en vida del escritor que logró que América Latina —toda América Latina— cupiese en las páginas de un libro.

Buenos Aires, diciembre de 2007

El hombre sonríe apenas, no de manera forzada pero sí un tanto ambigua, como si quisiera demostrar que ha ganado la partida pero que tampoco las tiene todas consigo. Se muestra orgulloso, un tanto altivo, sólo levemente descolocado. Según todos los indicios, esto es justo lo que quería y ahora lo tiene, aunque tal vez le venga a la mente el adagio que aconseja tener precaución ante los propios deseos. Por unos minutos él sigue siendo quien manda, quien toma las decisiones, quien recibe los aplausos y las mezquinas muestras de admiración. La escena es digna de uno de los estudios psicoanalíticos que tanto complacen a sus compatriotas: el macho alfa que ha demostrado su poder y ha ganado todas las batallas pero que, envejecido, se apresta a entregarlo: para colmo a una hembra y, peor aún, a una hembra que es su propia esposa. Aun en los regímenes democráticos, que preparan a sus políticos para este odioso instante, no ha de ser fácil perder el control de un país de la noche a la mañana. No importa: Néstor Kirchner, todavía con la banda albiceleste en el pecho y el bastón de mando en el puño, representa su papel a la perfección, como si no viese el momento de desembarazarse de su carga. En cambio ella, Cristina Fernández —subrayemos— de Kirchner, sonríe de manera distinta: se muestra radiante, más relajada y emotiva o, como buena política, lo finge a la perfección. Aunque por enésima ocasión será víctima de chistes y burlas sexistas —otra mujer que asciende por haberse acostado con un hombre—, sabe que a partir de ahora sus roles habrán de invertirse. Más allá de los acuerdos previos, de la complicidad política y marital de años, entre los dos se instala una interrogante, una transformación que ninguno de los dos puede prever. Como si fuera el remedo de una ceremonia nupcial —de un matrimonio de Estado—, él prosigue con el rito e intenta despojarse de la banda, tan parecida a un lazo, sin darse cuenta de que rompe el protocolo. En un primer guiño inesperado, ella lo reprende: primero tenés que firmar, che boludo (parece pensar). En este matrimonio inverso, él se convierte así en jubilado —aunque no por mucho tiempo— y ella en nueva jefa de la familia… y de la nación. Las especulaciones sobre los cambios en la vida de esta pareja parecen más propias del *Hola!* que del análisis político, pero se ha comprobado tantas veces que la pasión y los sentimientos de los gobernantes modifican su actuación pública, casi siempre para mal, que no es posible respetar su intimidad.

Los Kirchner se saludan protocolariamente, él la felicita, ella agradece y, tras su discurso de investidura —una pieza oratoria brillante, el primer indicio de que se apresta a tomar las riendas—, abandonan el hemiciclo para dirigirse a su casa —la misma de los últimos años: la Casa Rosada—, cuyas habitaciones, se presume, la presidenta no necesitará remodelar. Es el inicio de una nueva dinastía, como si faltara una prueba de la desigual distribución del poder en nuestros tiempos, y de una azarosa etapa en la convivencia de sus miembros. No lo logró Hillary Clinton ni, para el caso, Marta Sahagún de Fox, pero sí Cristina Fernández —subrayemos otra vez— de Kirchner. Habría que emprender otro estudio de corte freudiano para glosar las obsesiones y manías de cada país, pero no cabe duda de que el caso argentino es único. Único por tener una de las élites políticas más desastrosas y retorcidas de América Latina —y mirá que la competencia es fuerte, che— y único por las tres mujeres que han llegado a dominarlo: Evita, Isabel, Cristina. Aun cuando para llegar al poder las tres hayan tenido que depender de los hombres, bueno, en realidad de dos hombres, el avance de género no es desdeñable si se toma en cuenta que en la mayor parte de los países latinoamericanos, como México, Colombia o Venezuela, ninguna mujer ha estado siquiera cerca de gobernar. Si bien los perfiles de las tres argentinas no podrían resultar más contrastantes —difícil imaginarlas en una partida de *bridge*—, se ven emparentadas por ciertas condiciones comunes: su ascenso paulatino, su papel de confidentes e intrigantes de palacio, su repentina popularidad y sus inevitables descalabros. Desde luego, Néstor Kirchner no es Perón, por más que deba asumirse como su heredero, ni Cristina Fernández posee la frágil turbulencia de Evita o la tozudez autoritaria de Isabel, pero sus predecesoras le sirven como espejos y advertencias. La reluciente presidenta está obligada a demostrar que tiene personalidad propia y que no será la marioneta de su esposo, aunque sin distanciarse demasiado de él. El experimento político no deja de ser, sobre todo, un experimento familiar. Sus alcances en el próximo episodio.

Asunción, abril de 2008

Imposible entender a América Latina sin la religión católica y sus vericuetos: su férrea moral y su hipocresía cotidiana; su vocación por los pobres y los indígenas y su cercanía con los ricos y los poderosos; su solidaridad con las víctimas y su complicidad con los torturadores; la educación que ofrece a sus élites y su rescate de los desheredados; sus lazos con la teología de la liberación y sus vínculos con los siniestros Legionarios de Cristo o el Opus Dei. Desde la época de las conversiones forzosas y la lucha por el alma de los indios hasta el papel de verdugos o de héroes que sus sacerdotes han desempeñado en los distintos conflictos armados de la región, la Iglesia ha perfeccionado esta ambigüedad que le ha permitido adaptarse, sobrevivir y acumular un poder único, sólo comparable en su momento con el de los militares. Ahora, aquí, en esta apartada porción de América Latina, en este arcano territorio reconocido por sus misiones jesuitas y sus autocracias irredentas, la Iglesia católica enfrenta un desafío que imaginaba superado desde el siglo XIX. Luego de que el carismático y dictatorial Juan Pablo II pasara la mitad de su vida empeñado en extirpar cualquier sombra de comunismo entre su grey latinoamericana y en denunciar la menor simpatía con la teología de la liberación —baste recordar el rapapolvo a Ernesto Cardenal—, no se preveía que otro sacerdote, y para colmo obispo, se saltase las trancas vaticanas para involucrarse directamente en política. Y de pronto aparece Fernando Lugo, a quien el papado nunca vio con buenos ojos, y no sólo cuelga los hábitos —eso sí, sin abjurar de su fe—, sino que encabeza la oposición al sempiterno Partido Colorado, realiza una campaña ejemplar y, contra todo pronóstico, gana la elección. Un presidente-obispo como no había desde que en tiempos virreinales se permitía combinar el poder espiritual y el terrenal (y que, como conviene a la tradición, terminará por reconocer a sus hijos ilegítimos). La Iglesia se muestra desconcertada, confusa. Uno de los suyos que, en vez de deleitarse con la política en la sombra —especialidad de la casa—, prefiere los reflectores. Victorioso y humilde, Lugo pide perdón al Vaticano por su desobediencia al tiempo que expresa sus simpatías socialistas. Un ornitorrinco cuyo perfil ideológico aún cuesta trabajo establecer. En cualquier caso, otra prueba del imparable desgaste que sufre la clase política tradicional en América Latina, asociada a una larga y cierta historia de corruptelas, crímenes y mentiras. De forma extrema, Lugo refuerza la idea de que el futuro de los gobernantes latinoamericanos radica en no parecer gobernantes latinoamericanos.

La Habana, junio de 2008

La figura más obvia, más visible, más icónica de América Latina en el último medio siglo se desvanece poco a poco, cada día más borrosa, menos reconocible, menos sólida, resistiéndose con todas sus fuerzas a esfumarse, aferrándose con uñas y dientes al poder y a la vida. Si en la ficción literaria América Latina se identifica de

modo unívoco con el realismo mágico, en política se halla indiso-
lublemente ligada a su contraparte real: el libertador, el caudillo,
el dictador, el déspota. Fidel o Castro —su nombre depende de
afinidades y odios— ha sido una presencia ineludible desde que
entró triunfalmente en La Habana con su ejército de barbudos,
cargando sobre sus hombros verde olivo las esperanzas revolucionarias de todo el orbe, hasta ahora que, enfundado en unos
coloridos *pants* Adidas que le dan cierta facha de viejo cómico
de carpa, continúa flotando en las pantallas para que no vayamos
a pensar que al fin se ha ido. Entre el Fidel de 1959 y el Castro del
2009 median cinco décadas de aventuras y desdichas propias de
una gran novela latinoamericana, de esa novela épica y terrible
que, *hélas,* su amigo García Márquez no va a escribir.

Estamos demasiado acostumbrados a su presencia, a saber que
siempre ha estado allí, como un buen padre o como un padre
atroz, para reparar en el carácter demencial y frenético de su
itinerario: encabezar el primer triunfo revolucionario en América Latina; encarnar, al lado del Che —su némesis—, un mito
inextinguible; asumirse como un héroe intachable y luego, con
el tiempo, intuir su propia decadencia; y, sobre todo, atestiguar
la insólita caída del Muro, el lamentable derrumbe de la Unión
Soviética, el odioso fin del comunismo o del socialismo real o
como quiera llamársele —el fin del sueño—, la inclemente victoria del mercado, y sobrevivir como si nada, acomodado en sus
laureles, dispuesto a conservar su régimen en formol, a defender
la isla como si fuera una isla, un último reducto, un último bastión. ¿De qué? ¿De su orgullo? Impresionante, tremenda, dolorosa
historia. Aun cuando Fidel Castro ya no habrá de marcar el destino de América Latina en el siglo XXI, su barba, sus cigarros, sus
noches de oratoria inagotable, su uniforme verde olivo y sus *pants*

Adidas —el vestuario de su alfa y de su omega— continuarán hechizando la imaginación latinoamericana durante muchos años como símbolos imperecederos de nuestros más altos ideales, y de su traición.

Port-of-Spain, abril de 2009

El gesto no es banal. Acostumbrado a protagonizar escándalos en todas sus citas internacionales, esta vez Hugo Chávez sorprende a sus detractores. En lugar de burlarse del mandatario de una república vecina, intercambiar denuestos con el rey de España o reventar los acuerdos, en la V Cumbre de las Américas se comporta con moderación, casi con mesura. A diferencia de Fidel Castro, su ídolo y maestro, quien fulmina la euforia despertada por Barack Obama entre sus colegas latinoamericanos, el presidente de Venezuela no logra sustraerse a su encanto. Poco antes, congregado con su pandilla del ALBA en Cumaná, amenazó con encararlo, pero cuando al fin lo tiene a su lado, escucha sus tersas palabras y constata el tono de su piel, decide un cambio de estrategia. Obama no es Bush e insultarlo sólo le restaría simpatías: lo único que le importa a un caudillo democrático. En un gesto de caballerosidad —y, admitámoslo, de repentina sutileza—, Chávez prefiere confrontarlo de manera civilizada. No un insulto, sino un libro. Y no cualquiera: *Las venas abiertas de América Latina,* de Eduardo Galeano. Una bomba literaria que muy probablemente Obama no ha leído, pero que —seamos justos— en efecto tendría que leer.

Podrán decirse muchas cosas sobre esta obra de culto de la izquierda latinoamericana, que es maniquea o extremista, que distorsiona o exagera, pero nadie sale indemne de su lectura:

ante este abigarrado relato de las vejaciones —en su mayor parte ciertas— que América Latina ha sufrido a manos de Estados Unidos, uno no puede sino terminar escandalizado. Publicada en 1971 y elevada al inmediato rango de *best seller* en lengua española —setenta ediciones hasta 2007—, no esconde su fe marxista ni su batalla frontal contra el capitalismo y el imperialismo. Si en 1969 el Zavalita de Vargas Llosa se preguntaba en *Conversación en La Catedral:* "¿En qué momento se jodió el Perú?", Galeano se demoró apenas dos años en dar su respuesta para América Latina. Su horizonte teórico, la llamada "teoría de la dependencia", hacía recaer todos los males de la región en los *otros:* los explotadores europeos y luego estadounidenses que no han dejado de enriquecerse a sus expensas. La tesis de Galeano, defendida con pasión y singular destreza narrativa, quizá no baste para explicar nuestro subdesarrollo, pero los hechos que enumera tampoco pueden desdeñarse aduciendo su ceguera ideológica. Como pocos panfletistas de nuestro tiempo, Galeano supo poner el dedo en la llaga y, a treinta y cinco años de distancia —y a veinte de la caída del Muro—, conserva intacta su capacidad de indignar.

Imaginemos la escena: acomodado en su asiento del Air Force One rumbo a Washington, Obama toma el libro que le obsequió Chávez y, más por aburrimiento que por curiosidad, lo hojea al desgaire, lee un par de párrafos y, como les ha ocurrido a miles, queda atrapado por la engañosa pero siempre inquietante narración de Galeano. Alguien tan sensible a las humillaciones sufridas por los afroamericanos podría descubrir en sus páginas más de una coincidencia con su educación radical, y sin duda le ayudaría a comprender mejor a quienes desconfían de Estados Unidos, incluso de esa parte de Estados Unidos que, escapando a los prejuicios, le permitió convertirse en presidente.

Las venas abiertas de América Latina no es un manual de historia sino un vigoroso panfleto, y así debe ser leído y criticado. Su pesimismo resulta indigesto —los empresarios son siempre rapaces, los gobernantes siempre corruptos, los pobres siempre víctimas—, pero en esta época en que el capitalismo sufre su propia crisis de identidad conviene no olvidar las injusticias cometidas en su nombre. Su lectura puede resultar adictiva —mérito para su autor, peligro para sus fanáticos, sobre todo si se trata de líderes populistas como Chávez— y quien pretenda tener un panorama más amplio de América Latina ha de disponer de un antídoto. Desde su aparición, cientos de libros han tratado de descalificar a Galeano, pero ninguno se ha mantenido vigente durante casi cuatro décadas (y menos ha escalado al puesto 6 de *Amazon.com*). Alejado de las réplicas viscerales de tantos escritores latinoamericanos, en especial de esa malograda imitación de derecha, el *Manual del perfecto idiota latinoamericano* de Plinio Apuleyo Mendoza, Carlos Alberto Montaner y Álvaro Vargas Llosa (1997), convendría oponer a Galeano el brillante ensayo del periodista británico Michael Reid, *Forgotten Continent. The Battle for Latin America's Soul* (2007). Responsable de la sección de las Américas de *The Economist*, Reid tampoco oculta su perspectiva ideológica, su preocupación ante el populismo y su defensa de la tradición liberal. El título es explícito: para Reid, América Latina se ha convertido en una de las zonas más olvidadas del planeta, pues si bien los desafíos que enfrenta continúan siendo mayúsculos, no se comparan con el ascenso de China o el infierno de África. Tras revisar las distintas teorías que explican el subdesarrollo de la región —y de discrepar de Galeano con particular vehemencia—, Reid analiza el auge y la caída del consenso de Washington, critica la deriva populista de Chávez y ensalza la transformación de Chile o Brasil (y se permite ser más severo con México). Frente al pesimismo de Galeano, Reid enuncia un optimismo moderado: las democracias latinoamericanas de principios del siglo XXI acarrean un sinfín de lastres, pero la solución a sus problemas no se halla en la vía revolucionaria del pasado sino en acentuar las reformas institucionales del presente: entre estos dos extremos radica la verdadera "lucha por el alma de América Latina".

Imaginemos un final para esta historia: de vuelta en la Casa Blanca, con unas densas ojeras al no haber podido abandonar la lectura de *Las venas abiertas de América Latina,* Barack Obama estampa su firma en una copia de *Forgotten Continent:* "For my friend Hugo Chávez". Si por una vez los dos líderes se atrevieran a conocer los argumentos del otro, y a evaluarlos serenamente, sin amenazas ni insultos, "entre iguales", sería ya un gran avance para la región.

América Latina©

Un problema tedioso e inevitable: la denominación. Si *nomen est omen,* la etiqueta empleada para referirse a esta parte del planeta no puede ser inocente. España, la antigua —y, para numerosos efectos, nueva— metrópolis, insiste en imponer el uso de Hispanoamérica. La voz Iberoamérica fue creada para incluir en el conjunto a España, Portugal y Brasil, pero aún sugiere cierto matiz colonial y se reserva sólo para instituciones y discursos oficiales. Por su parte, la voz Indo-afro-ibero-américa resulta demasiado larga, pese a que, como señaló Hubert Herring en su *A History of Latin America* (1961), sería la denominación más lógica. América Latina es, en cambio, un nombre espurio, creado por los franceses para arrebatarle influencia a España —según Mónica

Quijada y Antonio Saborit, el primero en utilizar el término fue el saintsimoniano Michel Chevalier en 1836—, pero se mantiene como el preferido por la mayor parte de sus habitantes (y prevalece, por tanto, en estas páginas). Aunque un mapa de América Latina debería incluir también a Haití, Quebec, las dependencias francesas del Caribe, Guyana y Saint-Pierre y Miquelón, en estas páginas me concentraré en los países hispanohablantes, con alguna referencia ocasional a Brasil y a los "latinos" de Estados Unidos.

En cualquier caso, más que en la denominación de esta parte del mundo conviene detenerse en el surgimiento de América Latina como construcción política. Como ha señalado Walter D. Mignolo en *The Idea of Latin America* (2005), la región nunca ha dejado de estar sometida a la imagen que los europeos le han impuesto, en una lógica que la convirtió en objeto de un proceso simultáneo de colonialismo y modernización. América Latina no es, evidentemente, una realidad ontológica, sino una invención geopolítica cuyo contenido no puede significar lo mismo para el BID, la OEA u otros organismos internacionales que para los negros e indígenas que la habitan y que nunca participaron en su invención. América Latina ha sido vista al mismo tiempo como una porción indispensable de Occidente —el lugar en donde su imaginación fue puesta en práctica— y como un territorio perdido para Occidente. Este carácter ambiguo ha marcado en buena medida la interpretación —y el uso— que las grandes potencias han hecho de la zona: territorio bárbaro y civilizado, patio trasero y extensión de Estados Unidos, tierra de oportunidades y agreste *Far South*. Como habremos de ver, los propios latinoamericanos se han valido de todas estas ideas en su desesperado anhelo de concebir una esencia latinoamericana distinta al resto del mundo. Tanto en *The Clash of Civilizations* (1996) como en *Who are We?*

(2004), Samuel Huntington se limitó a hacer un uso negativo de esta obsesión para asegurar que América Latina no es una parte de Occidente —y, por tanto, no resulta confiable para Estados Unidos— a diferencia de, digamos, Australia, Nueva Zelanda o incluso Sudáfrica.

No deja de resultar paradójico que el término América Latina se emplee con tanta naturalidad justo cuando la vieja separación entre la América anglosajona y la latina se difumina sin remedio en nuestros días. México, y en menor medida Centroamérica y el Caribe (sin Cuba), conforman una unidad económica junto con Estados Unidos y Canadá que se halla cada vez más lejos de América del Sur y sus mecanismos de integración encabezados por Brasil o Venezuela. Mientras lo "latino" se pone de moda en todo el orbe, América Latina se vacía de contenido. Como señala Mignolo, quizá convenga pensar cuál será nuestro futuro *sin* América Latina.

3. ¿QUEDA ALGO AL SUR DE LA FRONTERA?

¿Y si América Latina ya no existe? ¿Si fuera un espejismo, la obsesión de unos cuantos políticos, una ilusión, la huella de un ideal extinto, una trampa, un hueco, un fantasma o un zombi, una mentira piadosa, un simple sueño? ¿Y si de pronto descubriéramos que, en vez de un rutinario examen de salud, América Latina requeriría una autopsia? ¿Y si América Latina sólo fuese, para decirlo dramáticamente, un cadáver insepulto? Los signos de descomposición se acumulan, alarmantes: todo aquello que alguna vez caracterizó a la región, que la hizo homogénea y reconocible,

55

se esfuma de forma irreparable. Como escabrosos y hábiles miembros de CSI, nos corresponde desmenuzar las posibles causas de su deceso. Cuatro signos, cuatro marcas, cuatro síntomas: el fin de las dictaduras (que no es lo mismo que el triunfo de la democracia) y el correspondiente fin de las guerrillas; el fin del realismo mágico y del exotismo forzoso; el fin de los intercambios culturales entre sus integrantes; y el creciente desinterés del resto del mundo, en especial de Estados Unidos, hacia la región.

El dinosaurio ya no estaba allí

Antes decías América Latina y tu interlocutor se imaginaba una escena como ésta: un viejo curtido y achacoso, con diminutos espejuelos ennegrecidos, vocifera ante su estado mayor de gorilas, orangutanes y chimpancés vestidos como húsares napoleónicos. O ésta: un enano gordo y altanero, orgulloso de las medallas y galones que él mismo se ha impuesto en grotescas ceremonias, dibuja en el mapa de su patria los contornos de sus fincas, sus estancias, sus haciendas. O ésta: un cretino alto y escuálido, con su inexcusable uniforme gris, azul o verde —habría que organizar un desfile de modas para revelar el dudoso gusto de nuestros tiranos—, berrea como un mocoso y, frente a la temerosa docilidad de sus sirvientes, ordena la invasión del país vecino. O ésta: una pandilla de babuinos rabiosos y agresivos, solivantados por el whisky o los mojitos, desflora a un grupo de colegialas en los barrocos salones de palacio mientras sus esbirros torturan a los líderes opositores en el sótano. O esta última: un macaco sibilino y achacoso supervisa las infinitas reproducciones de su rostro —de sus fauces, de sus colmillos, de su hocico— en monedas, sellos postales, carteles, marquesinas, anuncios televisivos, estatuas, monumentos, libros de historia y mausoleos.

Desde las primeras independencias nacionales, a principios del siglo XIX, hasta los años noventa del siglo XX, autócratas, caudillos, padres de la patria, hombres fuertes, jefes máximos, figuras providenciales y entusiastas socios de juntas militares dominaron el panorama de esta sufrida porción del planeta, sucediéndose unos a otros, a veces combatiendo o asesinándose entre sí, prácticamente sin interrupción. Ya no la democracia —sería mucho pedir, incluso en nuestros días—, sino la mera vida institucional ha sido, aquí, una rareza: episodios aislados en una cadena de regímenes militares o personalistas. Desde que el español Ramón del Valle-Inclán prefigurase su comportamiento en *Tirano Banderas*, sus manías y caprichos, obsesiones y defectos no sólo han dominado la vida cotidiana de sus pueblos, sino la imaginación de sus escritores. De *Pedro Páramo* a *El otoño del patriarca,* de *Yo, el Supremo* a *El discurso del método,* de *El gran Burundún Burundá ha muerto* a *La fiesta del Chivo:* si alguien persigue las razones del precario equilibrio político que aún nos distingue, no tendría más que contemplar sus historias. Imposible mostrarse optimista frente a esta turba lamentable.

Para desazón de nuestros novelistas, durante las últimas décadas del siglo XX los regímenes dictatoriales comenzaron a caer uno tras otro como fichas de dominó y, salvo en Cuba, en nuestros días se mantienen sólo como amenazas de un pasado que, dada nuestra propensión a los redentores, no hemos terminado de conjurar. Las figuras demenciales y un tanto infantiloides que controlaron nuestro pasado se han extinguido o, según los más pesimistas, se han retirado a sus cuarteles de invierno en espera de que una nueva crisis o un nuevo descalabro los arranquen de la tumba. Éste es, quizás, uno de los mayores desafíos de la región: su dolorosa persistencia. O, dicho de un modo psicoanalítico o más bien literario: la posibilidad de que sus espectros continúen aterrorizándonos y se apoderen de nuestros nuevos dirigentes democráticos. Veamos.

El júbilo es unánime. Bueno, casi unánime, porque los dinosaurios que han sido expulsados de Los Pinos luego de siete décadas de poder casi absoluto no se lo toman nada bien. Por carismático que sea, Vicente Fox no es del agrado de todos los electores —ya desde entonces, en el 2000, muchos acusan su fatuidad e incontinencia verbal—, pero luego de tantos años de mirar el omnipresente logotipo tricolor, de aceptar los mismos gestos totalitarios, los mismos discursos escleróticos, las mismas fortunas mal habidas, los mexicanos advierten en el discurso del ranchero de Guanajuato una bocanada de aire fresco. Directo, sin tacto, un punto fanfarrón, el candidato del Partido Acción Nacional (PAN, centroderecha más o menos moderada) juega a mostrarse como el reverso exacto de los políticos profesionales del Partido Revolucionario Institucional (PRI, *pragmaticus pragmaticus*). Pocos ciudadanos confían en su triunfo: pese a los indicios proporcionados por las encuestas y al imparable desgaste del oficialismo, México aún se asume como una criatura del PRI y, aquejado del síndrome de Estocolmo, se resigna a tolerar los desmanes de su captor. El fraude electoral elevado a la categoría de arte, la cooptación de sindicatos y organizaciones sociales, el reparto de utilidades entre sus adeptos, la disciplina del miedo y la simple inercia presentan al régimen de la Revolución como una máquina invencible, un pulpo omnipotente cuyos tentáculos se engarzan en todas las conciencias, incluidas las de quienes se presentan como sus críticos. En el pasado, cada esperanza de renovación electoral fue aplastada o desdeñada: ¿por qué las votaciones del 2000 habrían de ser diferentes? Pero el milagro se verifica: la misma noche de las elecciones, el presidente Ernesto Zedillo obliga a su partido a reconocer la derrota —otro portento— y, para que no haya dudas o reacciones indeseables, él mismo se apresura a felicitar a Fox. Así, sin dramatismos ni conmociones, sin batallas ni derramamientos de sangre, el país arriba a la anhelada democracia (es pronto para decirlo, pero la euforia provoca raptos de entusiasmo). ¿Cómo no festejarlo? ¿Cómo no lanzarse a las calles para saborear el momento? ¿Cómo no reír y gozar y brindar? Igual que en Europa del Este —aunque con más de una década de retraso—, uno de los últimos regímenes autoritarios del mundo entrega el poder voluntariamente, sin apenas resistirse.

¿Y luego? Luego, la decepción. El anticlímax. Fox comete un error tras otro, trastabilla sin rumbo, pacta con sus antiguos adversarios, se deja manipular por su ambiciosa mujer, se precipita en una torpe guerra contra el líder de la izquierda, desperdiga diaria y concienzudamente su capital político. A su sombra desaparecen algunas de las peores prácticas de antaño —la censura, el corporativismo, en alguna medida la corrupción—, pero sobreviven otras tantas, despojando al régimen de su aura renovadora. No hay un verdadero cambio, sino el sombrío acoplamiento de los nuevos políticos a la añeja plantilla del poder. Se confirma la previsión de los escépticos: la democracia no garantiza el bienestar ni la felicidad. Y menos si se trata de una democracia imperfecta, en ciernes, un tanto enclenque o anoréxica como la mexicana. Los dinosaurios del PRI no se extinguen porque Fox no actúa como su meteorito. Hábiles y sinuosos, demuestran su proverbial capacidad de adaptación y se convierten en mutantes: reptiles con la apariencia de mamíferos, tiranuelos enfundados en el pellejo de demócratas. Pero cuando el PRI abandona Los Pinos, México extravía su identidad y, para algunos, incluso su encanto. De poseer un régimen único, admirado o vituperado en todo el orbe, estudiado con ahínco por zoólogos y paleontólogos, se transforma en una democracia imberbe, torva y maniatada como tantas. El país gana en pluralidad y transparencia, pero se torna mediocre y aburrido. Apenas sorprende que los desencantados —entre ellos varios opositores— recuerden con nostalgia un pasado autoritario que ahora les parece mejor. Y, mientras tanto, los dinosaurios del PRI afilan sus garras en espera de su triunfal regreso a Palacio Nacional.

Otro ejemplo. Argentina: cuna, al lado de sus vecinos chilenos y paraguayos, del auténtico tirano latinoamericano©. Del gorila uniformado. Del milico antropófago. Del anónimo y casi oligofrénico integrante de una junta militar. A lo largo del turbulento siglo XX pueden contarse al menos seis golpes de Estado en esta nación. En total, los generales insurrectos campean a sus anchas a lo largo de veinticinco años, imponiendo catorce regímenes distintos hasta el advenimiento de la democracia en 1983. Las atrocidades cometidas en su nombre conforman un catálogo del terror: torturas, homicidios, juicios sumarios, guerra sucia, todas las formas posibles de deshumanización y barbarie convertidas en taras burocráticas: sólo durante el llamado Proceso de Reorganización Nacional, miles de personas son asesinadas o desaparecidas.

¿Y luego? En 1983, agobiada por la derrota en la estúpida guerra de las Malvinas, la última pandilla militar entrega el poder a los civiles en unas elecciones ganadas por el doctor Raúl Alfonsín, de la Unión Cívica Radical (UCR, izquierda moderada y autodestructiva). Aunque éste logra remozar las endebles instituciones y ensancha las libertades cívicas, al final no logra enjuiciar a los criminales que le precedieron y no consigue salvar al país, que se despeña en una de las crisis económicas que no dejarán de asfixiarlo recurrentemente desde entonces. Su sucesor, Carlos Menem, prototipo de los presidentes neoliberales fatuos y atrabiliarios, demasiado seguros de sí mismos, que inundarán a América Latina en los noventa, rescata la situación a través de medidas de choque, estabilidad cambiaria e ingentes privatizaciones al tiempo que decreta el perdón de los gorilas sólo para, unos años después, generar una crisis aún peor. La avidez de las clases empresariales, sumada a la ineficiencia o la corrupción de los políticos y a la perversidad del liberalismo salvaje, conduce a un país próspero, rico en recursos naturales, a la más devastadora pobreza. Rebasado por las circunstancias, el torpe presidente radical Fernando de la Rúa se ve obligado a renunciar en 2001. La pesadilla crece: alza de precios propia de la Alemania de Weimar, desempleo, congelamiento de cuentas —el célebre *corralito*—, suspensión de pagos. "¿Para esto sirve la democracia?", se preguntan obvia y dolorosamente los ciudadanos. Frente a la ineficacia, la arrogancia, la corrupción, la venalidad y la simple estupidez de sus gobernantes, los argentinos enarbolan un lema que se replica en cada nación latinoamericana: "¡Que se vayan todos!"

El círculo vicioso se redobla: *a)* fin de una dictadura o de un régimen autoritario; *b)* penosa —penosísima— transición a la democracia; *c)* desencanto; y *d)* parálisis, preservación de la injusticia, resurrección de los mismos políticos de siempre, más desencanto y, en un punto extremo, indiferencia. El caldo de cultivo ideal para el surgimiento del populismo —omnipresente en la América Latina de hoy, sea de izquierda o de derecha— y la resurrección de los caudillos. Porque, decididos a ganarse el aprecio de sus escépticos votantes, nuestros relucientes demócratas tienden a exhumar las prácticas de sus predecesores cada vez con mayor frecuencia. Convencidos de que la política profesional ya no tiene futuro, no dudan en torcer las leyes para conseguir sus objetivos y, en el peor de los casos, mantenerse el mayor tiempo posible en el poder. Enhebran discursos incendiarios, atacan con ferocidad a sus predecesores y, sin importar su filiación conservadora o revolucionaria —las etiquetas ideológicas reblandecidas—, se presentan a sí mismos como providenciales salvadores de la patria.

En distinta medida, Hugo Chávez —el modelo más acabado—, Álvaro Uribe, Andrés Manuel López Obrador, Rafael Correa, Néstor Kirchner, Ollanta Humala, Daniel Ortega o Evo Morales comparten el mismo perfil. Todos proclaman su fe democrática y su apego a la legalidad, pero al mismo tiempo conducen a la democracia hasta sus límites, esquivan los preceptos que les incomodan y, en casos extremos, sabotean a la democracia por medio de procedimientos falsamente democráticos. Ninguno es un dictador o un autócrata a la antigua, pero sus desplantes y excentricidades bien podrían figurar en una novela del *Boom*: es una lástima que, contagiados de la apatía política de nuestro tiempo, los nuevos escritores latinoamericanos no demuestren el menor interés por vigilarlos.

La súbita desaparición del típico dictador latinoamericano© tuvo como consecuencia la jubilación simultánea del típico guerrillero latinoamericano©. Una cosa implicaba la otra: frente a los sucesivos demonios que nos apabullaron, siempre surgieron huestes angélicas dispuestas a plantarles resistencia. En este ejercicio maniqueo, la figura del guerrillero barbudo y toscamente uniformado, provisto con machetes o fusiles, oculto en las profundidades de la montaña o de la selva, ensalzado por ardientes y melosos cantos de protesta, experto en las sutilezas del marxismo, el leninismo, el maoísmo o el castrismo, contrarrestaba la perversa imbecilidad de sus rivales. Vejados, ultrajados, encarcelados, torturados o asesinados, los guerrilleros latinoamericanos© no sólo debieron sostener sus propios ideales, sino la frustración burguesa de sus admiradores en Europa y Estados Unidos. Elevados a la categoría de superhéroes, atormentados y oscuros como Batman o el Hombre Araña, sus historias de coraje y martirio fueron ávidamente consumidas por los lectores de diarios y revistas, aunque —por incómodo que resulte— no inspirasen ninguna narración a la altura de las creadas en torno a sus enemigos. Todavía hoy, el latinoamericano más célebre es el *Che* —ahora con el cutis estragado de Benicio del Toro—: un cristo revolucionario, dogmático y severo, cuyos rasgos decoran camisetas, tazas, gorras, encendedores, cigarros y condones como emblema de la rebeldía frente al capitalismo y el mercado.

La paulatina caída de los regímenes autoritarios tornó obsoletas las luchas revolucionarias y quienes sobrevivieron a ellas tuvieron que despojarse de sus máscaras, colgar sus capas, arrinconar sus superpoderes y reinventarse como ciudadanos de a pie. Tras los procesos de paz iniciados en los ochenta, algunos se incorporaron a la no menos feroz arena electoral (y en varios casos fueron traicionados por ella); otros abjuraron de sus creencias y se instalaron como los más acervos críticos de sus pares; otros, tal vez los más desencantados, optaron por el anonimato civil, y unos cuantos se negaron a rendirse y aún deambulan en las montañas o las selvas dictando manifiestos o imaginando imposibles planes de batalla. Como ocurrió con sus adversarios, sus efigies han dejado de emocionarnos o asustarnos —con la única y terrible excepción colombiana—, arrumbadas en los museos de cera de nuestra historia reciente. Veamos.

Sobrio e implacable, con esa enorme nariz que despertó la lujuria de sus fanáticas, el encapuchado atraviesa las calles del pueblo rumbo a la plaza principal. Su andar firme y decidido sugiere que el tiempo no ha pasado, que es el mismo de siempre. Lo acompañan veinte o treinta milicianos con los rostros cubiertos por esos pañuelos multicolores tan de moda en los noventa. Lástima que la marcialidad, repetida hasta el cansancio, se despeñe en la ridiculez. Pero el subcomandante no presta atención a la escasez de público —apenas un centenar de personas aguarda su arribo—, la ausencia de periodistas —salvo el habitual de *La Jornada*—, la indiferencia del alcalde y del gobernador o al desgano de sus propios seguidores. Tres lustros atrás, en 1994, lo habrían aguardado miles de simpatizantes, habría sido acosado por incontables *flashes* y lentes de televisión, habría puesto a temblar a políticos y generales o, simple y llanamente, no habría podido llegar hasta aquí. Ahora, en cambio, sus apariciones se anuncian tan anodinas como las de un rockero de los sesenta o un jubilado campeón de box: la gente lo mira con más curiosidad que respeto, con más ternura que frenesí, como se mira a un maratonista olímpico de la tercera edad. Este Marcos —insiste en negar que se llama Rafael Sebastián— es una triste parodia del Marcos que incendió al país el mismo día que entró en vigor el Tratado de Libre Comercio, del Marcos que hipnotizó a los intelectuales *engagés,* del Marcos que devolvió al espacio público a los indígenas, del Marcos que llevó a las cañadas chiapanecas a Carlos Monsiváis o a Oliver Stone, del Marcos que encandiló a Octavio Paz y se carteó con Carlos Fuentes, del Marcos que compartió jamón de bellota con Manuel Vázquez Montalbán, del Marcos que se burló de empresarios y periodistas, del Marcos que derrotó al soberbio Carlos Salinas de Gortari, del Marcos que cambió para siempre a México, del Marcos que inspiró los movimientos antiglobalización.

Ni el ejército ni los políticos lograron derrotarlo: la debacle electoral del PRI, en cambio, lo hirió de muerte. Él, que tanto hizo para expulsar a los dinosaurios de Los Pinos, debió resignarse a que un candidato de derecha le arrebatase la iniciativa. Desde entonces, el Ejército Zapatista de Liberación Nacional perdió la brújula: el nuevo régimen democrático no tenía lugar para sus miembros. Sus discursos y bravuconadas dejaron de sacudir al país y, cuando por fin sus tropas desfilaron por el Zócalo —más que un triunfo postrero, el inicio de su decadencia—, su aura milagrosa se desvaneció. Reconozcamos su terquedad: pese a que ya nadie le preste atención, pese a que su pasamontañas y su pipa luzcan anacrónicos, pese a que ya nadie lo persiga, Marcos persevera en sus esporádicas apariciones públicas y no renuncia a las puestas en escena que lo volvieron célebre, aunque ahora exhiban al EZLN como una achacosa *troupe* circense. Su empeño no le hace daño a nadie y sirve para recordarnos, de vez en cuando, que los indígenas mexicanos aún existen. Es una pena, sí, que los años le hayan arrebatado al subcomandante el rasgo que lo hizo único entre guerrilleros y políticos: su ácido sentido del humor.

El final del neozapatismo resulta triste o lamentable, pero al menos puede celebrarse que, desde el alto al fuego de enero de 1994, no haya vuelto a deslizarse en la violencia. En el extremo contrario se halla la espeluznante, bárbara deriva de las Fuerzas Armadas Revolucionarias de Colombia-Ejército del Pueblo, popularmente conocidas como las FARC. Aunque hayan surgido como brazo armado de uno de los tantos partidos comunistas en América Latina perseguidos durante la guerra fría, hayan reivindicado los ideales marxistas-leninistas como sus contrapartes y hayan sido víctimas de los abusos del ejército como ellos, a partir de los ochenta sus dirigentes se inmiscuyeron en el tráfico de drogas, primero en competencia y luego en complicidad con los paramilitares, supuestamente para financiar su actividad revolucionaria, hasta pervertirse por completo. Alguien dijo que el EZLN fue la primera guerrilla posmoderna, pero en sentido estricto ese título corresponde a las FARC: un grupo armado que, tras el derrumbe del socialismo, se limitó a usar su discurso ideológico como pantalla para ocultar sus actividades comerciales. Más que una panda de fanáticos o criminales, las FARC constituyen un conglomerado empresarial provisto con un sólido aparato militar. Enfrentados tanto al ejército como a los paramilitares, los guerrilleros colombianos han tratado de amedrentar a sus rivales con los recursos más crueles jamás usados en América Latina: secuestros, extorsión, asesinatos selectivos, niños combatientes, vehículos explosivos, granadas y bombas, minas de tierra, morteros y armamento pesado. Los ingresos derivados del tráfico de drogas las han convertido en una de las organizaciones más ricas y poderosas del continente pese al acoso sistemático del ejército, bien pertrechado por cuenta de Estados Unidos. Tras las muertes de Manuel Marulanda, *Tirofijo,* su líder histórico, y de Raúl Reyes, su responsable internacional —encargado de posicionar su marca en el mundo—, y la incruenta liberación de Ingrid Betancourt, las FARC parecen más débiles que nunca, pero ello no equivale a imaginarlas vencidas. Insisto, en su posición, una guerrilla del pasado quizá se hubiese visto obligada a negociar con el gobierno, pero la topología de las FARC se parece más a la de Al-Qaeda o a la de una multinacional que a la de un movimiento armado clásico: una suma de grupúsculos, más o menos independientes, con intereses económicos propios, sólo vagamente identificados con la misma ideología. Su

imbricación con el narcotráfico impide concebir un final nego-
ciado a corto plazo: sus pérdidas serían monumentales. Las FARC
no se encuentran en un momento de decadencia, sino en una
mutación que acaso prefigura la de otras organizaciones criminales. En el peor sentido imaginable, se han adelantado al futuro:
esta telaraña dedicada al narcotráfico, acompañada de una sólida
estructura militar, se ha convertido en ejemplo para los criminales de otros países. Los cárteles mexicanos, que jamás tuvieron
ideales revolucionarios, no han dudado en copiar y extender sus
prácticas: *maras* y *zetas* son sus criaturas. Triste, tristísimo fin de
la heroica guerrilla latinoamericana©: reciclarse, desprovista ya de
cualquier ideal, en pistoleros y sicarios al servicio de esa variedad
extrema del capitalismo que controla el comercio internacional
de drogas.

Sin cola de cerdo

América Latina es mágica. García Márquez no es el culpable de
extender esta creencia por el orbe —o de convertirla en la frase
favorita de los operadores turísticos—, pero muchos de sus lectores así lo piensan. Si se interroga a sus fieles en Estados Unidos,
Europa o Asia por las razones de su éxito, muchos de seguro
explicarán que la fantasía del escritor colombiano se funda en la
naturaleza mágica de nuestra región. Una leyenda sostiene que, al
llegar a México —hay versiones con otros países—, André Breton
descubrió el verdadero origen del surrealismo y, según otro chiste
local, de haber nacido en América Latina, Kafka habría sido cos-
tumbrista. La propaganda se mantiene: vivimos en un territorio
extraño, ajeno a la modernidad occidental, donde los milagros se

administran en abundancia y todo puede ocurrir; un lugar donde conviven la violencia y lo sobrenatural, la miseria y los prodigios; un paraíso donde se superponen las tradiciones prehispánicas y la superchería católica y donde la única lógica es la ausencia de lógica. El país de las maravillas elevado a continente. Un parque temático del absurdo. La isla de la fantasía, aunque con frecuencia se trate de una fantasía atroz. García Márquez no tiene, en esta versión, demasiado mérito: su talento no radica en su capacidad para inventar historias, sino en las largas y sinuosas parrafadas que le permitieron trasladar su experiencia cotidiana al papel. El equívoco no sería tan lamentable si no sirviera de pretexto para excusar nuestra miseria, nuestra barbarie, nuestros errores: así es América Latina, extravagante e irracional, qué le vamos a hacer; sus dictadores son salvajes e inhumanos, pero cómo los echamos de menos como personajes de novelas; y cómo nos consuela que, en medio de la pobreza y la injusticia, sus habitantes conserven su voluntad de soñar. Sí, señoras y señores, es muy lindo ser exótico, tostarse al sol y ser vecino de criminales y torturadores, poblar ciudades sangrientas y caóticas, creer en el vudú o en la Virgencita de Guadalupe, pertenecer a naciones tan graciosas e inusuales. Lástima que nada de esto nos complazca: al menos para nosotros, los tristes pobladores de estas tierras, la realidad latinoamericana se muestra tan burda y anodina —o tan apasionante y terrible— como cualquier otra.

Como apuntó el historiador mexicano Edmundo O'Gorman, nuestro continente no fue descubierto por los conquistadores españoles, sino inventado por ellos. O, en el mejor de los casos, reinventado conforme a los dictados de la imaginación medieval: hábitat de monstruos y prodigios, utopía e infierno tropical, espacio fuera del tiempo, refugio de locos y poetas al margen de la civilización. Y todavía hoy, cuando se dibujan las fronteras de Occidente —Estados Unidos y Canadá, la Unión Europea y anexos y, olvidando cualquier precisión geográfica, Australia y Nueva Zelanda—, se excluye sin temor a América Latina, haciendo caso omiso de nuestras reivindicaciones de ser, en palabras de Octavio Paz, una porción esencial, aunque excéntrica, de ese reino (o al menos el "Extremo Occidente" al que se refería el diplomático francés Alain Rouquié). Si nadie nos acepta en ese exclusivo club, no se debe a nuestros problemas de desarrollo o a nuestro pasado indígena, sino a la perenne voluntad europea de mantenernos como receptáculos de sus frustraciones y deseos. De sus fantasías.

No es éste el lugar para discernir las minucias académicas que separan al realismo mágico© de lo real maravilloso y otras nomenclaturas semejantes: basta subrayar cómo una categoría artística se convirtió de pronto en una etiqueta sociopolítica. La definición canónica establece que, a diferencia de la literatura fantástica tradicional, donde no escasean la magia o los milagros, la característica esencial de su vertiente latinoamericana es la indiferencia ante lo extraordinario. Una muchacha vuela por los aires, y nosotros alzamos los hombros; un cadáver pregunta por su padre, y bostezamos; el tiempo corre en sentido inverso, y hacemos un mohín de fastidio; los niños nacen con cola de cerdo y, ay, preferimos una telenovela. Como la sinrazón nos gobierna, lo que en cualquier otra parte —más civilizada, habría que añadir— sería considerado antinatural y desataría curiosidad, pasmo o morbo, aquí apenas nos distrae. Cuando los críticos de Cambridge, Harvard o París se llenan la boca con el término realismo mágico©, nosotros imaginamos una variante del realismo socialista.

¿En qué papel nos deja esta tesis? Una vez más aparecemos como buenos salvajes, dominados por la superstición y el misterio, habituados a convivir con lo sobrenatural o, en el otro extremo, como un pueblo primitivo que demuestra su apatía ante lo insólito. La interpretación social de un recurso literario adquiere, así, un matiz político perturbador: a los latinoamericanos no nos distingue nuestra fantasía, sino nuestra resignación. Una resignación de turbio origen católico que explica el conformismo que nos convierte en súbditos dóciles, en bien dispuesta carne de cañón, en sucesivas víctimas del colonialismo, el imperialismo, el comunismo, el capitalismo y el poscolonialismo. Pero incluso en términos puramente literarios, la identificación absoluta de América Latina con el realismo mágico© ha causado estragos. En primer lugar, ha borrado de un plumazo la relevancia de todas las exploraciones previas, desde los balbuceos del siglo XIX hasta algunos de los momentos más brillantes de nuestras letras, incluidas las vanguardias de principios del siglo XX, Borges y Onetti, la novela realista o comprometida posterior —en especial la novela de la Revolución mexicana—, las búsquedas formales de los cincuenta y el contagio de la cultura popular de los sesenta. Además, ha representado un collar de fuerza para los escritores que no mostraban interés alguno por la magia. Por si fuera poco, ha supuesto un profundo malentendido a la hora de comprender y juzgar al *Boom*. Y, acaso lo más grave, ha exacerbado el nacionalismo frente a la rica tradición universal de la región. Veamos.

Cuando a mediados de 1967 la editorial Sudamericana publicó *Cien años de soledad,* nadie imaginaba que habría de convertirse en uno de los fenómenos literarios más influyentes de la historia, y menos aún que iba a modificar la imagen de América Latina para siempre. Las obras previas de García Márquez, así como las de Vargas Llosa *(La ciudad y los perros, Conversación en La Catedral)* o Fuentes *(La muerte de Artemio Cruz, Cambio de piel)* no habían asentado un *deber ser* novelístico y se habían limitado a combinar, con singular maestría, las claves del realismo con los recursos estilísticos de la moderna novela francesa y anglosajona, en especial de Faulkner, su dios. De hecho, cuando estas obras aparecieron en sus respectivos países fueron unánimemente condenadas por la crítica nacionalista, que las miraba como perniciosos ejemplos de contaminación extranjera. En sus inicios, los miembros del *Boom* no dudaban en profesar su fe revolucionaria, pero aun así los medios locales no dejaban de acusarlos de imitar modelos ajenos, traicionando las tradiciones colombiana, peruana o mexicana a las que estaban obligados a pertenecer. El éxito planetario de *Cien años de soledad* trastocó esta situación: la prosa de García Márquez deslumbró a los lectores europeos y estadounidenses a tal grado que, luego de millones de ejemplares vendidos, el realismo mágico© fue elevado a paradigma y, de ser tachados de vendepatrias, los miembros del *Boom* pasaron a encarnar la esencia misma de América Latina. Impulsada por sus ávidos lectores —y aún más ávidos editores—, esta falta de precisión derivó en un gigantesco malentendido y, de la noche a la mañana, Vargas Llosa, Fuentes y Cortázar fueron asimilados al credo mágicorrealista. Poco después, autores tan diversos y excéntricos como Rulfo, Onetti, Cabrera Infante, Donoso e incluso Borges —¡Borges!— fueron leídos con los mismos lentes. Salvo prueba en contrario, nacer en América Latina y dedicarse a la literatura de ficción implicaba tener una fe ciega en el realismo mágico. Autores como el argentino Antonio Di Benedetto o el mexicano Salvador Elizondo, por poner sólo dos ejemplos, que nada tenían que hacer en esta fiesta, todavía aguardan el justo reconocimiento que les corresponde en la literatura en español. La culpa, aclaro, no es de García Márquez ni del *Boom* ni de Carmen Balcells ni de Carlos Barral ni del imperialismo ni del mercado: la culpa es de la pereza. La pereza y la inercia de los medios que prefieren vender una etiqueta ante la imposibilidad de desmenuzar, en menos de un minuto, las sutilezas de una afirmación.

Mil veces repetida, la mentira se transformó en dogma: la única expresión legítima de América Latina es el realismo mágico©, amén. Los críticos locales, siempre advenedizos y volubles, no tardaron en reajustar sus miras: a fin de cuentas a ellos sólo les importaba defender el nacionalismo y, si éste pasaba a ser propiedad exclusiva del *Boom et al.,* se resignaron a asumir el nuevo catecismo. Sus acusaciones continuaron siendo las mismas —"¡colgad a los extranjerizantes, fusilad a los cosmopolitas, degollad a los universalistas!"—, sólo que ahora fueron lanzadas contra los enemigos del realismo mágico©, es decir, contra cualquiera que burlase sus fronteras. Si antes el grado de extranjerismo se medía en las rarezas estilísticas, los *flashbacks,* los cambios de punto de vista, los vasos comunicantes o los monólogos interiores, ahora bastaba que la acción de una novela se desarrollase fuera de América Latina —¡pecado, pecado!— para que su autor fuese detenido por la inquisición de las letras y despojado de su nacionalidad literaria. Para cumplir con esta misión depuradora, los críticos nacionalistas contaron con la inapreciable colaboración (a nadie habrá de sorprenderle) de críticos extranjeros, editores extranjeros y lectores extranjeros. Todos coincidían: la única literatura latinoamericana que vale la pena es, bueno… ésta. Si un autor latinoamericano no escribe así, es decir, como latinoamericano, carece de interés. ¿Por qué habríamos de leer —o estudiar o editar— a alguien que narra como, digamos, un húngaro, un polaco o un francés, si ya tenemos en nómina a los originales polacos, franceses o húngaros? Por razones de mercado editorial, había que promover sólo lo auténtico, sólo aquello que —y dale con lo mismo— diferenciaba a esta literatura de cualquier otra.

Vista así, la estupidez nacionalista se torna monumental. ¿Qué hacer con *Salammbô,* con *Ancient Evenings,* con *Under the Volcano*? ¿Tendríamos que despojar a Flaubert de su nacionalidad gala y convertirlo en cartaginés, al estadounidense Norman Mailer en egipcio o al británico Malcolm Lowry en mexicano? Aun cuando las fronteras de las tradiciones literarias sean porosas —meras invenciones académicas para facilitar el estudio o tener una forma más o menos honesta de vivir—, convengamos en que su esencia no radica en distinciones tan pedestres como el paisaje urbano o rural (a riesgo de caer en clasificaciones tan hilarantes como las de Borges). Una tradición se construye gracias a la minuciosa variación de ciertos modelos, la comunidad de valores y odios, la admiración de unos escritores por otros, la confrontación con una lengua y un pasado comunes. De existir, la tradición latinoamericana no podría depender de un simple recurso retórico —el realismo mágico©— o una peculiaridad de contenido —los escenarios latinoamericanos—, sino de unos referentes compartidos y de la renovación, consciente o no, de unas cuantas obsesiones.

Como ha ocurrido en el ámbito político con el ocaso de dictadores y guerrilleros, a principios del siglo XXI el realismo mágico© también ha perdido buena parte de su poder en América Latina. Su decadencia no ha sido inmediata, pero sí irreversible: la sobrepoblación de fantasmas, muchachas con poderes adivinatorios y ancianos inmortales le arrebató toda frescura y terminó conduciéndolo hacia un manierismo edulcorado. Las primeras en mostrar su cansancio fueron las siguientes generaciones de escritores latinoamericanos, en especial los nacidos a partir de los sesenta. Hartos de las moralejas oficiales y de los cuentos sobre la identidad nacional, y educados a la sombra de la cultura anglosajona, no tardaron en rebelarse contra el dictado que los obligaba a ser típicamente latinoamericanos. Al lado del grupo mexicano del *Crack,* el caso más representativo de esta tendencia fue la antología *McOndo,* editada por Alberto Fuguet y Sergio Gómez en Chile, en 1996, que reunía a una docena de escritores latinoamericanos, con estéticas distintas y a veces contradictorias que, sin embargo, coincidían en su común rechazo al realismo mágico©. Vale la pena citar un fragmento de su prólogo:

Sobre el título de este volumen de cuentos no valen dobles interpretaciones. Puede ser considerado una ironía irreverente al arcángel San Gabriel, como también un merecido tributo. Más bien, la idea del título tiene algo de llamado de atención a la mirada que se tiene de lo latinoamericano. No desconocemos lo exótico y variopinto de la cultura y costumbres de nuestros países, pero no es posible aceptar los esencialismos reduccionistas, y creer que aquí todo el mundo anda con sombrero y vive en árboles. Lo anterior vale para lo que se escribe hoy en el gran país McOndo, con temas y estilos variados, y mucho más cercano al concepto de aldea global o mega red.

El nombre (¿marca-registrada?) McOndo es, claro, un chiste, una sátira, una talla. Nuestro McOndo es tan latinoamericano y mágico (exótico) como el Macondo real (que, a todo esto, no es real sino virtual). Nuestro país McOndo es más grande, sobrepoblado y lleno de contaminación, con autopistas, metro, TV-cable y barriadas. En McOndo hay McDonald's, computadores Mac y condominios, amén de hoteles cinco estrellas construidos con dinero lavado y *malls* gigantescos.

En nuestro McOndo, tal como en Macondo, todo puede pasar, claro que en el nuestro cuando la gente vuela es porque anda en avión o están muy drogados. Latinoamérica, y de alguna manera Hispanoamérica (España y todo el USA latino), nos parece tan realista mágico (surrealista, loco, contradictorio, alucinante) como el país imaginario donde la gente se eleva o predice el futuro y los hombres viven eternamente. Acá los dictadores mueren y los desaparecidos no retornan. El clima cambia, los ríos se salen, la tierra tiembla y Don Francisco coloniza nuestros inconscientes.

Existe un sector de la academia y de la *intelligentsia* ambulante que quiere venderle al mundo no sólo un paraíso ecológico (¿el *smog* de Santiago?) sino una tierra de paz (¿Bogotá?, ¿Lima?). Los más ortodoxos creen que lo latinoamericano es lo indígena, lo folclórico, lo izquierdista. Nuestros creadores culturales sería gente que usa poncho y ojotas. Mercedes Sosa sería latinoamericana, pero Pimpinela, no. ¿Y lo bastardo, lo híbrido? Para nosotros, el Chapulín Colorado, Ricky Martin, Selena, Julio Iglesias y las telenovelas (o culebrones) son tan latinoamericanos como el candombe o el vallenato. Hispanoamérica está lleno de material exótico para seguir bailando al son de *El cóndor pasa* o *Ellas bailan solas* de Sting. Temerle a la cultura bastarda es negar nuestro propio mestizaje. Latinoamérica es el teatro Colón de Buenos Aires y Machu Picchu, *Siempre en domingo* y Magneto, Soda Stereo y Verónica Castro, Lucho Gatica, Gardel y Cantinflas, el Festival de Viña y el Festival de Cine de La Habana, es Puig y Cortázar, Onetti y Corín Tellado, la revista *Vuelta* y los tabloides sensacionalistas.

Latinoamérica es, irremediablemente, MTV latina, aquel alucinante consenso, ese flujo que coloniza nuestra conciencia a través del cable, y que se está convirtiendo en el mejor ejemplo del sueño bolivariano cumplido, más concreto y eficaz a la hora de hablar de unión que cientos de tratados o foros internacionales. De paso, digamos que McOndo es MTV latina, pero en papel y letras de molde.

Ha transcurrido más de una década desde la publicación de estas líneas, descalificadas en su momento como un berrinche adolescente, y sus predicciones se han verificado: en América Latina los niños ya no nacen con colas de cerdo aunque miles sigan habitando pueblos y barriadas semejantes a porquerizas. En el resto del mundo, el proceso ha sido más lento, y algunos lectores y editores continúan añorando las épocas en que les llegaban aquellos prodigiosos libros desde la lejana América Latina (del mismo modo en que les sorprendía el arribo de un cargamento de plátanos o maracuyás). En casos extremos, los editores extranjeros han tenido que resucitar a los pocos autores que se mantienen fieles al realismo mágico© o de plano han sustituido a los latinoamericanos por sus seguidores en Japón o la India, nuevos paraísos de magia y exotismo. Pero el fin del apotegma que enaltecía esta vertiente literaria como única expresión legítima de nuestros países al fin se ha desvanecido. Gracias a lo anterior, la ficción en América Latina vive un momento inédito: por primera vez no es víctima de un *deber ser* novelístico. Se desvanecieron las normas, los cánones, las prohibiciones —escribe así o te fusilamos, no escribas asá o te ignoramos— y, salvo un puñado de críticos ponzoñosos y resentidos —es decir, un puñado de críticos—, nadie pretende fijar un baremo para medir a los escritores del continente. Por primera vez, insisto, uno puede elegir cualquier deriva y ser recibido con la misma legitimidad (o la misma indiferencia): los sutiles decoradores de miniaturas estilísticas; los

búfalos de la intriga policiaca; los que narran con pericia lo que
sea; los vanguardistas de última hora; los etéreos de la metafic-
ción; los mutantes de la novela y el ensayo; los admiradores de
Vila-Matas, de Aira, de Murakami, de Kafka, de Pérez Reverte
o de Beckett; los románticos posmodernos; los devotos del folletín; vaya, incluso los que perseveran en el realismo mágico©, para
bien o para mal, escriben, publican y se dirigen a sus lectores sin
temor a excomuniones o juicios sumarios. Fuera de dos o tres
apocalípticos que se rasgan las vestiduras, claman ante la decadencia, acusan al mercado de todos nuestros males —antes eran
el comunismo o el imperialismo— y, onanistas rabiosos, escriben
reseñas con el único fin de triturar a sus vecinos, nadie lamenta
el cambio. Y, si bien la ausencia de leyes y normas conlleva la
posibilidad de que una tomadura de pelo sea confundida con una
obra de arte o de que una fruslería venda millones de ejemplares
—ocurre a diario—, ello no es culpa de la globalización o de
la pérdida de la identidad, sino del añoso virus introducido por
Duchamp en la cultura a principios del siglo xx: irremediablemente, la democratización del gusto permite que obras menores
se vuelvan éxitos globales y que piezas maestras sean apreciadas
sólo por unos cuantos. Para algunos lectores, es una pena que la
literatura latinoamericana© se haya extinguido de esta forma, y
deploran no encontrar en los libros de sus nuevos escritores una
peculiaridad que los diferencie, por favor, de sus colegas europeos, asiáticos o estadounidenses: allá ellos. Desnudo, despojado
de todo exotismo, el escritor de América Latina al fin puede
realizar sus piruetas y cabriolas sin red de protección: depende
sólo de su talento —y, claro, de las leyes del mercado, de la moda
y del azar— que sus obras se vuelvan perdurables o se despeñen
en el olvido.

Planetas distantes

Nos educaron para recitar de memoria el credo oficial. Los diversos países de América Latina comparten cierto espacio geográfico y una historia comunes: conquista por parte de España (y, para ser estrictos, de Francia y Portugal), imposición de la lengua española (y francesa y portuguesa) y, único vínculo verdadero, de la religión católica (frente al protestantismo de las colonias anglosajonas y holandesas). Desde 1492, cuando Colón reivindicó para la Corona de Castilla una pequeña isla de las Bahamas, la cultura cristiana —entonces no se llamaba europea u occidental— se tornó preponderante. De hecho, frente a la amenaza que representaba la contaminación con el mundo indígena, el gobierno de esta vastísima franja se reservó a los oriundos de Europa: los criollos tenían sus derechos políticos severamente limitados y apenas podían aspirar a posiciones de poder. Contagiados por las ideas libertarias derivadas de la Ilustración y de las revoluciones francesa y estadounidense, fueron estos europeos de segunda clase quienes, desde fines del siglo XVIII, conspiraron para liberar a las colonias del "yugo español".

Una vez consumadas las independencias de los virreinatos y capitanías generales a principios del siglo XIX, se hizo evidente la imposibilidad de conservar la unión de este inmenso territorio. El sueño bolivariano fue desde el inicio una quimera: la única relación entre los virreinatos, separados a veces por miles de kilómetros, era su dependencia de Madrid; eliminada ésta, la mera distancia hacía inviable una gigantesca nación hispanohablante extendida desde la Alta California hasta el gran sur argentino (y permitió, en cambio, la unidad del Brasil). Peor que eso: cuando las luchas de liberación contra los peninsulares se dieron por terminadas, los países surgidos a partir de las antiguas divisiones administrativas de la Colonia se enzarzaron en guerras aún más cruentas entre ellos. Centroamérica se separó de México y luego se partió en cinco diminutos países enfrentados entre sí; la Gran Colombia traicionó los ideales de Bolívar y dio lugar a cuatro naciones siempre recelosas; Perú, Chile y Bolivia mantienen hasta la fecha ácidas disputas territoriales; Uruguay se escindió velozmente de Argentina, y Paraguay fue víctima de la codicia territorial de sus vecinos.

Una segunda idea, surgida de los más profundos abismos europeos, infectó a las nuevas élites americanas a partir de entonces: el nacionalismo. De pronto el objetivo de los nuevos gobiernos no sólo era construir una identidad propia a partir del contraste con España, sino de la implacable diferenciación entre uno y otro. Comunidades que hasta hacía poco pertenecían a un mismo sistema, que compartían la misma historia y los mismos valores, empezaron a tratarse como enemigos irreconciliables (una balcanización *avant la lettre*). ¿Qué significaba ser chileno? Básicamente, no ser peruano. ¿Y salvadoreño? Básicamente, no ser nicaragüense. ¿Y venezolano? Básicamente, no ser colombiano. ¿Y uruguayo? Básicamente, no ser argentino. A lo largo del siglo XIX, los relucientes dictadores latinoamericanos se dedicaron a imitar con fervor las taras nacionalistas de las grandes naciones europeas —en especial de Francia, eterna rival de España— y a construir identidades excluyentes basadas en la invención de mitologías locales y la puesta en escena de los símbolos que suelen acompañarlas: himnos, banderas, escudos, uniformes, condecoraciones, ceremoniales, fiestas patrias, leyendas, manuales de historia, vestidos, danzas y platillos típicos, estatuas de próceres, mausoleos y, sobre todo: odio, desconfianza y miedo hacia quienes viven allende nuestras sacrosantas fronteras. Por fortuna, los intercambios comerciales y culturales entre los ciudadanos de América Latina prosiguieron pese a la cerrazón de sus políticos y militares.

Durante la segunda mitad del siglo xix y la primera mitad del xx, floreció lo que podríamos llamar una auténtica cultura latinoamericana: los contactos entre intelectuales y artistas de los distintos países se mantenían fluidos; las recurrentes asonadas militares provocaron exilios fecundos; libros y revistas circulaban —así fuese en pequeños tirajes— a nivel continental; compañías de teatro, ópera y zarzuela emprendían largas giras de norte a sur; las tendencias pictóricas provenientes de Europa eran imitadas en todos los países; y, sobre todo, existía un sentimiento de comunidad fundado en el conocimiento y el aprecio mutuos. El modernismo latinoamericano es, en este sentido, ejemplar: fraguado por un poeta perteneciente a una de las naciones más pequeñas del continente, no tardó en convertirse en una moda o una tendencia en el ámbito de toda la lengua. La propia vida de Darío prueba el tránsito latinoamericano que prevalecía entonces: nacido en León, de adolescente se trasladó a Managua y a partir de allí emprendió un largo periplo que lo llevó a El Salvador, Chile, Perú, Guatemala, Costa Rica —donde fue corresponsal de *La Nación* de Buenos Aires, que podía encontrarse en cualquiera de las grandes capitales de la región— y Argentina, para recalar durante sus últimos años en Madrid y París. Escritores de distintos países de América Latina y la propia España no tardaron en acoger el modernismo, el movimiento que Darío había fundado o expandido: los mexicanos Manuel Gutiérrez Nájera y Salvador Díaz Mirón; el cubano José Martí; el guatemalteco Enrique Gómez Carrillo; el peruano José Santos Chocano; el colombiano José Asunción Silva; o los españoles Juan Ramón Jiménez, Antonio Machado y Ramón del

Valle-Inclán. Un fenómeno paralelo, extremo en algún sentido, se presentó décadas después con el *Boom:* Fuentes, Vargas Llosa, Cortázar y García Márquez no sólo eran vistos como representantes de México, Perú, Argentina y Colombia en el mundo, sino que formaban una especie de dirección colegiada de la literatura de América Latina. En buena medida su éxito planetario se debió a su voluntad de aparecer como encarnación misma del anhelo bolivariano. Fuentes pasó buena parte de su infancia y adolescencia entre Chile y Argentina, García Márquez fijó su residencia en México (con frecuentes estancias en Cuba) y todos se dedicaron a opinar y escribir artículos sobre los problemas de los países vecinos como si fuesen los suyos. La drástica ruptura de Vargas Llosa con la Revolución cubana —y con García Márquez— precipitó la disolución de este espíritu de grupo pero, más allá del aprecio que despierta la obra de cada uno, los cuatro todavía hoy son estudiados como piezas clave del puzle latinoamericano.

En nuestros días no ocurre nada semejante: los escritores y artistas de los distintos países de América Latina apenas se conocen entre sí y, salvo un puñado de privilegiados, ninguno acostumbra visitar a sus vecinos; las democracias han terminado con los exilios forzosos; las compañías itinerantes se han extinguido; no hay una sola revista artística o literaria en español pensada de manera continental (ni siquiera internet ha socavado esta barrera); las editoriales, mayoritariamente españolas, se concentran en publicaciones regionales y apenas promueven a los escritores de otras filiales; y, a la sombra del fin de las ideologías, la mera posibilidad de forjar una comunidad intelectual latinoamericana ha perdido su encanto. Podrá decirse que los medios de comunicación masiva o las redes sociales han suplido los viejos flujos, pero no es así: aun cuando las telenovelas, algunos programas musicales o de concursos —en general de baja estofa—, *reality shows* y noticieros puedan ser vistos simultáneamente en Guadalajara, Tegucigalpa, Medellín o Rosario, se trata de fenómenos globales que en poco contribuyen a la interacción regional. Ni siquiera la música pop refuta este aislamiento: a diferencia de la literatura o el arte, se ha integrado por completo al mercado mundial del entretenimiento, lo cual provoca que Shakira, Ricky Martin o Julieta Venegas lleguen, en efecto, a Quito, Santo Domingo y Asunción, pero al mismo tiempo que Madonna, Sting o Britney Spears. El diagnóstico final es claro y estremecedor: nunca como hoy América Latina había sabido tan poco de América Latina.

Como si la soledad regional no bastara, el mundo también se ha olvidado de nosotros. En los planisferios del comercio global, de las zonas de conflicto, de los sitios de interés, el perfil de América Latina se borra poco a poco y no parece lejano el día en que llegará a desvanecerse. "¿Y ese gran vacío al sur del Río Grande? —Es el lugar donde antes quedaba América Latina. —¿Y qué pasó con ella? —*I don't know,* de pronto se esfumó."

Durante casi todo el siglo XX, de la Revolución mexicana a la Revolución cubana, América Latina había sido uno de los centros de atención del orbe y tanto su agitación política como su vitalidad cultural habían capturado la imaginación de los observadores. Pancho Villa y Gardel, Diego Rivera y el Che, García Márquez y Evita, Fidel Castro y María Félix, Salvador Allende y Frida Kahlo se alzaron como figuras icónicas de su época, al tiempo que nuestros dictadores y guerrilleros acaparaban las primeras planas. A principios del siglo XXI, nuestra celebridad global se ha esfumado: dos fenómenos concomitantes, la paulatina "normalización" de nuestros países y la drástica transformación de la arena internacional tras el ataque contra las

Torres Gemelas, nos han vuelto irrelevantes, invisibles. Como ha escrito Michael Reid en *Forgotten Continent. The Battle for Latin America's Soul,* América Latina se ha convertido en el continente olvidado.

Si algo había caracterizado a América Latina había sido su febril inestabilidad: golpes de Estado, asonadas, regímenes militares, revoluciones, crisis económicas y desigualdades sin fin habían propiciado, en contrapartida, briosos movimientos artísticos, discusiones frenéticas, reflexiones desorbitadas. La paulatina instauración de gobiernos más o menos democráticos —o formalmente democráticos— y de economías de mercado que, independientemente de sus vaivenes, se ajustan a los cánones neoliberales, provocó una repentina calma regional (al menos en términos globales) que trajo aparejada una inevitable falta de interés hacia nosotros. Nuestras contradicciones y horrores no desaparecieron de la noche a la mañana —de hecho, en ocasiones se agudizaron—, pero han sido asimilados dentro de los tediosos márgenes de la competencia electoral y las leyes de la oferta y la demanda. La democracia pretende justo eso: acotar el caos, limitar los caprichos de los gobernantes, tornar el futuro más o menos predecible. Salvo la perenne excepción cubana, hoy todos los países latinoamericanos poseen regímenes democráticos —al menos en términos formales, insisto— y, pese a los devaneos de unos cuantos líderes con el socialismo, todos se rigen por economías que apenas discrepan del consenso de Washington. Aún formamos parte del tercer mundo, pero de un tercer mundo soso y apelmazado, cada vez menos exótico y apasionante, sobre todo en comparación con otras partes: Oriente Medio, que mantiene el récord de conflictos irresolubles; Asia, y en especial China, el nuevo gigante y la nueva amenaza global; y África, receptáculo de la mayor proporción de brutalidad, corrupción y miedo por kilómetro cuadrado del planeta. Comparados con los zorros y sabandijas que antes nos sojuzgaron —Stroessner, Pinochet, Pérez Jiménez, Videla, Trujillo, Ríos Montt o el propio Castro—, los nuevos caudillos latinoamericanos, con Hugo Chávez a la cabeza, no dejan de ser personajes de opereta que apenas merecen una nota a pie de página en el panorama contemporáneo.

Incluso la presencia en la región de Estados Unidos, nuestro histórico vigilante —o carcelero—, se ha difuminado tras el 11 de septiembre. Olvidando la doctrina Monroe, que convirtió a América Latina en coto exclusivo de Washington, el presidente George W. Bush prefirió concentrar su atención —que nunca fue mucha— en sus maniobras bélicas contra Afganistán, Iraq e Irán, permitiendo que nuestros países empezasen a seguir, mal que bien, sus propios derroteros. Sólo cuando las amenazas se han tornado realmente inquietantes —la inmigración ilegal y el narcotráfico, la guerrilla colombiana—, Estados Unidos se ha ocupado de defender, muy a regañadientes, sus intereses en la zona: frente a Osama Bin Laden, el terrorismo islámico y la guerra contra el terror, ¿cómo distraerse con las pataletas de Hugo Chávez y ya no digamos las de Evo Morales o Daniel Ortega? Por si fuera poco, el ascenso de México, Brasil o Argentina como potencias emergentes se ha visto opacado por la crisis, el imparable crecimiento de China y el peligro simbólico que ésta representa para la imaginación occidental. La política se ha concentrado en Oriente Medio, la economía en el Extremo Oriente y las injusticias en África. ¿Tendríamos que colocar bombas, inundar el mercado con nuestras baratijas, morirnos de hambre o de sida para volver a ser tomados en cuenta? ¿Qué nos queda, pues, a los latinoamericanos para que alguien se detenga a mirarnos otra vez?

Resumo: nada de lo que distinguió a América Latina en el siglo xx queda en pie. Se marcharon dictadores y guerrilleros; el realismo mágico© y nuestro exotismo tropical han perdido su atractivo; los intercambios culturales entre nuestros países se han vuelto irrelevantes; y las altas y bajas de la democracia nos han normalizado hasta el aburrimiento. Preguntémonos entonces, otra vez, ¿qué compartimos, en exclusiva, los latinoamericanos? ¿Lo mismo de siempre: la lengua, las tradiciones católicas, el derecho romano, unas cuantas costumbres de incierto origen indígena o africano y el recelo, ahora transformado en chistes y gracejadas, hacia España y Estados Unidos? ¿Es todo? ¿Después de dos siglos de vida independiente eso es todo? ¿De verdad?

Segunda consideración

LA DEMOCRACIA EN AMÉRICA (LATINA)

Donde se describe la trágica suerte de la democracia en América Latina, se deplora la corrupción y mediocridad de sus gobernantes, se detallan las vicisitudes y excentricidades de sus nuevos caudillos democráticos y se señala la perenne injusticia que prevalece en estas tierras

1. Democracias imaginarias©

Si un viajero distante —de preferencia un aristócrata francés del siglo XIX o un alienígena del siglo XXI— se aventurase hoy en América Latina con la intención de estudiar su organización política, ¿qué vería? ¿Qué imagen de nosotros quedaría plasmada en sus cuadernos, qué recuerdo se llevaría de nuestras instituciones y principios, qué valoración concedería a nuestras leyes y a nuestros gobernantes? ¿Cómo nos retrataría en cuanto ciudadanos? Imaginemos un nuevo Alexis de Tocqueville —un científico social ajeno a nuestros fracasos cotidianos y a nuestras esporádicas victorias, un extraterrestre curioso o apasionado— que apareciese de pronto en nuestras tierras y observase, con acuciosidad y lejanía crítica, sin involucrarse ni dejarse vencer por los prejuicios, el estado político de nuestras sociedades. ¿Cuál sería el balance de los doscientos años de luchas que nos han hecho arribar, un tanto exhaustos, a la democracia?

De entrada, nuestro hipotético viajero quizá no tardaría en darse cuenta de que, a diferencia de lo que ocurre en otras partes, en América Latina la democracia ha sido incómodo aguijón y un anhelo siempre pospuesto, una promesa y una fuente de angustia, una calamidad y un sueño, una quimera que, incluso en los escasos periodos en que se ha puesto en práctica, ha provocado tanta insatisfacción como esperanzas. Porque, si bien América Latina fue conquistada bajo la égida de la caballería medieval —eldorados y atlántidas, monstruos y anacoretas—, su independencia surgió a partir de fantasías no menos poderosas: la Ilustración y su fe igualitaria, traicionadas una y otra vez en nuestras tierras. Cuando en 1808 las tropas napoleónicas invadieron España y expulsaron al babeante Fernando VII para instalar al achispado Pepe Botella, los criollos de ultramar encontraron el pretexto ideal para remozar los términos de la utopía americana: en vez de un paraíso tropical, colmado de metales preciosos y buenos salvajes —o de salvajes sin alma—, un paraíso republicano dirigido por sabios tolerantes. Contaminados con los virus incubados por Condillac y Buffon, Locke y Voltaire, D'Alembert y Montesquieu, Helvétius y Rousseau, los rebeldes de las colonias se apresuraron a transformar su lealtad hacia la depuesta corona borbónica en un franco clamor independentista.

A partir de entonces, las ideas democráticas (aun si se referían a una democracia todavía incipiente y embrionaria) ocuparon un lugar privilegiado en la construcción imaginaria de nuestras sociedades: la posibilidad de que el pueblo —o al menos ese pueblo masculino de criollos y mestizos— pudiese elegir libremente a sus dirigentes se convirtió en un anhelo universal. Y, como habría de comprobarse en los siglos venideros, universalmente traicionado. Una y otra vez se instauraron tambaleantes repúblicas que una y otra vez fueron desafiadas, corrompidas o aplastadas por sus enemigos. La lógica política latinoamericana quedó sellada por esta maldición en espiral: cada paréntesis democrático habría de ser brutalmente socavado por sus rivales autoritarios. El inefable siglo XIX latinoamericano se redujo entonces a una penosa sucesión de levantamientos y asonadas —enumerarlos deviene una tarea ardua o irrisoria, magníficamente parodiada en *Cien años de soledad*—, que elevó a la democracia a la categoría de empresa irrealizable, de sueño compartido, de añorada solución a todos nuestros problemas. "Ahora no ha sido", se consolaban los derrotados, "pero otra vez será". Así, la democracia latinoamericana se conjugó siempre en futuro. Y se idealizó al extremo: "Cuando los demonios autoritarios sean aniquilados, se instaurará un tiempo republicano de armonía y paz". Esta escatología política, de honda raíz católica, resultó contraproducente: lo que en otros lugares apenas es visto como el menos perverso de los sistemas de gobierno, en nuestros pagos adquirió un tono fatalmente redentor. De allí que, cada vez que ha logrado resucitar e imponerse en América Latina, la democracia ha terminado por decepcionar a sus valedores. Porque —ya lo he dicho— la democracia no es aquí una simiente que ha florecido poco a poco, un modo de vida o una costumbre, unas reglas de vida comúnmente aceptadas o una forma de inmunizar a los particulares contra los abusos del poder, sino un dios esquivo y voluble, un salvador a quien siempre se puede volver a crucificar.

Nuestro incógnito viajero tampoco tardaría mucho tiempo en darse cuenta de que, lejos de proclamas y buenas intenciones, de la fe de nuestros intelectuales y la retórica de nuestros patriotas, la democracia nunca ha sido bien recibida en América Latina. Apenas consumadas las independencias, los nuevos países se vieron azotados por la acerba rivalidad entre liberales y conservadores, y en ambos bandos siempre hubo sectores que defendieron —o simplemente expresaron con claridad— una sensación generalizada, incluso hoy: "América Latina no está preparada para la democracia". Frente a los inmensos desafíos de las nuevas naciones era necesario contar con un poder central fuerte: uno no podía confiar en los deseos o preferencias de los ciudadanos —y menos de esos nuevos y poco educados ciudadanos de América Latina— mientras que un monarca, un emperador o un rey, de preferencia extranjeros, tendrían más posibilidades de conciliar a las distintas facciones de la aristocracia y obtener el respeto de ese pueblo indígena, mulato o mestizo del cual dependía, en última instancia, su permanencia en el trono o la silla presidencial.

En cuanto consumó el incómodo pacto entre el antiguo y el nuevo régimen que dio paso a la independencia mexicana, Iturbide no vaciló en proclamarse emperador. San Martín jamás ocultó su ambivalencia hacia la república y de hecho intentó buscar un príncipe europeo para estabilizar al turbulento Perú. E incluso el ínclito Bolívar fue finalmente apartado del poder cuando la república autoritaria que buscaba asentar en la Gran Colombia pareció coquetear demasiado con la monarquía. La democracia estadounidense atraía las miradas de los liberales, pero la realidad latinoamericana no parecía apta para el autogobierno; el nuevo imperio brasileño, gobernado por el hijo del rey de Portugal, ofrecía en cambio un modelo menos arriesgado. Sólo cuando Benito Juárez desoyó a Victor Hugo y ordenó fusilar a Maximiliano de Habsburgo en 1867 —un episodio soberbiamente ensombrecido por Monet—, las pretensiones monárquicas fueron erradicadas de nuestras tierras, aunque sólo para ser remplazadas por repúblicas heridas por la infinita variedad de dictadores y caudillos que se prolongaron desde entonces.

El siglo xx no fue menos pródigo en fracasos: su primera mitad estuvo marcada por conflictos sociales y revoluciones que redujeron la democracia a experiencias aisladas y efímeras. Tras la segunda guerra mundial, la guerra fría provocó que los defensores de la democracia y el "mundo libre" fuesen dictadores financiados por la CIA o, en sentido contrario, que Castro tuviese el descaro de presentar a Cuba como un modelo de democracia popular. Todos los países de la región se constituyeron explícitamente como repúblicas, pero repúblicas ficticias, acotadas por un sinfín de trabas y condicionantes, y en la mayor parte de los casos fueron gobernadas con mano de hierro por los círculos oligárquicos de siempre. América Latina perfeccionó, así, la democracia imaginaria©: un sistema que sólo en teoría —en el papel— prescribe el libre sufragio, la división de poderes y una larga lista de derechos elementales, pero que en la realidad se encuentra dominado por la sola voluntad de un caudillo, de un partido o de un grupo; un sistema donde, pese a figurar en la ley, las garantías individuales son sistemáticamente olvidadas o violadas, donde los estados de excepción se convierten en regla y donde las votaciones se llevan a cabo como farsas cívicas destinadas a legitimar un poder constituido de antemano. Aun si olvidamos que hasta mediados del siglo xx las mujeres no tenían derechos cívicos o que las opiniones de indígenas y negros apenas han contado, las distintas formas de manipulación y fraude, acompañadas de recurrentes descargas de corrupción y violencia, convirtieron nuestras democracias en espectros o fantasmas.

Quizás el ejemplo más acabado de estas democracias de papel lo constituya el prolongado régimen del PRI en México. Cuando Plutarco Elías Calles fundó el Partido Nacional Revolucionario en 1929, tenía en mente el comunismo soviético y el fascismo

italiano: no pretendía fundar un verdadero partido —por definición, la parte de un todo—, sino un instrumento en el cual reunir
a todos los actores políticos del país. Tras dos décadas de asesinatos y guerra de guerrillas, la idea era que los distintos caudillos
resolviesen sus diferencias sin necesidad de dispararse unos a
otros, repartiéndose la riqueza de manera más o menos civilizada.
El PNR y sus sucesores, el Partido de la Revolución Mexicana y el
Partido Revolucionario Institucional, jamás buscaron instaurar
una auténtica democracia, sino una democracia simbólica en
donde el reparto del poder no dependía tanto del sufragio popular como de los acuerdos alcanzados en la cúpula del partido. Para
justificar semejante imposición, se argüía una democracia representativa llevada al extremo: como todos los caudillos revolucionarios quedaron incorporados en su seno, los diversos sectores
de la sociedad podían sentirse parte de él; las votaciones no eran,
pues, más que simulacros diseñados para rectificar este orden
natural. El problema surgía, claro, cuando alguien se rebelaba
contra estas ominosas reglas, como lo hizo el abogado y filósofo
José Vasconcelos, el antiguo ministro de Educación de Álvaro
Obregón, quien decidió enfrentarse ni más ni menos que al primer candidato "oficial", el *Nopalito* Pascual Ortiz Rubio, y fue
víctima del primero de los fraudes que el gobierno revolucionario
se encargaría de orquestar a partir de ese momento. Nada más
nacer, el PRI definió así su estrategia (y su esencia): a diferencia de
las dictaduras que se instalarían más tarde en el resto de América
Latina, protegería las libertades democráticas que no atentasen
contra su monopolio; no sólo aceptaría, sino que se convertiría
en garante de las elecciones, siempre y cuando sus candidatos
resultasen victoriosos en *todas* ellas; y se mostraría implacable con
quienes tratasen de ver en esta democracia imaginaria una vía

para instaurar una democracia real. Quien se limitase a leer las disposiciones legales aprobadas por el PRI durante los setenta y un años que se mantuvo en el poder —una avalancha de normas y decretos—, pensaría que el México del siglo XX fue un paraíso de libertades; en contraste, los mexicanos sabían que su vida cotidiana poco tenía que ver con la áurea invención creada por sus políticos. Los refinados mecanismos del fraude —el "ratón loco", el "carrusel", el "tamal", las "urnas embarazadas"— sólo se empleaban en casos de urgencia: el resto del tiempo la propia inserción del partido en todos los órdenes de la sociedad garantizaba su predominio. La democracia mexicana se desarrolló, así, en dos niveles: uno fantástico, dibujado en hermosas normas y decretos, y otro real, dominado por los gustos, obsesiones y manías del presidente de la República y su camarilla conforme a lo que Daniel Cosío Villegas denominó "el estilo personal de gobernar". (Si hemos de ser justos, este régimen, desprovisto de la "no reelección", pareciera ser el verdadero modelo de Chávez.)

Paradójicamente, la obsesión del PRI por defender un sistema de derecho, así fuese formal, permitió que poco a poco la sociedad civil y la oposición conquistasen pequeñas parcelas de poder hasta que, a partir de 1988 —año del último gran fraude del antiguo régimen—, su decadencia se volvió inevitable. Cuando en 1997 la capital del país fue ganada por la izquierda y la Cámara de Diputados alcanzó una mayoría opositora, el PRI por fin se convirtió en un partido: una porción importante pero ya no hegemónica de la nación. Su derrota en el 2000 apenas alteró, en cambio, el edificio institucional levantado a lo largo de siete décadas. Salvo algunas enrevesadas reformas en materia electoral, la democracia mexicana mantiene un precario equilibrio entre los ideales plasmados en las leyes y la prosaica realidad de quienes las aplican.

En Argentina, el peronismo instauró otro tipo de democracia imaginaria©: más allá de los gobiernos efectivos de Juan Domingo Perón (1946-1955 y 1973-1974), sus seguidores formaron un "movimiento de masas", especie de conciencia social del país, con una ideología tan pragmática y variable como la del PRI. Otra vez: el Partido Justicialista —la marca oficial del movimiento— ha querido ser mucho más que un partido y casi siempre la verdadera lucha por el poder en Argentina se ha llevado a cabo entre las distintas corrientes que batallan en su interior. De hecho, desde la reinstauración de la democracia en Argentina, sólo dos presidentes emanaron de las filas opositoras y sufrieron un desgaste que les impidió culminar sus respectivos periodos, frente al predominio absoluto de los peronistas (aunque éstos se odiasen entre sí). Explosiva mezcla de autoritarismo, corporativismo y populismo, el peronismo también fijó la pauta para otros gobiernos de la región.

Otras experiencias latinoamericanas de la segunda mitad del siglo XX confirman la discrepancia entre la pureza de nuestros ordenamientos jurídicos y la perversidad de los hechos. En Chile, la constitución hoy vigente, proclamada en 1981 por el dictador Augusto Pinochet, consagraba la defensa de los derechos individuales, aunque en la práctica éstos se encontraban severamente restringidos. En Argentina, la constitución liberal de 1853 continuó en vigor durante el predominio de las juntas militares de la segunda mitad del siglo XX, pero acotada mediante decretos que escamoteaban sus principios. En Perú, Alberto Fujimori consideró que la constitución de 1979 le impedía consolidar su poder y, tras el autogolpe de 1992, decidió revocarla y redactar otra a su medida, en la cual se recogían asimismo derechos fundamentales que su gobierno habría de despreciar una y otra vez. Y todavía hoy, en Venezuela, Bolivia, Colombia o Ecuador, sus presidentes no han vacilado a la hora de modificar sus constituciones, o de plano en encargar otras nuevas, a fin de adecuarlas a sus deseos. Como señala Giorgio Agamben en *El estado de excepción* (2004), este mecanismo legal para escapar de la legalidad se ha convertido en la herramienta favorita de los gobiernos autoritarios que se preocupan por mostrarse democráticos: frente a la crisis o el peligro exterior, nada como un líder fuerte al que se le conceda, "democráticamente", una ampliación de sus poderes.

Paradoja latinoamericana: de un lado, la hipócrita veneración de las leyes escritas y, del otro, el burdo desprecio hacia su práctica. Nuestra apabullante obsesión legislativa ha generado así una infinita maraña de ordenamientos que se superponen y no pocas veces se contradicen, como si fuésemos incapaces de diferenciar democracia de burocracia. Mientras la constitución estadounidense de 1787 ha sido reformada sólo un puñado de ocasiones, los latinoamericanos hemos ensayado cientos de cartas magnas, constituciones y leyes primordiales, y el recuento de las enmiendas y modificaciones creadas para extenderlas o acotarlas posee una vastedad enciclopédica. En su espléndido *RePublicanos. Cuando dejamos de ser realistas* (2008), Fernando Iwasaki ha dejado constancia de la avalancha de normas que han procurado regular todos los aspectos de nuestro comportamiento social y político desde principios del siglo xix: la mayoría de ellas jamás se han cumplido, o se han cumplido sólo parcialmente, sea porque nuestros gobernantes carecen de controles y frenos, sea porque la corrupción ha penetrado en los sectores responsables de su interpretación y vigilancia.

Nuestro Tocqueville certificaría que en América Latina la ley no es, pues, una guía de conducta o un referente obligado, sino una barrera que puede saltarse o esquivarse si se cuenta con el suficiente poder (el reino de la influencia, del conecte y del enchufe), o el suficiente dinero (el reino del soborno, la coima y la mordida). Nuestros órdenes jurídicos resultan tan abstrusos, y nuestros sistemas de justicia tan imprevisibles y remotos, que tanto los gobernantes como los ciudadanos de a pie prefieren desentenderse de ellos para dejarse guiar por la arbitrariedad y el imperio del más fuerte. No se trata tanto de una anarquía como de la superposición de dos mundos que apenas se traslapan: la justicia ideal y la justicia cotidiana. Sólo que en esta última los derechos humanos y las garantías políticas no existen, o se reservan sólo para unos cuantos. Nadie confía en las instituciones porque, al desenvolverse en el terreno de lo real, permanecen sometidas a las presiones políticas, sólo se ponen en marcha mediante triquiñuelas extralegales o, en casos extremos, se hallan infiltradas por los mismos criminales que deberían combatir. Si a ello se agregan las rocambolescas pirámides burocráticas que entorpecen todos los procedimientos administrativos, nuestro escenario civil se torna catastrófico. Perdido su contacto con los hechos, la ley escrita se convierte en un simulacro y, poco a poco, en una caricatura vana e irritante: "Si nadie más la respeta, ¿por qué habría de respetarla yo?" Como consecuencia, la voluntad de no ser sancionado, de no ser descubierto, de no ser atrapado ni juzgado se transforma en aspiración colectiva y la impunidad se entroniza como parámetro del éxito social. Carlos Monsiváis escribe en *Aires de familia. Cultura y sociedad en América Latina* (2000):

Una creencia latinoamericana: de *la política* (de la lejanía o cercanía del poder) todo depende. No es así, desde luego, y es profundo el poder de la economía, de la cultura, de las estrategias de sobrevivencia de las sociedades. Pero la creencia notifica la falta de libertades y derechos civiles, la escasa cantidad de personas que se arrogan la representación de cada una de las naciones. De allí el oportunismo como lógica generalizada de sobrevivencia; de allí el papel fundamental de la empleomanía, de la corrupción, la resignación ante los autócratas.

Lo que sucede con nuestros órganos de seguridad es aún más desalentador: salvo excepciones puntuales, los ciudadanos no sólo desconfían de sus cuerpos policiacos, sino que suelen tenerles más temor que a los delincuentes. La corrupción ha infiltrado a tal grado a la policía que no podría funcionar sin ella: sus agentes serían incapaces de obtener resultados y no se atreverían a garantizar una mínima estabilidad social. El entramado del soborno, el chantaje y el abuso de poder es tan sólido que cualquier intento de reforma, acometido una y otra vez ante las reiteradas protestas de la sociedad civil, se convierte en la crónica de un fracaso. Dado que resulta inviable sustituir a todos los agentes policiacos de golpe —representaría un suicidio de la autoridad—, hay que conformarse con acotar poco a poco la corrupción para que ésta actúe como incentivo contra el crimen. Sólo cuando ocurre un delito grave —un homicidio o un robo, pero no una violación, un chantaje o un secuestro—, las víctimas se atreven a interponer una denuncia penal, temerosos de que los guardianes del orden y quienes lo quebrantan se hallen coludidos (o de plano sean los mismos). Algo similar sucede con los jueces: nadie confía en sus decisiones porque el éxito en cada una de las interminables instancias de un proceso parece ligado a la cantidad de dinero que se distribuye (y eso que en este esquema dejo fuera, por ahora, al narcotráfico y al crimen organizado). En *El tiempo de los derechos* (1990), Norberto Bobbio dejó claro que "sin reconocimiento y *protección* de derechos humanos no hay democracia" (el énfasis es mío). El debilitamiento de esta protección, es decir, de los mecanismos que garantizan su respeto *efectivo*, destruye a la democracia.

Prueba extrema de lo anterior es la serie de videoescándalos que ha sacudido a varios países latinoamericanos en fechas recientes: funcionarios y representantes populares que han sido grabados, *in fraganti,* mientras reciben sobornos —a veces maletas colmadas de billetes, como en las películas— por parte de empresarios o criminales. Y, salvo el caso de Montesinos en Perú, siempre ocurre lo mismo: la opinión pública se indigna al extremo, se suceden ácidos comentarios en la prensa, los gobernantes hacen llamados a la moralidad, los ciudadanos prolongan su asco hacia la clase política, pero al final ninguno de los inculpados es llamado a cuentas, nadie termina en la cárcel —o sólo el sobornador, como Carlos Ahumada en México—, y cada caso se diluye en el olvido, en espera de uno mejor. Millones de ciudadanos atestiguan la desfachatez, y nada pasa: la impunidad elevada a norma de vida.

Las democracias imaginarias© que se extienden por la región cavan un abismo entre los ciudadanos y las instituciones. Si todavía hoy los latinoamericanos se muestran tan desconfiados frente a la democracia, se debe a esta discordancia cognitiva entre las leyes que se ven obligados a aprender y venerar en las escuelas y las conductas despóticas de sus gobernantes. Apenas sorprende que, según las encuestas estudiadas por Roderic Ai Camp en *Visiones ciudadanas de la democracia en América Latina* (2007), sólo el 51 por ciento de los mexicanos y el 53 por ciento de los chilenos prefieran un régimen democrático a uno autoritario. ¿El motivo? Acaso que, en la práctica, democracia y oligarquía no se diferencian demasiado y muchos ciudadanos prefieren llamar a las cosas por su nombre. Entendida sólo como sistema electoral, sin un sustento basado en la tutela *real* de los derechos ciudadanos, la democracia se convierte en una ilusión. El caso mexicano vuelve a ser paradigmático: durante el proceso electoral para renovar al Congreso en 2009, es decir, a sólo nueve años del "glorioso" tránsito a la democracia experimentado por el país, la discusión pública se ha centrado en la pertinencia del voto nulo.

Al concluir el viaje, nuestro hipotético viajero tendría que preguntarse: ¿una democracia en que las leyes no se cumplen sigue siendo una democracia? Todos los países de América Latina, incluso aquellos que cuentan con los gobernantes más irresponsables, poseen luminosos ordenamientos jurídicos que en la mayor parte de los casos no se cumplen, o se cumplen sólo para algunos, o se cumplen arbitrariamente, o se cumplen gracias al chantaje o el soborno. Frente a este triste panorama, nuestro visitante podría concluir su severo dictamen de este modo: "En América Latina la democracia existe, sin duda, pero sólo para unos cuantos, los *happy few* que tienen el suficiente poder o el suficiente dinero para hacer valer sus derechos. Los otros, los desposeídos y los pobres —es decir, la mayor parte de la población—, han de conformarse con sobrevivir en una hermosa y resplandeciente democracia imaginaria©".

2. El imperio de la desigualdad

Al iniciar el recuento de su célebre trayecto por la América anglosajona, Alexis de Tocqueville advirtió, con cierto asombro, que el rasgo predominante de la democracia en Estados Unidos era la igualdad. Si nuestro viajero redivivo o alienígena se formulase la misma pregunta para la América Latina de nuestros días, ¿cuál sería su respuesta? ¿Cuál sería el rasgo predominante de nuestras democracias? Según datos de la CEPAL de 2006, el 36.5 por ciento de la población de América Latina vive en condiciones de pobreza y 13.4 por ciento vive en la pobreza extrema, lo cual significa que más de 200 millones de personas subsisten con menos de dos dólares diarios, y cerca de 100 millones con menos de uno. Del mismo modo, de acuerdo con el llamado coeficiente de Gini, que mide los niveles de desigualdad en las distintas sociedades del mundo, los países latinoamericanos concentran los mayores contrastes entre ricos y pobres del planeta, por encima de cualquier otra zona, incluida el África subsahariana. En sentido inverso, según el Informe Mundial de la Riqueza 2008, elaborado por Gapgemini y Merrill Lynch, en los últimos tres años los ricos de América Latina han aumentado su fortuna en un 20.4 por ciento, más que los ricos de Medio Oriente. Y eso que, según el Banco Interamericano de Desarrollo, el cinco por ciento más rico de América Latina concentra el 25 por ciento de la riqueza, mientras que el 30 por ciento más pobre apenas alcanza el 5.5 por ciento.

¿Qué significan estos datos? ¿Qué dicen de nosotros? ¿Por qué suenan tan estremecedores, tan sórdidos, tan indignantes? Porque la democracia no puede ser entendida sólo como un conjunto de procedimientos por medio de los cuales los ciudadanos eligen libremente a sus gobernantes —algo que en mayor o menor medida ocurre en casi todas las naciones latinoamericanas—, sino como un sistema de protección efectiva de los derechos civiles y como un orden jurídico capaz de asegurar el acceso igualitario al bienestar. Si para Tocqueville la igualdad de oportunidades en Estados Unidos resultaba tan asombrosa, se debía a que en su tiempo la inequidad era una característica presente en todas las naciones europeas, como habría de denunciar Karl Marx poco después. En la América Latina del siglo XXI, esta desigualdad ha sido llevada a sus límites.

La excesiva acumulación de capital por parte de unos cuantos provoca que las élites económicas vivan en el interior de impolutas esferas democráticas, mientras que el resto de la población —ese amplísimo espectro que se mueve entre la pobreza y la pobreza extrema— habita en democracias parciales o de plano inexistentes. De manera más cruda, si la justicia en América Latina resulta tan onerosa, no se debe tanto a las costas o los honorarios de los abogados como a la obligación de "aceitar la maquinaria", de pagar sobornos, coimas y mordidas, para tener alguna posibilidad de victoria en los tribunales: el éxito en un litigio queda determinado por la solvencia de cada parte. La orgullosa enunciación de las garantías individuales pierde buena parte de su valor si éstas no pueden ser ejercidas de forma equitativa: la democracia sólo existe si todos los ciudadanos pueden presentarse en igualdad de condiciones ante un juez.

La desigualdad quiebra la idea misma de democracia —e incluso de *política* en su acepción moderna—, pues divide a la sociedad en órdenes distintos, ajenos entre sí. Mientras los ricos tienden a aislarse en sus propias ciudadelas fortificadas, aterrorizados ante los demonios de la inseguridad —es decir: ante esos otros, siempre sospechosos, que codician sus bienes—, los pobres viven atrapados en sus guetos, y sólo la clase media, cada vez más escasa y debilitada, sirve de tímido puente entre ambos órdenes. Las escalofriantes diferencias económicas que se atestiguan en América Latina acendran las diferencias entre los grupos sociales hasta volverlos extranjeros. En las grandes ciudades, y en especial las megaurbes como México, Caracas, São Paulo o Buenos Aires, han surgido faraónicas poblaciones amuralladas, pulcras y seguras, dotadas con todas las comodidades —multicinemas, salas de conciertos, *malls,* parques, gimnasios, campos de golf—, en medio de sórdidas barriadas, favelas, ciudades perdidas o ranchitos que con frecuencia carecen de servicios básicos como electricidad, alcantarillado o agua corriente. Pese a situarse a pocos metros de distancia, los habitantes de estos dos universos apenas se conocen: el contacto entre unos y otros se limita a las relaciones entre las amas de casa y sus cocineros, jardineros o sirvientas. Protegidos por inmensas alambradas —nuevas fronteras interiores, a veces más difíciles de traspasar que las fronteras nacionales—, los ricos viven como ciudadanos del primer mundo y, siempre y cuando no se arriesguen a salir de sus refugios, gozan de todos los privilegios de las democracias modernas; sus vecinos, en cambio, se limitan a sobrevivir en democracias paralíticas, desprovistos de los derechos más elementales.

La película *La Zona* (2007), del mexicano Rodrigo Plá, retrata una de estas urbanizaciones circundadas por la miseria: el conflicto entre ambos territorios estalla cuando un grupo de adolescentes ociosos aprovecha un apagón para traspasar las murallas de los ricos; su intención no parece tanto robar como atestiguar lo que se oculta allí, en ese impenetrable reino de la abundancia. La intrusión de los pobres se asemeja a una invasión, como si se tratase de una horda salvaje dispuesta a atentar contra el Occidente civilizado: la diferencia radica en que estos nuevos bárbaros no pertenecen a una nación enemiga, sino que en teoría poseen los mismos derechos que los moradores de estos "exclusivos fraccionamientos residenciales". La reacción de los habitantes de La Zona es típica de las clases altas latinoamericanas: al desconfiar de la policía, cuya corrupción se da por sentada, optan por tomar la justicia en sus manos. La metáfora planteada por *La Zona* puede resultar un tanto obvia, pero es dolorosamente cierta: la diferencia entre los dos grupos sociales se ha vuelto tan abismal que cualquier relación entre sus miembros se torna imposible. En un mundo sin leyes, o con leyes que se cumplen sólo para algunos, los valores de la democracia se extinguen sin remedio y dan vida a un sistema rígidamente estratificado en que el valor de los ciudadanos varía en proporción de su estrato económico.

Si visitase América Latina a principios del siglo XXI, Tocqueville se vería obligado a admitir que el rasgo distintivo de nuestra democracia es esta vergonzosa desigualdad que ratifica el carácter esencialmente oligárquico de nuestros países. En el capítulo 32 de *La democracia en América*, titulado "La igualdad da a los hombres, naturalmente, el gusto por las instituciones libres", escribe:

La igualdad, que hace a los hombres independientes unos de otros, les hace contraer el hábito y la afición a no seguir, en sus acciones particulares, más que su voluntad. Esa entera independencia de que gozan continuamente frente a sus iguales y en el transcurso de su vida privada les dispone para considerar con descontento cualquier autoridad, y pronto les sugiere la idea y el amor hacia la libertad política.

En contrapartida, en América Latina la desigualdad hace a los hombres brutalmente dependientes unos de otros, es decir, a los más pobres de los más ricos, lo cual los lleva a desconfiar de la libertad política y a preferir una sociedad autoritaria. El título que cabría inscribir para el estado de cosas en nuestra región sería, pues: "La desigualdad arrebata a los hombres, naturalmente, el gusto por las instituciones libres". Trágica —e irrefutable— conclusión a la hora de evaluar las nuevas democracias latinoamericanas.

Los olvidados

Últimos entre los últimos, los indígenas continúan viviendo en una situación de penuria exacerbada por décadas de políticas neoliberales y por la reciente crisis económica global. Las comunidades indígenas mantienen los más altos índices de pobreza y analfabetismo del continente, e incluso en lugares donde constituyen la mayor parte de la población, como Bolivia o Guatemala, o en aquellos donde conforman importantes minorías, como México, Perú o Ecuador, se hallan recluidos en los márgenes de la sociedad. El hecho de que apenas en el 2000 se eligiesen por primera vez parlamentarios indígenas en Bolivia, donde éstos constituyen entre el 45 y el 55 por ciento de sus habitantes, es prueba de la discriminación que prevalece. El resurgimiento del indigenismo en América Latina en los últimos años del siglo pasado apenas resulta sorprendente en este contexto. El despertar de esta nueva conciencia —de signo casi inverso a la planteada por Mariátegui— podría situarse en las conmemoraciones del Quinto Centenario del "encuentro de dos mundos" o, más llanamente, de la conquista. A partir de esta fecha se acentuaron las tensiones que habrían de producir el estallido del nuevo indigenismo latinoamericano. El 1° de enero de 1994, las tropas indígenas del Ejército Zapatista de Liberación Nacional tomaron por asalto varias cabeceras municipales del estado de Chiapas, el más pobre de México, justo a unas horas de haber entrado en vigor el Tratado de Libre Comercio de América del Norte. Si bien pasaron unos días antes de que el subcomandante Marcos renunciase a las consignas socialistas y adoptase las reivindicaciones indígenas como su principal bandera, el alzamiento zapatista no tardó en convertirse en símbolo mundial de las luchas de los pueblos oprimidos. Por más que México se proclamase orgulloso de su pasado indígena y exaltase entre sus héroes al zapoteca Benito Juárez, lo cierto era que, como señaló el propio Marcos, el país se vanagloriaba de sus indígenas muertos pero despreciaba a los vivos.

Podrán decirse muchas cosas del Ejército Zapatista, pero su aparición colocó la cuestión indígena en primer plano y se encargó de mostrarle al resto del país —y al mundo— las condiciones de miseria y opresión de estas comunidades. Gracias a una habilidad retórica sin precedentes —y un sentido del humor inusual en un guerrillero—, Marcos concitó la simpatía de la izquierda mundial, alentó urgentes discusiones sobre temas como el racismo o la inserción de los indígenas en el mundo contemporáneo y se convirtió en el punto de partida de los movimientos antiglobalización que pronto habrían de multiplicarse en todo el orbe. Además, volvió a poner sobre la mesa un problema central para el siglo XXI: el conflicto entre los valores universales de la democracia y los usos y costumbres tradicionales, debate abierto que plantea no pocas contradicciones, especialmente en lo que se refiere al papel reservado a las mujeres (y que terminaría por trasladarse al conflicto entre Occidente y el mundo islámico). A partir del año 2000, cuando México al fin celebró unas elecciones libres, Marcos perdió el rumbo y condujo al EZLN a una deriva radical que terminó por desacreditar sus conquistas previas. A 15 años del estallido de Chiapas, el EZLN ha perdido toda visibilidad, Marcos se ha convertido en un actor público irrelevante y, lo que es más grave, en México la cuestión indígena ha vuelto a la oscuridad previa a 1994.

Correspondió a Evo Morales relevar a Marcos, uno de sus ídolos, como principal adalid del nuevo indigenismo latinoamericano. Aunque a diferencia del mexicano él sí pertenece a una comunidad indígena, Morales nunca ejerció la violencia directa, si bien se valió de bloqueos y amenazas para confrontar al poder blanco de La Paz. En última instancia, su carrera como dirigente cocalero lo propulsó a convertirse en el primer presidente indígena de Bolivia en 2006, con un insólito 56 por ciento de los votos. Desde entonces, Morales se convirtió en fiel aliado de Hugo Chávez, aunque es justo reconocer que se trata de un líder menos mesiánico y autoritario; igual que éste, Morales ha sido contrario al neoliberalismo y a la injerencia estadounidense en su país, pero su principal lucha continúa siendo indigenista. Esta actitud, traducida en su decisión de modificar la constitución para adecuarla a sus ideales, lo ha llevado a enfrentarse con las provincias mestizas de la llamada Media Luna, encabezadas por la rica Santa Cruz, drásticamente opuestas al centralismo de La Paz. Como fuere, Marcos y Morales constituyen dos fenómenos que han de considerarse naturales en sociedades donde los indígenas se encuentran en los últimos peldaños del escalafón social. Más allá de sus errores y desvíos, los dos líderes no dejan de recordarnos que, a más de quinientos años de la conquista, América Latina aún no ha resuelto qué hacer —política y discursivamente— con sus comunidades indígenas.

3. Repúblicas fallidas

Una buena noticia y una mala. La buena: si exceptuamos a Cuba, donde en cualquier caso las edades de Fidel y Raúl Castro poseen límites inexorables, las dictaduras se han extinguido en América

Latina. Ahora la mala: el fin de los tiranos o, como en México y Paraguay, del predominio absoluto de un partido, no ha significado que las viejas prácticas autoritarias, la corrupción o la injusticia se hayan marchado con ellos. Como preveían los pesimistas, la proliferación de democracias liberales a partir de los noventa no implicó la demolición de los antiguos sistemas de poder, y en muchos casos no hizo sino maquillarlos para concederles cierta respetabilidad. Ello no implica, por supuesto, la ausencia de avances: la libertad de expresión se ha extendido de manera irreversible —si bien la censura no se ha desvanecido por completo— y los derechos humanos se han afianzado como nunca. Pero esta ampliación de las libertades cívicas no se ha correspondido con la puesta en práctica de mecanismos capaces de asegurar una democracia efectiva en términos más amplios.

Pese a la instalación de órganos electorales autónomos, en muchos países las elecciones permanecen bajo el control del gobierno; la Iglesia católica, los conglomerados mediáticos y los grandes grupos económicos conservan una influencia desmedida; los partidos se han convertido en negocios y sus vidas internas carecen de transparencia; presidentes, gobernadores y alcaldes se comportan conforme a criterios arbitrarios o personalistas; congresos y asambleas locales mantienen niveles básicos de discusión, mientras que sus miembros se desentienden de sus votantes en cuanto son elegidos; el corporativismo y el pago de favores son prácticas cotidianas; la rendición de cuentas se encuentra en pañales; los funcionarios abusivos son sancionados a cuentagotas; y, como he dicho, la corrupción enfanga todos los órdenes de la vida pública.

Las principales taras de nuestras democracias podrían agruparse, pues, en estas categorías: pervivencia del caudillismo entre los nuevos dirigentes democráticos; opacidad de los partidos políticos y lejanía entre representantes populares y electores; impunidad generalizada; ausencia de controles jurídicos que acoten la ambición de los grupos empresariales; y proliferación del narcotráfico y el crimen organizado asociada a la corrupción de los cuerpos de seguridad. Veamos.

Caudillos democráticos©

Pregunta: además de ser o haber sido electos como presidentes de sus respectivos países, ¿en qué se parecen Hugo Chávez, Vicente Fox, Álvaro Uribe, Rafael Correa, Evo Morales, Martín Torrijos, Néstor y Cristina Kirchner y Daniel Ortega? Respuesta: fuera de las diferencias que han llegado a enfrentarlos, todos ellos comparten cierto *estilo*. Aunque sus seguidores jamás aceptarían reconocerlo —"¿quién osa comparar al fascista Uribe con el revolucionario Chávez?", "¿quién se atreve a unir al tiránico Chávez con el liberal Uribe?"— y estarían dispuestos a cualquier sacrificio con tal de borrar esa odiosa hermandad, todos estos líderes, al igual que otros que por muy poco han fracasado en las urnas como Ollanta Humala o Andrés Manuel López Obrador, poseen la misma propensión al populismo, los mismos tics mesiánicos, la misma tentación salvadora y, sobre todo, la misma íntima desconfianza hacia las reglas democráticas. En mayor o menor medida, unos y otros se han presentado ante su público en el papel que la sociedad del espectáculo exige sin falta a los líderes contemporáneos: *outsiders,* descastados, rebeldes que se enfrentan al estamento tradicional dominado por la ineficacia, la corrupción y el amiguismo.

Para tener alguna posibilidad de triunfo en nuestra época, un político no puede parecer *un político*. Ante el acelerado descrédito que la democracia ha sufrido en América Latina —un proceso que no ha durado 10 años y, en casos como el mexicano, ni siquiera seis—, quienes aspiran a convertirse en gobernantes deben revelarse como implacables críticos del sistema, renovadores absolutos, *self-made men* que, sólo gracias a su talento y energía individuales, han logrado abrirse paso en el fango de la vida pública. A fin de probar su insumisión, hasta los dirigentes más conservadores se apropian del discurso revolucionario: basta escuchar las invectivas de Álvaro Uribe o incluso de Felipe Calderón para constatar este saqueo del viejo romanticismo de izquierdas. "La política está podrida, se ha vuelto coto exclusivo de hienas y chacales —repiten una y otra vez—, y sólo yo, el hijo rebelde, el insobornable, el inconforme, seré capaz de salvar a la patria de esos monstruos." Poco importa que el héroe en turno haya pasado la mitad de su vida medrando en las estructuras que ahora ataca o que posea vínculos de sangre con los personajes que hoy desprecia; para ganar las elecciones, sus asesores necesitan reescribir su biografía a fin de mostrarlo incontaminado, puro, al margen de esa bazofia que los ciudadanos tanto aborrecen: la política. En campaña, incluso los candidatos de los partidos en el gobierno se ven obligados a abjurar de su pasado, de sus protectores y colegas, para disponer de una mínima credibilidad como abanderados del *cambio:* la palabra mágica que ningún líder, ni siquiera el más conservador, puede dejar de pronunciar. ¿Cambio hacia dónde? No importa: lo relevante es fingir un rompimiento con el *statu quo,* dejar claro que no se es cómplice de las componendas y corruptelas previas, que se es libre de ataduras, por más que subrepticiamente hasta los candidatos más radicales establezcan acuerdos con los empresarios, el ejército y la Iglesia, o incluso con distintos grupos criminales.

El descrédito de la política acarrea el inevitable descrédito de la democracia: si el sistema no funciona, si las desigualdades no se limitan, si el país se mantiene en la ruina o no crece lo suficiente, si perseveran el crimen y la impunidad, no es culpa de la ineficacia de los funcionarios, sino del sistema en su conjunto. La democracia queda exhibida entonces como un régimen disminuido, incapaz de ofrecer al líder los instrumentos que le permitan tomar decisiones drásticas para remediar las taras de la nación. La guerra hacia la política corrupta que enarbolan los nuevos caudillos democráticos© (aclaro que uso el término en sentido negativo, sin la ambigüedad de Vargas Llosa al referirse a Berlusconi) se convierte en una guerra contra la democracia: "Si no soy capaz de cumplir mis promesas, si no logro atajar la inseguridad, si no consigo acelerar el crecimiento, si no disminuyo la inequidad, es porque el congreso o la ley o los jueces me atan de manos, porque los derechos individuales protegen a los delincuentes, porque las torpes normas del antiguo régimen me impiden tomar medidas contundentes". ¿Y quiénes son las rémoras que impiden la transformación prometida por el nuevo caudillo? Los otros políticos, por supuesto. Y en particular quienes medran en las sucias aguas de los otros poderes estatales: representantes populares y magistrados. Los ataques contra los corruptos o abúlicos miembros de los poderes legislativo y judicial resultan tan frecuentes como previsibles: son ellos quienes atajan la capacidad de acción del caudillo democrático© y lo condenan a la parálisis. Principal objetivo al llegar a la presidencia: sanear el poder judicial —lo cual casi siempre significa atajar su independencia— y echarles la culpa de todos los males a los primitivos, antipatrióticos y gansteriles miembros del legislativo. Si bien es justo admitir que los caudillos suelen acertar en su diagnóstico —incontables jueces se caracterizan por su venalidad y la calidad moral de diputados y senadores en general es deplorable—, sus ataques minan el balance entre los distintos órdenes del Estado. (En casos como el mexicano ocurre lo inverso: es el congreso, desprovisto de una mayoría clara, quien boicotea las iniciativas del presidente.)

No resulta extraño, pues, que los caudillos democráticos[©] inviertan toda su energía en lograr la aprobación de leyes que amplíen sus facultades y disminuyan el poder de los tribunales y el congreso: los proyectos constitucionales de Chávez, Correa o Morales, al igual que la reforma constitucional que permitió la reelección de Uribe, comprueban esta tesis. Da igual si el líder es de izquierda o de derecha —términos que resultan cada vez más irrelevantes—: la crisis económica, la seguridad nacional o la lucha contra el narcotráfico serán invocadas una y otra vez para justificar los asaltos a la legalidad. Comprados o diezmados, jueces y legisladores extravían sus facultades, se supeditan a los deseos del caudillo y se transforman en comparsas. El diorama democrático se mantiene para evitar las acusaciones de autoritarismo, aunque en la práctica el equilibrio de poderes se reduzca al mínimo. Gracias a este tipo de maniobras, el caudillo evita rendir cuentas a través de las vías institucionales y puede consagrarse, en cambio, a seducir a su público.

Las herramientas básicas para evaluar su trabajo no son los votos o las comparecencias ante los parlamentarios, sino las encuestas y sondeos de opinión: la popularidad inmediata, evaluada día con día y a veces hora con hora como la audiencia de una telenovela, se vuelve la única forma de medir su tarea de gobierno. Las acciones a largo plazo, los planes estratégicos o la cuenta de resultados dejan de interesarle: el caudillo democrático© no trabaja para la Historia —y menos en una época de memoria tan corta—, sino para el aplauso y la celebridad instantáneos. Igual que los productores televisivos con sus guionistas, sus asesores de imagen lo obligan a alterar sus decisiones sobre la marcha para conservar o aumentar su nivel de aprobación. Más que como político —profesión turbia y detestable—, el caudillo democrático© se asume como estrella pop: su vida privada se torna tan visible como su proceder público y llega a definir su agenda; sus discursos no pretenden convencer a los ciudadanos o informarlos sobre sus decisiones, sino inflamarlos con su efusividad, conmoverlos con sus vicisitudes o escandalizarlos con sus chistes y salidas de tono; sus apariciones públicas se alejan de los recintos oficiales y en especial de los lugares donde su imagen puede quedar lastimada —el congreso o las entrevistas con la prensa crítica—, y se concentran en la radio y la televisión, de preferencia en *talk shows* con periodistas de espectáculos; y, en última instancia, el líder se atreve a conducir su propia *stand-up comedy,* como Chávez o Fox. El caudillo democrático© se aleja de las Cámaras y se rinde ante las cámaras.

La sociedad del espectáculo se pliega sobre sí misma: el gobierno no sólo se adecua a las reglas del *show business,* sino que se confunde con él. *Big Brother* —y no, como se suponía décadas atrás, Big Brother— es el paradigma de la política moderna: el presidente, sus ministros, diputados, senadores, jueces y alcaldes son televisados en vivo, sin tregua, a todas horas; cuando tienen algo importante que decir, imitan las confesiones de los participantes del *reality show* frente al diván (el viejo recurso escénico del "aparte") o se decantan por las filtraciones a la prensa; los más aburridos o antipáticos —no necesariamente los peores—, son expulsados de sus puestos debido a sus malos resultados en las encuestas, y al final gana quien mejor ha resistido los ataques y se ha hecho más carismático a ojos de los televidentes (o, si se quiere destruir a un rival, basta con grabarlo en una maniobra turbia y enviar el video, anónimamente, a una televisora o a un programa de radio). Aun cuando este fenómeno se reproduce en todas partes, en pocos sitios se ha vuelto tan acusado como en América Latina, acaso por el temple locuaz y bullanguero de nuestros líderes.

El *show* del caudillo democrático© concede un gigantesco poder a los medios electrónicos y en particular a la industria televisiva. La caja idiota se disfraza de caja democrática: el único contacto que la mayor parte de la población tiene con sus dirigentes. Fuera de los pocos ciudadanos que leen periódicos, revistas y libros en América Latina —un porcentaje ridículo—, el resto no tiene otra posibilidad de mantenerse informado sobre las acciones y resultados del gobierno si no es a través de los noticieros. Mientras la radio e internet permanecen como espacios para la diversidad de opiniones, la televisión se presenta como espejo de la realidad política: el traslado inmediato de los hechos, en directo, a la comodidad del hogar. Por ello, el caudillo democrático© se ve obligado a pactar con los dueños de las empresas mediáticas, las únicas que pueden garantizarle popularidad, y, como una estrella de culebrón, firma cláusulas secretas para que los productores resalten sus mejores ángulos (y escondan sus defectos).

En medio del capitalismo feroz que impera en América Latina, la democracia se revela entonces como un gigantesco negocio para los medios: los gobiernos centrales y locales invierten millones de dólares en promover sus acciones —o de plano la imagen de ciertas figuras—, y cada temporada electoral anuncia una época de jauja para las cadenas de radio y televisión. En los lugares don-

115

de no está reglamentada la transferencia de dinero público a estas empresas, las pantallas se ven inundadas con una infinita variedad de *spots* políticos: a mayor inversión, mayores posibilidades de victoria. Cualquier candidato que se atreva a desafiar este sistema queda condenado al fracaso: la amplificación electrónica de sus virtudes y defectos, reales o imaginarios, puede determinar el futuro de su carrera. (En México, una reforma reciente intentó arrebatar este poder a las televisoras, prohibiendo la contratación de tiempo aire por parte de particulares y partidos para promover a un candidato. El resultado ha sido, por el momento, caótico: el Instituto Federal Electoral se ha convertido en una central de pautas publicitarias, los televidentes han recibido miles de insulsos *spots* a todas horas y las grandes televisoras han explorado todos los resquicios de la ley para burlarse de las autoridades electorales.)

La pelea frontal con una televisora puede ser la peor pesadilla para un caudillo democrático©: de allí los invariables intentos por seducirlas, chantajearlas, amenazarlas o, en última instancia, expropiarlas. Unos ejemplos. Más allá de las acusaciones de fraude enarboladas por López Obrador en 2006, no cabe duda de que los arteros ataques en su contra, donde se le presentaba como un émulo de Hugo Chávez, reproducidos una y otra vez en la televisión mexicana —y pagados por un grupo de empresarios de derechas— acabaron con la ventaja que le otorgaban los sondeos. En el otro extremo, la drástica cancelación de la concesión de la cadena RCTV ordenada por Hugo Chávez —el cual por supuesto no se ha preocupado por volver a licitarla— demuestra su temor frente a la única oposición capaz de amenazarlo.

Los vínculos de los nuevos caudillos con la industria mediática constituyen uno de los mayores peligros para la democracia en América Latina: destruyen el equilibrio de poderes y anulan la posibilidad de que los dirigentes rindan cuentas de sus actos. Arropado por su popularidad —es decir, el cobijo de los medios—, el caudillo democrático© acumula un poder anómalo que no puede ser limitado a través de mecanismos institucionales. El *show business* desfigura la política: presenta la democracia como una telenovela y a los gobernantes como héroes o villanos según la lógica del *rating* y las tarifas comerciales. Poco importa que la gestión del gobernante sea aprobada por la mayor parte de la población —el primer Chávez o el último Uribe—: la falta de cotos al poder personal siempre constituye una grave amenaza para las libertades cívicas.

Decálogo del caudillo democrático©

1. Utilizar la palabra *democracia* en toda ocasión, cada vez que sea posible, machaconamente, sin importar las medidas que adopte.

2. Utilizar la palabra *cambio* en toda ocasión, cada vez que sea posible, machaconamente, sin importar las medidas que adopte.

3. Acusar a todos los adversarios de "antidemocráticos".

4. Presentarse como una persona normal, capaz de entender los problemas de la gente, nunca como un político profesional (por más que haya pasado los últimos veinte años en la política) y emplear siempre un lenguaje coloquial (de preferencia trufado con palabras altisonantes, frases populares y dobles sentidos).

5. Vituperar una y otra vez la política y a los políticos y denunciar con violencia las prácticas corruptas del antiguo régimen (aunque se haya formado parte de él).

6. Hablar despectivamente de "lo que se decide" en México, o en Lima, o en La Paz, o en Buenos Aires, o en Bogotá, o en Washington, o en cualquier otra capital.

7. Arremeter contra los privilegios de los ricos (aunque en secreto se pacte con ellos), defender la soberanía en contra de los espurios intereses extranjeros (mientras se hacen negocios con toda clase de empresas trasnacionales); y señalar, de vez en cuando, algún intento golpista diseñado para detener el *cambio*.

8. Presentarse como la única persona en el universo capaz de combatir el crimen y acabar con la impunidad (pese a pactar en secreto con distintos grupos criminales o proteger a sus subordinados aunque conozca sus actos delictivos).

9. Mandar al diablo a las instituciones y señalar su complicidad con los enemigos de la democracia.

10. Prometer un nuevo orden legal que por fin recogerá la voluntad democrática de la nación (aunque en realidad sólo busque acrecentar el propio poder) y de preferencia exigir la aprobación de un nuevo texto constitucional.

Partidos, S. A.

Aplaudamos, celebremos, acumulemos brindis, lancemos fuegos de artificio y entonemos himnos: la democracia ha llegado a América Latina. Y, luego, una vez pasada la ebriedad, analicemos con cuidado lo que significa: la democracia latinoamericana del siglo XXI es, en esencia, una democracia de partidos. Sin el apoyo de éstos resulta prácticamente imposible que un candidato tenga posibilidades de ganar una elección (e incluso hay países, como México, que lo prohíben). Son los partidos, pues, quienes compiten y se reparten el poder. Pero una auténtica democracia no sólo debería regular la competencia entre los partidos, sino la vida interna de éstos, así como los mecanismos que emplean para elegir a sus candidatos. Y es aquí donde América Latina enfrenta un desafío monumental: una cosa es que, después de tantas décadas de autoritarismo, los ciudadanos al fin puedan votar —y confiar en que su voto se respete—, y otra es que sepan la forma como han sido seleccionados los nombres que figuran en las boletas o a qué intereses sirven.

A diferencia de quienes aspiran a convertirse en presidentes, gobernadores o alcaldes, cuyos méritos y defectos resultan inocultables ante el escrutinio público, quienes figuran en las listas para diputados, senadores o regidores rara vez son conocidos por los votantes. Mientras que en lugares como Estados Unidos los congresistas se ven obligados a responder en primera instancia ante sus comunidades —lo cual los lleva con frecuencia a desafiar a sus dirigencias nacionales o a votar iniciativas en contra de sus convicciones—, en América Latina los legisladores no suelen ser sino burócratas al servicio de los partidos. En esta medida, no constituyen un auténtico contrapeso al ejecutivo y, más que representar los intereses de los ciudadanos, protegen los de sus respectivos grupos. La democracia deviene, así, partidocracia: el gobierno de los partidos para los partidos y por los partidos, que rara vez se sienten obligados a rendir cuentas frente a los ciudadanos.

De hecho, buena parte de los partidos latinoamericanos no son sino negocios. Excelentes negocios. Alimentados con los recursos de los contribuyentes y las prebendas que obtienen gracias a apoyar tal o cual proyecto de ley, muchos partidos prosperan aun si carecen de programas o ideas claras sobre los asuntos públicos. Decenas de pequeñas organizaciones, que resultarían irrelevantes si no fuese por la necesidad que tienen los mayores de pactar con ellas, florecen en el bien abonado terreno de la contienda electoral. Insisto: basta observar de dónde provienen sus votos, la manera como apoyan ora la iniciativa de un partido, ora la de su rival, para apreciar su condición de empresas electorales.

El Partido Verde Ecologista de México (PVEM) es notorio en este sentido, aunque abundan casos similares en toda América Latina. Escoja usted un nombre atractivo —y qué mejor que la lucha ecológica, tan bien posicionada—, realice un mínimo trabajo de campo para obtener ese porcentaje de firmas o votos que exige la ley para asegurar su registro, y habrá obtenido una franquicia inmejorable. A partir de ese momento puede usted dedicarse a posicionarla y explotarla, vendiendo su apoyo al mejor postor. Felicidades: negocio redondo. En las dos últimas elecciones federales, el Partido Verde no ha presentado un candidato propio —para qué malbaratar su rentabilidad política— y se ha limitado a aliarse primero con el PAN y luego con el PRI, alcanzando un número de diputados que le permitió seguir elevando su precio. (En las elecciones intermedias de 2009, el PVEM modificó su estrategia: contrató a una estrellita de telenovela para que defendiese, con su bello e inocente rostro, su iniciativa de aprobar la pena de muerte. Oyó usted bien: el único partido verde del mundo que apoya la pena de muerte.)

Un caso todavía más escandaloso: la "parapolítica" colombiana. Los parlamentarios al servicio de paramilitares —o directamente de narcotraficantes— no han cesado de salir a la luz durante el gobierno de Álvaro Uribe, incluyendo a destacados miembros de su propia formación política (e incluso de su familia), demostrando que el crimen organizado se infiltra cada vez con mayor fuerza en la vida partidista. La narcopolítica como nuevo paradigma de nuestro tiempo: lobbystas que garantizan la impunidad de sus jefes y que, podemos suponer, encabezan los movimientos contra la legalización de las drogas.

¿A quién sirven los partidos políticos latinoamericanos? ¿A los ciudadanos? Rara vez. Más bien a sí mismos y a los grupos económicos que los amparan. En cualquier sistema político, los participantes compiten por el poder y son capaces de hacer cualquier cosa con tal de preservarlo —Maquiavelo *dixit*— pero, al menos en teoría, la democracia representativa debería contar con recursos que obliguen a los contendientes a someterse al escrutinio público. Pero cuando los partidos se hallan desconectados del resto de la sociedad, su competencia se reduce a una simple batalla por el poder (y el dinero), ajena al bienestar común. Si a ello se suman opiniones públicas débiles y medios de comunicación poco dispuestos a proteger el interés general, las democracias latinoamericanas se transforman en jugosas arenas donde los distintos grupos económicos y políticos, tanto legales como ilegales, defienden sus propios intereses a través de los partidos. Y nada más.

Supercapitalistas

Ellos mueven los hilos, ellos toman las decisiones clave, ellos tienen la facultad de salvar países en ruina o de precipitarlos en la bancarrota: no constituyen ni el uno por ciento de la población del mundo —el porcentaje es aún más ajustado en América Latina—, pero su influencia les granjea la amistad de los presidentes y les abre las puertas de los despachos ministeriales; son tan respetados como temidos y todos los políticos, incluso aquellos que en público se muestran más agrestes y violentos, no dudan en cortejarlos. Dueños de grandes empresas, fondos financieros o bancos, los miembros de esta "superclase", como la llama David Rothkopf (*Superclass. The Global Power Elite and the World They Are Making,*

2008), no son los amos absolutos de sus naciones, pero en algunos casos tienen un poder infinitamente mayor que el de las autoridades elegidas en las urnas. Se les venera tanto como se les teme. Algunos no dudan en convertirse en figuras públicas y se permiten opinar sobre todos los temas posibles (e incluso se convierten en candidatos, como Sebastián Piñera en Chile); otros prefieren resguardarse en el anonimato, y otros más prefieren aparecer de tanto en tanto en la prensa para justificar sus ganancias mediante sabias lecciones a los gobiernos en turno (como Carlos Slim en México o Gustavo Cisneros en Venezuela). Algunos provienen de familias aristocráticas bien asentadas desde hace siglos, pero la mayoría ha adquirido su fortuna a partir de las privatizaciones orquestadas por los políticos neoliberales de los noventa.

Una vez más el caso mexicano es paradigmático. Que uno de los tres hombres más ricos del mundo —el ranquin varía de año en año— sea latinoamericano no puede ser una simple coincidencia: dejando de lado su innegable habilidad empresarial, Carlos Slim obtuvo la concesión de Teléfonos de México en inmejorables condiciones, lo cual le permitió asentar su enorme fortuna. Gracias a la ausencia de una regulación estricta, se apoderó de un monopolio que, bien administrado, le permitió ingresar tres lustros después en el *top ten* de la lista de *Forbes,* superando por momentos a figuras como Bill Gates o Warren Buffett. Su mérito: el instinto para llevar a cabo gigantescas operaciones financieras, comprando y vendiendo acciones y otros productos monetarios, hasta acumular un patrimonio descomunal. Nada de esto hubiese sido posible con una adecuada normativa. En México, el chiste se ha vuelto realidad: un ciudadano apenas puede imaginar un día en el que no realice pagos de bienes o servicios que de una manera u otra no terminen en los bolsillos de Slim: restaurantes, tiendas de ropa, telefonía fija y móvil, productos alimenticios, televisión por cable, bancos y aseguradoras, librerías y farmacias dependen de él, al igual que decenas de empresas de infraestructura, desde constructoras de puentes y carreteras hasta plantas petrolíferas. Pero ésta no es tanto una acusación contra Slim como una denuncia de los mecanismos del libre mercado que, cuando se implantan en países que carecen de controles legales suficientes, alientan la grosera acumulación de riqueza sin que intervenga ninguna "mano invisible" para redistribuirla luego entre los más pobres. Dejando a un lado la odiosa tentación latinoamericana de culpar de todos nuestros males a los ricos, la existencia de una clase de supercapitalistas tan poderosa como la nuestra obedece a un sistema que perpetúa la desigualdad hasta límites obscenos.

El ejemplo de Gustavo Cisneros en Venezuela resulta aleccionador en otro sentido. Pese a las infinitas diatribas que lanza contra los ricos y contra el capitalismo, Hugo Chávez mantiene una relación de tácita neutralidad hacia Venevisión. Aunque el líder bolivariano y el hombre más rico del país sostuvieron profundos diferendos en el pasado, en cierto momento parecieron llegar a un entendimiento que les ha permitido cohabitar sin demasiados altercados: mientras Chávez nacionaliza otras empresas de telecomunicaciones y se lanza al cuello de empresarios más críticos, Venevisión mantiene sin problemas su concesión desde que Chávez y Cisneros se reunieran con el ex presidente estadounidense James Carter en 2004 (si bien tanto el presidente como el empresario se han apresurado a desmentir un pacto entre ellos). En el fondo, el "socialismo del siglo XXI" de Chávez no es sino un feroz capitalismo de Estado y, mientras los empresarios accedan a no entrometerse en política —como en China—, nada tienen que temer.

La perversa relación entre los políticos y los grandes empresarios provoca que nuestra democracia se confunda con la plutocracia y la oligarquía: el interés nacional y los intereses de unas cuantas empresas tienden a asimilarse. Aplicando en sentido inverso la máxima de que lo que era bueno para la Ford era bueno para Estados Unidos, no necesariamente lo que es bueno para una gran empresa mexicana o venezolana es bueno para México o Venezuela. La corrupción endémica que agobia a los países latinoamericanos encuentra su máxima expresión en el tráfico de influencias y la connivencia entre políticos y empresarios en todos los sectores de la economía, especialmente en el desarrollo inmobiliario y en la adjudicación de obras de infraestructura. Frente a este poder omnímodo, que combina y unifica lo político y lo económico, el ciudadano queda indefenso, desnudo, con la espada contra la pared.

Aún más grave: mientras los gobiernos latinoamericanos han impulsado las meteóricas carreras de unos cuantos supercapitalistas, en cambio se han preocupado muy poco por establecer las condiciones propicias para que pequeños y medianos empresarios prosperen por su cuenta. La falta de seguridad jurídica, las infinitas trabas burocráticas y los torpes o amañados mecanismos de adjudicación de obras públicas impiden la consolidación de una clase empresarial moderna. Pequeños y medianos empresarios han sido los más afectados por las recurrentes torpezas económicas de nuestros gobernantes y, en el marco de la presente crisis global, son quienes reciben menos apoyo en comparación con las cantidades destinadas a salvar a los mastodónticos gigantes del pasado. Si América Latina quiere salir de su atraso, necesita cambiar su visión del desarrollo económico e impulsar medidas para que la pequeña y mediana industrias se desarrollen aun en condiciones tan adversas como las que ahora azotan a la región.

Es la economía, estúpido

La crisis del capitalismo contemporáneo —aún no se ha acuñado un término más eficaz para describirla— ha servido para demostrar que el supuesto fin de las ideologías, anunciado con bombo y platillo en 1991 tras el derrumbe de la Unión Soviética, no fue más que otro gran engaño. Durante las últimas dos décadas hemos vivido atados a una sola ideología, tan feroz como la de su rival derrotado, presentada como la única vía posible para resolver los problemas del mundo. Ahora comprobamos que, como ocurrió con el comunismo, el capitalismo neoliberal también era un edificio sin cimientos: una entelequia o un espejismo que no podía sino desvanecerse luego de tantos años de especulación insensata, de vagas promesas de futuro —la utopía Madoff—, de gigantescas operaciones sin sustento. Como ha escrito Vicente Verdú en *El capitalismo funeral* (2009), "la crisis financiera es la consecuencia de la desaparición del dinero y no la desaparición del dinero el efecto de la crisis financiera".

Para América Latina, el fenómeno señala el inexorable fin del consenso de Washington. Por lo pronto, cada país se halla en la etapa del "sálvese quien pueda", igual que el compungido y alarmado resto del mundo. Pero la crisis no debe servir sólo para desacreditar al neoliberalismo por enésima ocasión —y para alentar las diatribas de la nueva vieja izquierda latinoamericana—, sino para instaurar eso que los políticos denominan, con una sonrisa nerviosa, "el nuevo sistema económico global". Nuestros países necesitan actuar de manera coordinada, evitando tomar medidas nacionalistas o proteccionistas —la primera intención del populismo—, como única forma de enfrentar los desafíos de la debacle.

No basta con celebrar por lo bajo la quiebra de un modelo que para muchos resultó incongruente y opresivo; por el contrario, resulta imprescindible articular un nuevo entendimiento entre el poder público y la iniciativa privada que, sin derivar hacia un estatismo anquilosado como el promovido por Chávez & Cía., recupere la función social —y la iniciativa— del gobierno en todos sus niveles.

Moraleja final: mientras que por muchos años se nos vendió la idea de que, si América Latina seguía al pie de la letra las políticas dictadas por las instituciones financieras internacionales, no tardaría en parecerse a los países desarrollados, ahora son los países desarrollados quienes, por culpa de un sistema financiero internacional desordenado y engañoso, cada día se parecen más a América Latina.

Libre mercado

Lo hemos visto: antes uno decía América Latina y pensaba en sanguinarios y excéntricos dictadores o en heroicos y taimados guerrilleros. A principios del siglo XXI, uno habla de América Latina y el interlocutor imagina un sujeto repugnante y ceniciento, de mirada esquiva, rodeado por guardaespaldas armados hasta los dientes y jovencitas de pechos enormes y mínimos vestidos; fastuosas mansiones construidas en medio del desierto; jaulas con tigres de Bengala o avestruces; Hummers blindadas que atraviesan a toda velocidad pueblos polvorientos; cuerpos acribillados o colgados o decapitados expuestos día tras día en las noticias. El narcotraficante y su corte de los milagros —sicarios y gatilleros, prostitutas y reinas de belleza, policías y jueces corruptos, bandas de música norteña— se han convertido en los representantes por antonomasia de la nueva América Latina. Políticos y futbolistas han pasado de moda para dejar su sitio a estos bandidos posmodernos, célebres por su sangre fría y su demencia pero también —eso se dice— por su generosidad hacia los pobres. Pablo Escobar sentó un modelo reproducido en todas partes: patriarcas de la droga convertidos en madres teresas, modelados en Scarface o Tony Soprano con un inevitable toque de Robin Hood o Chucho *el Roto*.

Por más que las autoridades se empeñen en negarlo, en aquellas regiones donde triunfa el narcotráfico —la selva colombiana, las montañas de Bolivia, el norte y el occidente de México— la modernidad democrática se desvanece y da lugar a un sistema feudal dominado por la lucha entre los distintos capos —nuevos señores de la guerra— y las corrompidas o desarticuladas fuerzas de seguridad del Estado. Las escandalosas fortunas de estos príncipes les permiten comprar lo que sea: armas más sofisticadas que las de los ejércitos destinados a combatirlos, ciudades en miniatura, centros comerciales, harenes con mujeres provenientes de medio mundo y, sobre todo, conciencias. Nadie rechaza sus ofertas: quien los defrauda no sólo arriesga su vida, sino la de todos los miembros de su clan (no es casual que la principal banda de narcotraficantes surgida en México en los últimos años se haga llamar, precisamente, La Familia). Los Estados invierten enormes sumas de dinero para combatirlos —gracias a las ayudas millonarias que mendigan en Washington— sin esperanza de derrotarlos. Porque los narcotraficantes no son simples delincuentes, sino empresarios provistos con los recursos técnicos y humanos suficientes para construir taifas o reinos autónomos en sus ranchos y heredades. No: quizás

América Latina todavía no sea idéntica a Pakistán, como llegó a decir un columnista estadounidense, pero los gobiernos nacionales han dejado de controlar gigantescas extensiones de territorio que, mal que nos pese, permanecen en manos de estos reyezuelos.

Ningún sector de la economía ha crecido tanto en América Latina como el tráfico de drogas. Dos décadas de políticas neoliberales tendrían que habérnoslo enseñado: mientras la demanda de sustancias ilícitas no disminuya, tampoco disminuirá la oferta y, por más empeño que pongan los gobiernos latinoamericanos —arrinconados por Estados Unidos— en combatir a los narcotraficantes, éstos continuarán expandiendo sus negocios de forma ilimitada. Los políticos deberían reconocer que la "guerra contra el narcotráfico" es un contrasentido (como lo era la "guerra contra el terror"): las ganancias de estos empresarios —empresarios ilegales, pero empresarios al fin y al cabo— resultan tan espectaculares que cuentan con todos los elementos para desafiar a cualquier gobierno que se atreva a combatirlos. Uno puede atrapar, encarcelar o incluso asesinar a sus principales cabezas, pero de inmediato aparecerán otros dispuestos a apoderarse del negocio. La "guerra contra el narcotráfico" contradice flagrantemente uno de los principios básicos del libre mercado. Al expulsar una actividad económica tan lucrativa de los confines de la legalidad, el Estado se coloca la soga al cuello, provocando que la única forma de regular ese mercado sea a través de la violencia extrema: tanto la que ejercen los distintos grupos ilegales como la que el propio Estado intenta imponer sobre ellos. Cualquier economista podría demostrar que ésta es, con seguridad, la peor estrategia para controlar un medio caótico.

El saldo de este enfrentamiento arroja resultados lamentables: pese a la inyección de una infinita cantidad de recursos, la producción y distribución de droga apenas han disminuido. En cambio, la "guerra" frontal ha provocado que los distintos grupos de narcotraficantes se armen hasta los dientes y se dediquen a contratar y entrenar grupos armados, sus nuevos pretorianos, sicarios, *maras* y *zetas*. La "guerra" exacerba las tensiones y las pugnas intergrupales, con el inevitable incremento en el número de bajas civiles; alienta la corrupción de los cuerpos de seguridad, insuficientemente pagados por el Estado, frente a los inmensos beneficios prometidos por los narcos (o las sórdidas amenazas de éstos); y, en última instancia, provoca la pérdida de un sinnúmero de vidas y gigantescas cantidades de dinero por una causa cuya justificación moral estropea de antemano sus objetivos.

Para decirlo claramente: la "guerra contra el narcotráfico" coloca al Estado en una posición de debilidad que pone en peligro su propia existencia. Como sabemos desde Hobbes, el Estado nace cuando los individuos, asolados por el caos, deciden entregarle el monopolio de la violencia a fin de que preserve la seguridad y el orden públicos. Si de pronto una medida extrema, como la susodicha "guerra", no logra otra cosa sino incrementar la violencia y la inseguridad, la función esencial del Estado queda en entredicho. El tráfico de drogas no es una actividad criminal como cualquier otra: su existencia depende de una decisión de salud pública impulsada especialmente por Estados Unidos. El constreñimiento de la libertad individual por razones morales alienta el surgimiento de proveedores que se encargarán de suministrar estas sustancias sin importar las penas que haya de por medio. La criminalización de las drogas no hace sino elevar su precio, el cual se incrementará en la misma escala en que se inyecten recursos públicos para luchar contra los cárteles. En cincuenta años de lucha frontal contra las drogas, ni un solo Estado ha sido capaz de ofrecer un saldo positivo. La prueba: el precio de la droga en Estados Unidos no ha aumentado en la misma proporción que los recursos para combatirla. He aquí la única forma de medir el éxito de la "guerra". La misma Colombia, que no cesa de publicitar sus éxitos, en realidad ha logrado disminuir la violencia guerrillera, pero no la producción de estupefacientes.

Una transformación radical en la manera de afrontar el problema de las drogas sería, en resumen, la única alternativa. Ello no significa abandonar la guerra contra el narcotráfico porque esté perdida —ni pactar con los delincuentes en secreto—, sino discutir estrategias que permitan enfrentar el problema desde múltiples ángulos, de la legalización de ciertas sustancias a la puesta en marcha de un amplio sistema de salud que pueda atender a los adictos en Estados Unidos y otras partes. Mientras esto no ocurra, América Latina, gran productora y tránsito obligado de las drogas que se dirigen hacia el resto del mundo, seguirá desangrándose en una guerra desigual y acaso inútil.

Tan lejos de Dios

Al hablar de América Latina resulta imposible no referirse al protagonismo que el catolicismo y la Iglesia católica —que nunca han sido lo mismo— desempeñan en la zona. Desde el siglo XIX, una de las principales batallas entre liberales y conservadores se centró en los términos bajo los cuales la Iglesia podría participar en la vida pública y, si bien en unos cuantos casos el laicismo logró imponerse desde épocas tempranas, en general la Iglesia conservó una enorme influencia política en toda la región. Todavía hoy, los sistemas legales de naciones como Argentina o Costa Rica conceden una posición de privilegio al catolicismo, mientras que una docena de constituciones vigentes contienen preámbulos que invocan la gracia divina o permiten que los cargos públicos sean jurados ante la Biblia.

No puede negarse que, durante la segunda mitad del siglo XX, la Iglesia experimentó un retroceso paralelo al de otras partes del mundo, pero su influencia en la moral pública latinoamericana sigue siendo muy amplia. Un ejemplo extremo: en Chile, el divorcio civil fue aprobado apenas en 2004. Pero no es necesario ir tan lejos: en casi todos los países la legislación sobre el aborto se limita a unas pocas causales, relacionadas con la malformación del feto o la violación de la madre y, aun en estos casos, ha encontrado la oposición frontal de los obispos. Entretanto, buena parte de las élites de la región continúan siendo educadas en escuelas administradas por monjas y sacerdotes.

Salvo contadas excepciones, la derecha latinoamericana mantiene vínculos de sangre con la Iglesia católica y sirve como portavoz de su agenda en temas morales y sexuales; pero incluso la izquierda no ha dudado en aliarse con ella cuando le ha parecido necesario, como el reciente —y patético— caso de Daniel Ortega en Nicaragua. Por otra parte, la persecución emprendida por el papa Juan Pablo II contra la teología de la liberación y cualquier simpatía revolucionaria en la curia latinoamericana provocó el ascenso —y el enriquecimiento— de las órdenes más reaccionarias, con el Opus Dei y los Legionarios de Cristo a la cabeza, en detrimento de otras más progresistas, como jesuitas, maristas o franciscanos. (Los Legionarios han protagonizado el mayor escándalo eclesiástico de los últimos tiempos. Su fundador, Marcial Maciel, cercano amigo de Juan Pablo II, fue acusado de abuso sexual por varios de sus novicios —hasta ser levemente sancionado por Benedicto XVIII—, y a los pocos meses de su muerte, la propia orden se vio obligada a reconocer que éste mantuvo una vida doble y que llegó a procrear "al menos un hijo" con una de sus ricas amantes.)

Aun así, y pese a casos como el del ex obispo Fernando Lugo, ahora presidente de Paraguay —y nuevo ejemplo de la doble moral eclesiástica—, el catolicismo latinoamericano tiende a deslavarse: los creyentes no renuncian a su fe, pero acomodan los dogmas y los ritos a su conveniencia, sin preocuparse demasiado por las sanciones. De ahí el imparable crecimiento de las sectas evangelistas, sobre todo entre los indígenas y los pobres: sistemas de vida completos que, a diferencia del catolicismo *light* de nuestros días, aspiran a modificar drásticamente la vida cotidiana de sus seguidores.

4. LA RESURRECCIÓN DE LOS MUERTOS VIVIENTES

En la abominable y triste historia de América Latina, son siempre otros los responsables de lo que nos ocurre. Embarcado en su demencial obsesión con Oriente Medio, el presidente George W. Bush provocó que Estados Unidos se olvidase de su maltrecho patio trasero, permitiendo que por primera vez en su historia la izquierda ganase terreno y se adueñase de toda la región (con las notables excepciones de México y Colombia). En este errático mapa diseñado para el consumo del antiamericanismo europeo, la América Latina de principios del siglo XXI aparece como un espacio rebelde, nuevamente utópico —y exótico—, enfrentado a los dictados del neoliberalismo y el pensamiento único, y cuyos briosos líderes han logrado teñir de rojo —si es que éste sigue siendo el color de la izquierda— la mayor parte del continente.

Durante la segunda mitad del siglo xx, América Latina fue uno de los múltiples tableros de ajedrez entre Estados Unidos y la Unión Soviética, y la proliferación de guerrillas y dictadores podía explicarse en términos de esta compleja partida global. El triunfo de partidos de izquierda, aun si eran moderados o de plano anticomunistas, fue una excepción debida a la desconfianza hacia cualquier régimen que se desviase, así fuera un ápice, de los dictados de Washington: tras la traumática experiencia cubana, Estados Unidos esperaba la sumisión absoluta de sus vecinos del sur. La caída del Muro de Berlín y la disolución de la Unión Soviética disolvieron este esquema: como ha mostrado Jorge Castañeda en *La utopía desarmada* (1993), poco a poco la izquierda latinoamericana abandonó sus pretensiones revolucionarias y, un poco a regañadientes, aceptó plegarse a las reglas democráticas. La victoria del capitalismo resultó tan apabullante que, salvo unos cuantos grupos radicales al margen de las instituciones —militantes antiglobalización de toda clase—, la izquierda no tardó en incorporar en su programa, o al menos en su práctica, la defensa del libre mercado. En términos económicos, el desacuerdo entre izquierda y derecha se volvió apenas de matiz: mayor o menor regulación, y mayor o menor intervención del Estado, pero sin cuestionar los fundamentos del sistema; sus diferencias esenciales se trasladaron a asuntos sociales, morales y religiosos más que económicos. Ninguno de los partidos de izquierda que hoy gobiernan en América Latina, ni siquiera la coalición que sostiene a Hugo Chávez, cuestiona en los hechos el capitalismo. Si Estados Unidos ha tolerado sus triunfos es porque en general no perturban sus intereses comerciales: por incómodo y ruidoso que sea, incluso el desafío venezolano no representa, en el marco de la crisis económica global, sino un mal menor.

El anunciado —y para muchos temido— despertar de la izquierda en América Latina es un espejismo o un malentendido. Cada país mantiene una dinámica propia y, más allá de la contaminación entre unos gobiernos y otros —y el errático internacionalismo de Chávez—, el triunfo o el avance de partidos o líderes de izquierda obedecen más a tensiones sociales y económicas internas que a una suerte de epidemia regional (qué conveniente: en Europa predomina la derecha, en América Latina la izquierda). La "década perdida", que en realidad fue mucho más larga que eso, provocó que los índices de crecimiento se estancasen, al tiempo que la desigualdad entre ricos y pobres aumentó como nunca. A pesar de los rigurosos planes de ajuste que el Fondo Monetario Internacional y el Banco Mundial impusieron en los noventa —o, de acuerdo con Joseph Stiglitz, a causa de ellos—, América Latina llegó al siglo XXI casi a rastras, acarreando los mismos conflictos que la caracterizaron en el siglo anterior. De pronto parecía como si las largas batallas contra el autoritarismo hubiesen sido en vano: descontando las bien ganadas libertades cívicas, la esperanza de lograr sociedades más equitativas luce hoy tan remota como antes. ¿Cómo no culpar de semejante parálisis a los partidos tradicionales y en especial a quienes se alinearon dócilmente al consenso de Washington? ¿Cómo no buscar alternativas cuando el fin de la guerra fría permitía un juego partidista más amplio?

Los triunfos de Néstor Kirchner en Argentina, de Tabaré Vázquez en Uruguay, de Fernando Lugo en Paraguay, de Luiz Inácio Lula da Silva en Brasil, de Hugo Chávez en Venezuela, de Rafael Correa en Ecuador, de Evo Morales en Bolivia, de Daniel Ortega en Nicaragua y de Mauricio Funes en El Salvador, así como la popularidad de Andrés Manuel López Obrador en México y, en menor medida, de Ollanta Humala en Perú —en este caso sólo el

Chile de Michelle Bachelet presenta características particulares—, pueden explicarse en estos términos, aunque las diferencias entre cada uno de estos líderes y las circunstancias de cada una de sus naciones resultan tan relevantes como sus coincidencias.

No existe, para decirlo llanamente, *una* izquierda latinoamericana; ni siquiera el activismo de Chávez, con su intento de exportar su modelo de "socialismo bolivariano" a sus aliados Morales, Correa y Ortega, o de crear un bloque económico alternativo con Brasil, Argentina y Uruguay, ha creado una izquierda con características y metas comunes. Incluso Morales y Correa han terminado por fastidiarse un poco de la reiterada injerencia de su mentor para concentrarse en sus problemas específicos. La izquierda de los Kirchner, anclada en las disputas internas del peronismo, comparte poco con el indigenismo de Morales; el falso sandinismo de Ortega apenas comulga con el socialismo moderado de Vázquez; el nacionalismo extremo de López Obrador nada tiene en común con el socialismo cristiano de Correa; y, por supuesto, el centrismo de Bachelet choca frontalmente con el radicalismo de Chávez. Para entender a la izquierda latinoamericana hay que estudiar cada experiencia local y sus enfrentamientos con una derecha que tampoco posee demasiados rasgos comunes salvo, quizá, su cercanía con la Iglesia.

En el marco de la actual crisis económica, las izquierdas latinoamericanas han sido vistas por ciertos críticos europeos y estadounidenses como experimentos necesarios: sistemas capaces de alejarse de las prácticas que han provocado la debacle. Si bien resulta imprescindible examinar, discutir y desechar las políticas económicas que nos han llevado a este punto, ello no significa que los gobiernos de izquierda hayan sido capaces de ofrecer alternativas sólidas frente a lo que ocurre. Si la crisis ha alcanzado

una profundidad tan devastadora, se debe a los enredados vínculos económicos que ahora se tienden entre todos los países; las
soluciones locales, aun las más imaginativas, resultan ineficaces
porque no logran controlar las perturbaciones surgidas en otras
partes. Hemos aprendido que los mercados no pueden regularse a
sí mismos sin la intervención del Estado, pero las prácticas autoritarias o populistas de buena parte de la izquierda latinoamericana,
cada vez más chauvinista —y chavista—, tampoco han mejorado
la situación de sus ciudadanos. Sólo la articulación de una nueva
izquierda crítica, tan alejada de Washington como del capitalismo
de Estado venezolano, podría frenar el hundimiento de las economías de la zona, permitiendo la existencia de Estados fuertes en lo
económico pero cuyos dirigentes no se aprovechen de la debacle
para reforzar su autoridad política.

5. Tan cerca de Estados Unidos

Bestia negra y redentor, culpable de todos nuestros males y modelo de conducta, receptáculo de todo el odio y toda la admiración:
durante más de dos siglos, Estados Unidos no sólo ha sido para
América Latina una pesadilla o un dios, sino una obsesión clínica,
una neurosis patológica. El imaginario latinoamericano y la propia
existencia de América Latina no podrían explicarse sin la angus-
tiosa y tensa relación con su vecino del norte. Basta repasar *Las
venas abiertas de América Latina*, el vigoroso panfleto de Eduardo
Galeano, para quedar asqueado ante la interminable lista de vejaciones, abusos e injusticias que Estados Unidos y sus empresas
han cometido —y todavía cometen— en la región. Del otro lado
del espectro, basta observar el comportamiento de nuestras clases

medias y adineradas para constatar la fascinación que el *American way of life* aún despierta entre nosotros: la proliferación de *malls* y *subways* que fagocitan nuestro paisaje urbano y el aluvión de productos de Hollywood, Disney o Fox que moldean nuestro paisaje mental. Aunque nos pese, América Latina no puede concebirse sin su némesis, sin ese punto de referencia obligado que, casi de mala gana, mantiene buena parte del control sobre nuestros recursos y nuestras conciencias. Primero la Doctrina Monroe y luego los infranqueables campos de influencia en la guerra fría no dejaron lugar a dudas sobre quién era el árbitro único de esta porción del mundo: si Cuba ha sido una pesadilla tan atroz para Washington, se debe a la violación de esta ley que los estadounidenses consideran natural.

A principios de los ochenta, mientras preparaba su última embestida contra la Unión Soviética, Ronald Reagan tomó la decisión de someter a América Latina a una feroz ortodoxia neoliberal que terminaría por convertir a sus países en extensiones económicas del suyo. Durante la Reunión Internacional de Cooperación y Desarrollo, celebrada en Cancún en 1981, Reagan no vaciló en arrebatar a sus aliados latinoamericanos el control de la política macroeconómica, transfiriendo todas las decisiones importantes al Fondo Monetario Internacional y otros organismos internacionales encabezados por sus agentes: ésa fue, como dice Greg Grandin en *Empire's Workshop* (2006), "la tercera conquista de América Latina". La caída de la Unión Soviética no hizo sino acentuar esta dependencia: la única vía para nuestros países era la dictada por Estados Unidos, convertido ya no tanto en guardián como en nuestro árbitro. Como he señalado antes, incluso los vapuleados partidos de izquierda del continente no tardaron en acoplar sus programas a las políticas económicas impuestas por Washington, mientras que la actuación de los funcionarios de hacienda de los distintos países latinoamericanos se volvió casi simbólica.

En *La globalización y sus descontentos* (1999), Joseph Stieglitz ha mostrado cómo, mientras imponía medidas extremas en su "patio trasero", obligando a los distintos países a reducir al máximo la regulación y la intervención estatales, y liberalizando de un día para otro todos sus mercados, Estados Unidos manejaba su propia economía con criterios bien distintos. La tortuosa firma del Acuerdo de Libre Comercio entre Canadá, Estados Unidos y México, en 1993 —que entró en vigor el 1° de enero de 1994, mientras la guerrilla zapatista del subcomandante Marcos entraba en San Cristóbal de las Casas—, marcó la pauta para la zona: una integración económica que no contemplaba, ni de lejos, ningún tipo de unión política. En otras palabras: libre tránsito de mercancías, mas no de personas. El experimento debía conducir, a la larga, a un acuerdo de libre comercio continental.

Las nuevas crisis económicas que se sucedieron en América Latina a partir del *efecto tequila* de 1995 retrasaron este ambicioso proyecto, puesto que ahora no sólo podían ser achacadas a la tradicional irresponsabilidad de nuestras élites, sino a las propias medidas de ajuste económico diseñadas por el FMI. En un mundo que parecía dominado por el capitalismo y la democracia, el drástico hundimiento en el nivel de vida de mexicanos, argentinos y, en cascada, de ciudadanos de los demás países de América Latina, se convirtió en una paradoja inaceptable. Y las medidas de choque impuestas por Estados Unidos fueron percibidas como una amarguísima medicina prescrita por los mismos responsables de inocularnos la enfermedad. Era de prever que, frente a un panorama semejante, la moribunda izquierda latinoamericana renaciese de sus cenizas: la minuciosa aplicación del recetario neoliberal por parte de los tres infames Carlos —Salinas, Menem y Pérez, los nuevos villanos de la historia latinoamericana— no sólo no trajo aparejada la riqueza prometida (excepto para unos cuantos), sino que a la larga sumió a sus pueblos en crisis de proporciones inimaginables. El resultado de una década dominada por el consenso de Washington fue el surgimiento de una nueva clase de millonarios latinoamericanos, sin que las condiciones de vida de la mayor parte de la población mejorasen apenas.

A la llegada del año 2000, Estados Unidos seguía proclamando que América Latina era una región estratégica a la que dedicaría la mayor atención, confiando en que la sucesiva implantación de regímenes democráticos y economías de mercado allanaría el camino para la proyectada zona de libre comercio continental. Cuando George W. Bush llegó a la presidencia, declaró que la relación con México sería la mayor prioridad de su gobierno. Los buenos deseos del *cowboy* texano se esfumaron con los ataques terroristas del 11 de septiembre. De un día para otro, América Latina desapareció de la agenda internacional de Estados Unidos, mientras Bush concentraba todos sus esfuerzos —y todos los recursos del país— en las guerras de Afganistán e Irak. Debido a este rebote, América Latina vio cómo se abría un inesperado paréntesis en su relación con Estados Unidos. Por primera vez, se amplió el margen de maniobra de los distintos países, al grado de que aliados naturales de Washington como México o Chile se atrevieron a oponerse a la invasión de Irak. En tanto Estados Unidos se blindaba, azotado por el miedo —nunca un atentado terrorista produjo tanto terror—, y desperdiciaba su superávit en dos guerras lejanas, la izquierda latinoamericana o, mejor, las izquierdas latinoamericanas encontraron un espacio para germinar. Los fracasos en Medio Oriente no hicieron sino alentar esta rebeldía: si la única potencia global no era capaz de imponerse en un pequeño país de Oriente Medio, ¿cómo aspiraba a seguir dominando a América Latina?

Las sucesivas victorias electorales de Chávez, Lula, Kirchner, Morales, Bachelet, Vázquez, Correa y Funes —y el auge de López Obrador— deben ser analizadas atendiendo a la política interna de cada uno de sus países, aunque tampoco puede obviarse que el repentino descuido con que Estados Unidos trató a sus aliados alimentó el tradicional sentimiento antiestadounidense incrustado en nuestras sociedades. La consigna común se tornó clara: Estados Unidos ya no tiene por qué decidir las medidas económicas que ha de tomar cada país. Incluso los líderes más moderados, como Lula, han recalcado este punto: podemos —y acaso debemos— ser aliados de Estados Unidos, pero ello no implica una sumisión total a sus dictados. Chávez representa, en este aspecto, el caso más claro: si por una parte vocifera a diario contra Estados Unidos, incordiándolo de todas las maneras posibles —con su "socialismo del siglo XXI" o al reunirse con Ahmadineyad—, por la otra sigue comportándose como un socio comercial confiable.

A principios del siglo XXI, el papel y la imagen de Estados Unidos en América Latina han sufrido una mutación: ha dejado de ser la amenaza, el enemigo, el azote de la región, y al mismo tiempo ha perdido su condición de modelo y salvador. Quizá sea pronto para hablar del fin de la hegemonía estadounidense, pero en América Latina su peso real y simbólico ha disminuido como nunca: ahora no se le teme ni se le admira sin reservas. El comunismo ha dejado de ser una amenaza para sus élites, y la "guerra contra el terrorismo" que prevalece en Estados Unidos apenas tiene repercusión en nuestras tierras: por primera vez nuestros países pueden ser verdaderos socios de su vecino del norte, quizá no en igualdad de circunstancias, pero al menos sin el temor o la admiración irracionales de otros tiempos.

La otra América Latina

Cuando el atrabiliario José Vasconcelos, inventor de esa fantasía llamada "la raza cósmica", diseñó el escudo de armas de la Universidad Nacional de México, se preocupó por incluir en ella un mapa de América Latina que terminaba justo en las riberas del Río Bravo, como si más allá se extendiese un territorio salvaje o cuando menos irreconocible. La bravata no dejaba de tener un elemento de entrañable —y estéril— revancha histórica, pero en cualquier caso esa geografía imaginaria ha dejado de ser real: en Estados Unidos hay una población de cerca de 40 millones de habitantes de origen latinoamericano —lo que allá denominan latinos o *hispanics*—, las previsiones auguran que para el año 2050 esa población llegará a cerca de 100 millones y, por poner un solo ejemplo, hoy en día Los Ángeles es una de las ciudades con mayor número de latinoamericanos del continente. Estados Unidos es ya, para decirlo de una vez, una parte de América Latina (igual que España, adonde en los últimos años han llegado miles de bolivianos, ecuatorianos y colombianos que poco a poco la convierten en una irónica extensión de nuestras tierras).

Las consecuencias de este fenómeno no son despreciables: los latinos cuentan con un poder cada vez mayor en Estados Unidos y su peso ya resulta decisivo en cualquier elección presidencial; por otra parte, si bien sólo la mitad de esos 40 millones se expresa cotidianamente en español, el bilingüismo se ha convertido en una realidad inocultable cuando hace apenas una década prevalecía la idea del *English Only;* y, por último, la relación que esa población sigue manteniendo con sus familias provoca una red de intercambios culturales y económicos que escapan por completo al control de los gobiernos.

Legales o ilegales, los latinoamericanos de Estados Unidos forman una comunidad que, siguiendo parámetros fortalecidos por las propias políticas raciales del país, ha forjado una identidad común, no tanto en torno al uso del idioma —como les gusta señalar a los españoles—, sino a la religión católica, a ciertos valores familiares y a unos cuantos símbolos provenientes de sus lugares de origen y reelaborados en el curso de los años (Aztlán, el 5 de mayo o la Virgen de Guadalupe). En efecto, uno puede visitar lugares como East L.A. o barrios de Nueva York, Chicago, Miami y cientos de ciudades fronterizas y no sentir que uno ha salido de América Latina. Por si ello fuera poco, lo "latino" se ha puesto de moda —sobre todo la música tropical y unos cuantos actores de Hollywood— y, a partir de Miami, Los Ángeles o Nueva York (no de Bogotá, San Juan o México), sus valores culturales han comenzado a exportarse al resto del mundo.

La política migratoria de Estados Unidos hacia América Latina se ha mostrado siempre errática y, contradiciendo la fundación del país como tierra de acogida, en los últimos años se ha vuelto cada vez más rígida, contaminada no sólo por el racismo sino por la paranoia antiterrorista. Pero, más allá de sus discursos y campañas, los políticos estadounidenses no pueden ocultar que la interrelación entre Estados Unidos y América Latina es tan poderosa que los ordenamientos legales —y la impracticable idea de edificar un muro en la frontera con México— jamás lograrán atajarla. Sólo una política migratoria abierta y compleja permitirá empatar la realidad con las leyes y terminará por reconocer los derechos de los miles de indocumentados que contribuyen a alimentar su maltrecha economía. El peso de los latinoamericanos de Estados Unidos no hará sino crecer en los próximos años, tanto como para que no sólo influyan en la política de su país de acogida, sino en la de los países que se vieron obligados a abandonar.

Del otro lado de la frontera, la situación no es más alentadora: la mayor parte de los países latinoamericanos se limitan a recibir las gigantescas remesas que sus emigrantes en Estados Unidos, Canadá o España envían a sus familias —y que a veces, como en los casos mexicano, salvadoreño o ecuatoriano, se convierten en una de sus principales fuentes de ingresos—, sin preocuparse por crear condiciones para que éstos regresen en caso necesario y sin los puestos de trabajo suficientes para evitar el éxodo masivo. Cerca del 10 por ciento de la población de América Latina vive fuera de su lugar de origen —20 en el caso mexicano y 30 en el dominicano—: se trata de uno de los mayores exilios de la historia, sin que los gobiernos nacionales se hayan preocupado por mantener vínculos culturales o políticos con estos ciudadanos que han sido expulsados de sus hogares por razones económicas. Los gobiernos latinoamericanos se rasgan las vestiduras y claman ante el maltrato que sus ciudadanos sufren en Estados Unidos o España, sin reconocer que son los únicos responsables de que millones de jóvenes abandonen a sus familias en busca de un futuro mejor.

Pero donde mejor puede observarse la división del continente es en las políticas migratorias de nuestros propios países. Indigna la obscena hipocresía del gobierno mexicano en este sentido: si por un lado, no se cansa de deplorar las brutales prácticas migratorias estadounidenses y la discriminación que sufren los braceros a manos de la policía fronteriza, por el otro, oculta que sus propias políticas migratorias hacia los extranjeros —y en particular hacia los otros latinoamericanos— son más severas que las de la Unión Americana, que sus cuerpos policiacos apostados en la frontera sur resultan más despiadados que la *migra* estadounidense, o que los requisitos impuestos para viajar a México —ya no se diga trabajar en él— son tan rocambolescos como oprobiosos. Políticas como ésta provocan una primera conclusión: si acaso América Latina existe, México hace mucho que dejó de formar parte de ella.

6. BOLÍVAR *RELOADED*

Ahora que varios países latinoamericanos se aprestan a festejar o al menos conmemorar sus independencias, resulta inevitable dirigir la mirada hacia la figura que mejor encarna los ideales despertados entonces, y su irremediable fracaso. Más que en el Libertador, el héroe o el mito que no cesa de ser invocado por tirios y troyanos, vale la pena detenerse en el Simón Bolívar que, una vez derrotados los ejércitos realistas, debió enfrentarse de manera brutal a la nueva realidad latinoamericana que en buena medida él contribuyó a concebir. Tras lograr las independencias de Venezuela y Nueva Granada, y haber consumado la del Perú, Bolívar consagró el resto de sus días a resistir el sinfín de asonadas y conspiraciones que se sucedieron en su contra. Frente a la figura marmórea del prócer, resulta un tanto anticlimático este Bolívar dedicado a la "pequeña política" que se vio obligado a desentenderse de los asuntos de Estado para contener las tentaciones de los caudillos que brotaban como hongos y que a la larga lo apartarían del poder. Los responsables de los Bicentenarios quizá prefieran al Bolívar joven o triunfante, pero es probable que este Bolívar postrero y achacoso, tan venerado como detestado, pueda hablarnos mejor de los problemas que hoy nos aquejan.

Durante el turbulento periodo de 1825 a 1830, Bolívar fue testigo y protagonista de los mecanismos centrífugos y centrípetos que desgarrarían a América Latina en los decenios venideros. Si por una parte Bolívar no tardó en proclamar su "sueño", es decir, el proyecto planteado en el inverosímil Congreso Anfictiónico de Panamá de 1826 de imaginar una sola nación desde la Alta California hasta la Tierra del Fuego, por la otra las prolongadas luchas contra los peninsulares reforzaron la convicción de que cada territorio debía construirse su propia identidad nacional. Los ideales de Bolívar se revelaron impracticables: el único vínculo entre los virreinatos y capitanías generales radicaba en su dependencia de Madrid; desaparecida ésta, cada aristocracia local se empeñó en diferenciarse de sus vecinos con la misma violencia que de la metrópoli. Paradójicamente, las naciones que acababan de separarse de Europa se apresuraron a importar la principal moda europea de la época, el nacionalismo, con su inevitable carga de discriminación y su parafernalia de símbolos, historias oficiales y catecismos patrióticos.

Muy a su pesar, Bolívar se convirtió en el artífice —y la primera víctima— de este enfrentamiento entre lo local y lo global que presagiaba algunas de las contradicciones de América Latina a principios del siglo XXI. La imposibilidad de lidiar con las reivindicaciones regionales llevó a Bolívar a flirtear con el autoritarismo e incluso la monarquía y, tal como ha narrado García Márquez en las penosas escenas finales de *El general en su laberinto,* terminó por minar severamente su prestigio y su salud. En su lecho de muerte en la quinta de San Pedro Alejandrino, Bolívar no tenía demasiadas razones para sentirse satisfecho: no sólo la unión de la América española se había revelado una quimera, sino que ni siquiera la Gran Colombia conseguiría mantenerse en pie. Solo, lejos del boato y la gloria, la agonía de Bolívar en Santa Marta representó también el fin de su sueño.

Durante el siglo xix y la mitad del xx, los ideales bolivarianos quedaron sepultados en medio de las guerras, invasiones, golpes de Estado, revoluciones y dictaduras que infestaron a América Latina; fuera de unos cuantos intelectuales, nunca demasiado influyentes, las nuevas naciones se desentendieron de su herencia. Aun así, debe subrayarse que, si bien el continente nunca estuvo más dividido, los intercambios culturales mantuvieron su fluidez. A partir del triunfo de la Revolución cubana en 1959, una nueva ola de latinoamericanismo se expandió por la región, encabezada por esa cofradía de "plenipotenciarios" conocida como el *Boom*. Poco a poco la deriva dictatorial de Castro y el lento triunfo de la democracia en la región hicieron que los ideales bolivarianos pasaran de pronto a segundo término. A dos siglos de que se iniciasen los movimientos de independencia, se conservan como eso: hermosos anhelos, listos para ser usados o manipulados por cualquiera.

Seré incluso más drástico: a principios del siglo xxi, ese territorio imaginario bautizado como América Latina prácticamente ha dejado de existir. Como ya he mencionado, las relaciones culturales entre sus países se han reducido al mínimo: los consorcios editoriales apenas se preocupan por distibuir sus libros y no hay una sola revista intelectual que circule continentalmente. Tampoco hay tendencias reconocibles en la literatura y la ignorancia del público hacia la vida artística de sus vecinos es más acusada que nunca. Y, por más que se diga, por el momento la red no ha logrado paliar este vacío.

¿Qué queda hoy de la América soñada por Bolívar? Muy poco: un conjunto de democracias aquejadas por numerosos problemas, el mayor de los cuales continúa siendo la desigualdad. Políticamente, la situación no es mejor. México, hasta hace no mucho cabeza de la región, ya ha dejado de formar parte de América Latina: para bien o para mal, su integración se lleva a cabo con Estados Unidos y Canadá y, si bien el NAFTA no contempla ninguna integración real, la migración y la dinámica social de sus miembros apuntan a un proceso irreversible. En Sudamérica, en contraste, se han puesto en marcha incipientes procesos de unidad, jalonados por el liderazgo que se disputan —de manera tan feroz como sigilosa— la Venezuela de Chávez y el Brasil de Lula.

Ha sido Chávez quien más se ha esforzado por resucitar la figura de Bolívar, al grado de presentarse como su reencarnación. Para entender el extraño régimen que ha creado en Venezuela —mezcla de democracia, socialismo, autoritarismo y populismo—, resulta necesario estudiar la forma como ha reinterpretado el legado bolivariano, contaminándolo con un marxismo primario y asociándolo con su fobia antiestadounidense. En cada momento difícil, Chávez ha buscado a ese Bolívar terminal, sometido a la ambición de los caudillos regionales, víctima de golpes de Estado e intentos de asesinato. Pero, pese a sus tentaciones autoritarias, Bolívar jamás acumuló un poder como el de Chávez. En términos de política continental, su neobolivarianismo tampoco constituye un proyecto integrador, sino una herramienta con la cual un solo país, rico en recursos petroleros, trata de influir en sus Estados subsidiarios. El espíritu del Congreso de Panamá queda muy lejos: Chávez usa su posición para conseguir acuerdos regionales, valiosos en algunos términos pero que, dada su naturaleza hiperideológica, jamás alcanzarán a los países que le son desafectos.

Slavoj Žižek ha repetido que los verdaderos actos políticos son aquellos que permiten pensar lo impensable. Quizá la única manera de llevar a cabo el sueño de Bolívar sea dejando de lado a América Latina. Al acercarse a Estados Unidos —con una población hispana cada vez más relevante— y Canadá, México ya no pertenece a la región, mientras que en el sur resulta cada vez más claro que su centro neurálgico recaerá en Brasil. Ello supondría que, al cabo de unas cuantas décadas, acaso podamos imaginar dos regiones más o menos cohesionadas, Norte y Sudamérica, con Centroamérica y el Caribe como puentes. Y, si la lógica centrípeta venciese por fin al nacionalismo, acaso el tricentenario de las independencias podría celebrarse con una auténtica unión, en condiciones de igualdad y respeto, de todos los países de América. Sé que esta posibilidad incomodará a muchos, pero es la mejor esperanza que tienen sus habitantes de desarrollar sistemas democráticos más sólidos, transparentes y equitativos, desprovistos del oprobio que significan las fronteras nacionales. Quizás a Bolívar no le disgustaría tanto la idea.

Tercera consideración

AMÉRICA LATINA, HOLOGRAMA

Donde se da cuenta de cómo la imaginación continúa dibujando el azaroso perfil de América Latina a principios del siglo XXI, se reconocen sus nuevos artífices y territorios y se hace un balance de sus espejismos y quimeras

1. Un chiste en Sevilla y un parque en Bogotá

Un joven entra en un bar y se dirige a una chica.

—Hola; ¿cómo te llamas? —le pregunta.

—Nuria —dice ella.

—Nuria, ¿quieres follar conmigo?

Y Nuria responde:

—Pensé que nunca me lo preguntarías.

Cada vez que he vuelto a contar este chiste he recibido las mismas muestras de indiferencia, pasmo o burla: no un chiste malo, sino un chiste malísimo, un chiste pésimo. En cambio, en aquella ocasión todos los presentes lo escuchamos con arrobo. Porque quien lo contaba no era un narrador como cualquier otro, sino Roberto Bolaño, que aún no era el ídolo *cult-pop* en que lo ha transformado la crítica estadounidense, pero era ya el unánime gurú de los nuevos escritores latinoamericanos, diez de los cuales nos encontrábamos aquella noche en la azotea de un taberna sevillana mientras él enhebraba infinitas variaciones sobre este tema nada original. No sé si otras generaciones literarias han surgido a partir de episodios tan poco trascendentes, pero en nuestro caso, es decir, el de los escritores nacidos a partir de los sesenta, todas las citas memorables que recuerdo parecen haber quedado marcadas por anécdotas tan anodinas —y delirantes— como ésta.

Para mí, el nacimiento oficial de la nueva generación de escritores latinoamericanos —pomposa y burda manera de enunciarlo, pero así suele figurar en los programas— ocurrió en Madrid, en 1999, en el congreso organizado por la editorial Lengua de Trapo y la Casa de América de Madrid; después de aquel encuentro un tanto improvisado y felizmente turbulento, se reprodujeron decenas de citas similares, pero sólo dos de ellas mantienen, en mi opinión, un estatuto simbólico entre nosotros: el congreso de Sevilla al que ahora hago referencia, convocado por la editorial Seix Barral y al que asistieron diez escritores "jóvenes", más Roberto Bolaño y Guillermo Cabrera Infante, y uno muy posterior, de características un tanto estrambóticas, del que hablaré más adelante, bautizado como *Bogotá 39* porque participaron en él 39 escritores menores de 40 años.

Pero no me adelanto: seguimos en Sevilla, en la azotea de ese rijoso bar de tapas, con el impecable cielo andaluz sobre nuestras cabezas; el vino y la cerveza corren a raudales y Roberto Bolaño, nuestro gurú —aunque todavía no gurú global—, emprende una nueva versión del chiste de Nuria. Nos olvidamos así, por un momento, de la parte oficial del encuentro que, a diferencia de otras citas similares, se celebra a puerta cerrada, más como una serie de charlas de café que como un congreso académico. En vez de otorgar un aura de camaradería o desenfado, la ausencia de público nos hace sentir como conejillos de indias, alumnos problemáticos de un *camping* veraniego o, en el peor de los casos, víctimas de una encerrona tipo *El ángel exterminador.*

Como sea, mientras el congreso de 1999 sirvió como detonador de la nueva literatura latinoamericana y puso en el mapa los nombres de quienes habrían de figurar en nuestro efímero firmamento literario diez años después, el objetivo que se plantea Sevilla es, en teoría, más ambicioso (e insensato): reflexionar sobre las características propias de la nueva literatura latinoamericana, aquellas que la separan del *Boom* y sus epígonos y de los escritores de cualquier otra región. Durante cinco días, cada uno de los participantes lee en voz alta sus sesudas meditaciones y luego Bolaño las glosa o las destruye con su artero sentido del humor: difícil, cuando no absurdo, extraer una conclusión general a partir de este *ping-pong* verbal (los textos se encuentran publicados en *Palabra de América,* 2004). Se nos exige un ejercicio de autoanálisis que contrasta con nuestra desfachatez: nos sentimos obligados a encontrar puntos de contacto entre nosotros sólo porque, después de ingentes dosis de rioja y de jabugo, fingimos ser amigos, cuates, patas, coleguis o compadres. Todos hablamos la misma lengua, todos aspiramos al éxito —un éxito que, para cualquier escritor latinoamericano, sólo puede medirse con el *Boom*—, todos admiramos a Bolaño y todos desconocemos, en realidad, lo que significa ser un escritor latinoamericano.

Quizá por ello el mayor desencuentro —o la mayor revelación— se produce al final de estas jornadas cuando, a instancias de los organizadores, nos reunimos unas horas con la crema y nata del mundo literario español, una pléyade de periodistas, directores de suplementos y críticos que han viajado a Sevilla como quien viaja a Disneylandia: turistas que, un tanto a regañadientes, esperan distraerse un rato de sus asuntos cotidianos con el fin de escudriñar, *in situ,* a esta nueva camada de narradores de ultramar. El abismo entre los dos lados de la mesa se torna insalvable: mientras los "jóvenes" sonríen frente a los celosos guardianes de la República de las Letras hispánica e intentan demostrar su valía al margen de los prejuicios ligados con su origen, críticos, periodistas y directores de suplementos españoles han llegado a Sevilla cargados de desconfianza, apatía o simple desconocimiento: en su memoria hay escritores latinoamericanos tan grandes e inolvidables, algunos de ellos vivos y todos felizmente clásicos, que en el fondo les disgusta la idea de haberse desplazado más de un centenar de kilómetros, así haya sido en AVE, para escuchar los balbuceos de estos jóvenes imberbes y pretenciosos que tanto se parecen a los imberbes y pretenciosos escritores españoles con los que tienen que lidiar a diario. Más que un diálogo o un intercambio de opiniones, la mañana transcurre como una rebatinga de mercado: periodistas, críticos y directores de suplementos se comportan como los reacios clientes de estos taimados vendedores de alfombras que son los nuevos escritores latinoamericanos, Bolaño incluido.

—¿Qué tenéis para ofrecernos, señores? —es la cuestión implícita en cada una de sus preguntas—. ¿Por qué habríamos de comprar vuestras alfombras cuando hoy en día, en el gigantesco bazar de la literatura, hay tal variedad de alfombras para elegir?

Por desgracia, en ese momento los latinoamericanos aún no se han revelado como comerciantes expertos ni hábiles embaucadores y no se atreven a dar gato por liebre. En vez de prestarse al regateo, intentan lanzar respuestas directas, más o menos contundentes, que demuestran su falta de pericia comercial.

—¿Son mejores vuestras alfombras que las de vuestros padres y vuestros abuelos? —insisten los españoles—. ¿Son mejores que las de vuestros vecinos, que las de franceses y japoneses, que las de árabes y chinos? —Y, ya entrados en gastos, se atreven a decir—: ¿Acaso son mejores que las de nuestros chicos peninsulares?

Los latinoamericanos se quedan atónitos, de piedra.

—Bueno, cada alfombra es diferente, no pertenecemos a la misma fábrica, no producimos en serie —balbucean—; juzgue usted la calidad de cada una, decida cuál le gusta, pero no se deje llevar por sus ideas de lo que han de ser las alfombras latinoamericanas. Escoja una y llévesela, así nomás.

La compra-venta resulta un fiasco. Todo el mundo queda decepcionado. Los periodistas, críticos y directores de suplementos sólo confirman sus ideas: "Estos latinoamericanos no ofrecen nada especial, no tenemos por qué hacer caso a sus bravatas y llamadas de auxilio". En la esquina contraria, los escritores se sienten despreciados, ignorados, disminuidos: "Los españoles no nos entienden, qué arrogantes, quisieran que les siguiéramos vendiendo las mismas baratijas, son ellos quienes controlan el mercado". Pura frustración reconcentrada.

Ahora desmenucemos un poco la escena, porque en esta fallida cita sevillana se perciben ya los elementos que habrán de definir la ficción latinoamericana de principios del siglo XXI, su relación con la crítica, con el medio literario, con el mercado, y su compleja recepción del otro lado del Atlántico. Observemos, en primera instancia, a los presentes. Guillermo Cabrera Infante hace las veces de sumo sacerdote, representante del momento más glorioso de nuestras letras, encargado de pasar el testigo, y lo hace con generosidad y buena fe, apenas con un gesto de ironía. Bolaño, unánimemente admirado por los "jóvenes", apenas comienza su andadura internacional —mientras estamos en Sevilla leemos la elogiosísima página que le dedica *Libération*— y está muy lejos de ser la *rock star* de nuestros días: representa, en cambio, esa escritura al límite, ese gozne o torcedura en la tradición latinoamericana que, más que romper drásticamente con ella, la conduce a regiones inexploradas y sirve de puente entre el *Boom* y el futuro. Y están, por fin, los diez "jóvenes", aunque ninguno lo sea ya tanto (Gonzalo Garcés, el menor, nació en 1974).

Si he de ser sincero, apenas hay puntos de contacto entre ellos: pocas escrituras más alejadas que la de Iván Thays y Rodrigo Fresán, la de Ignacio Padilla y Mario Mendoza o la de Cristina Rivera Garza y Fernando Iwasaki. ¿Comparten algo más allá del tiempo histórico que les tocó vivir? De nada sirve sostener que la mayoría aprecia la cultura popular, que varios han experimentado con el género policiaco, que otros han optado por la novela histórica o que casi todos son fanáticos del cine y la televisión: estas marcas resultan tan universales como anodinas. ¿Qué tienen en común, entonces? Quizás una relación con el *Boom* nada traumática, casi diríamos natural: todos admiran a García Marquez y a Cortázar y, en bandos antagónicos, a Vargas Llosa o a Fuentes, pero del mismo modo en que se rinden ante escritores de otras lenguas, Sebald o McEwan, Lobo Antunes o Tabucchi; ninguno siente la obligación de medirse con sus padres y abuelos latinoamericanos, o al menos no sólo con ellos; ninguno se asume ligado a una literatura nacional —Fresán define: mi patria es mi biblioteca—, y ninguno cree que un escritor latinoamericano deba parecer, ay, latinoamericano.

Reconozcámoslo: más allá de la amistad previa o de la incipiente enemistad que se cuece entre algunos de ellos, su convivencia en Sevilla es profundamente artificial. Cada uno escribe lo que mejor puede, ajeno a escuelas o movimientos, y eso es todo. Están allí estos latinoamericanos pero da la sensación de que podrían estar otros y el resultado no sería muy distinto. Éste es, quizás, el rasgo más relevante del encuentro de Sevilla y el que más perturba a los españoles: nada diferencia a estos latinoamericanos de los escritores de otras regiones, España incluida. Si esto es así, ¿por qué reclamar un estatuto particular o, peor, por qué viajar hasta Sevilla para escucharlos? Si ellos mismos no se cansan de decir que buscan ser juzgados sin prejuicios, ¿qué necesidad de reunirse una y otra vez y armar tanta alharaca para decir que no los distingue nada en particular?

—Pues entonces publicad vuestros libros como los demás, tíos, y a callar.

Quizá por ello la nota que define este congreso no sean las enrevesadas tesis de los latinoamericanos, ni siquiera sus divertidas o ácidas confrontaciones con los periodistas, críticos y directores de suplementos, sino aquella velada en la azotea de la taberna andaluza, entre raudales de vino y cerveza, mientras Bolaño desgrana su obsesión por Nuria: de una manera enigmática pero no menos poderosa, es como si la única respuesta a las bruscas preguntas de críticos y periodistas se cifrase allí, en ese chiste infinitamente modificado, en ese chiste mil veces torcido, en las infinitas sutilezas que Bolaño —el último escritor latinoamericano— extraía a partir de aquel chiste malo, de aquel chiste pésimo.

Neocolonialismo editorial

El malestar que críticos, periodistas y directores de suplementos demuestran hacia los "jóvenes" latinoamericanos parece provenir del ansia de éstos por publicar —y, más que eso, alcanzar la fama— en España, dejando atrás sus países de origen. ¿Por qué estos autores tienen que recibir un trato privilegiado por parte de los medios y las editoriales de la península? La respuesta es bastante clara: porque, para un latinoamericano, publicar en las editoriales españolas no significa una invasión bárbara o un acto de traición, sino la única forma de escapar de sus jaulas nacionales y de ser leídos en los demás países de la región.

La causa de este fenómeno puede rastrearse en la crisis económica de los setenta, que prácticamente acabó con la industria editorial de América Latina. De pronto, gracias al auge español que inicia a fines de esa década, todas las grandes editoriales de la región fueron adquiridas por empresas basadas en la península. El traslado del campo literario latinoamericano al otro lado del Atlántico tuvo varios efectos negativos: si bien a sus filiales se les concedió cierta autonomía, las decisiones estratégicas quedaron reservadas a la metrópolis; los pocos autores latinoamericanos que comenzaron a circular continentalmente eran sin falta elegidos en España; salvo unos cuantos casos, las traducciones se concentraron en la península; y, como era previsible, los medios locales perdieron toda posibilidad de establecer contacto directo unos con otros. Publicar en España se convirtió entonces en la meta más deseada para un latinoamericano: alcanzarla significaba ascender a una especie de primera clase literaria, editada en Madrid o Barcelona, distribuida en varios países y premiada con toda suerte de ventajas (colaboraciones en periódicos y revistas, viajes a congresos y ferias, inmediato reconocimiento público), frente a una segunda clase, publicada sólo en sus países de origen y condenada al discreto encanto de la gloria local.

La culpa de este proceso no es, por supuesto, sólo española: la incapacidad de los editores latinoamericanos para crecer y modernizarse es la verdadera responsable de esta nueva forma de colonialismo. El término no me parece exagerado: la avasalladora preeminencia cultural de un solo país no podía resultar saludable para nadie, excepto para los socios de los conglomerados. Por el contrario, creó una distorsión en el campo literario en español, donde un país con apenas una décima parte de los hispanohablantes del mundo ejercía —y todavía ejerce— un control casi absoluto sobre la industria editorial de los demás países en conjunto.

Esta situación sólo ha empezado a revertirse en los últimos años, gracias al resurgimiento de unas cuantas editoriales independientes en México y Argentina y, en menor medida, Chile, Colombia y Perú, que han comenzado a ganarse la confianza de los autores locales y se han aventurado de nuevo a traducir obras de otras lenguas sin tener que pasar forzosamente por España. A la larga, la consolidación de estas pequeñas casas latinoamericanas tal vez pueda equilibrar un poco el mercado literario y la vida editorial en español. En aras de la diversidad, lo natural sería que los escritores de América Latina y España publicasen en editoriales locales capaces de asegurarles una amplia distribución en todo el ámbito de la lengua, así como la posibilidad de ser reconocidos sin tener que mirar hacia Europa. Pero esto todavía está lejos de ocurrir.

Bogotá 39 es otra cosa: ocurre cuatro años después de Sevilla y ocho después de Madrid. Tiempo suficiente para que, dado el límite de edad establecido por las bases, los asistentes a los tres encuentros se cuenten con los dedos de la mano. A punto de cumplir 40, Iván Thays y yo somos los mayores y, en un acto de falsa modestia, decidimos jubilarnos como escritores jóvenes allí, frente al nutrido público que milagrosamente nos escucha en un lluvioso parque bogotano. De hecho, puede decirse que en *Bogotá 39* conviven dos generaciones: una fogueada en el circo del turismo literario, veterana de otros tantos coloquios y congresos, formada por autores nacidos entre 1968 y 1975, y otra de escritores nacidos a partir de esa fecha (Rodrigo Hasbún y Rodrigo Blanco son de 1981). Eso sí, se repite la ausencia de representantes españoles, único rasgo distintivo que nos preserva como una cerrada cofradía latinoamericana.

La idea, un tanto descabellada y hollywoodense —especie de *Latin American Idol* literario—, funciona a la perfección: en el marco del año internacional del libro, cualquier lector puede proponer por internet las candidaturas de escritores menores de 40 años, de entre los cuales un jurado formado por tres escritores colombianos —de mediana edad— elegirá a los 39 que considere más significativos *(whatever that means)*. Inspirado en el festival Hay-on-Wye de Gales, con una organización milimétrica y un despliegue mediático bien calculado, *Bogotá 39* intenta presentar una foto de grupo de la literatura latinoamericana a principios del siglo XXI.

El resultado arroja una primera sorpresa: si bien Madrid 1999 había contado con un representante chicano (Santiago Vaquera), ahora la lógica se invierte y se convoca a dos escritores cuya lengua de expresión es el inglés (Daniel Alarcón, de origen peruano, y Junot Díaz, dominicano). Los límites de América Latina se ensanchan a riesgo de perder uno de sus pocos rasgos de identidad. La transformación experimentada en el campo literario en los ocho años transcurridos entre Madrid y Bogotá es deslumbrante. A principios de 1999, las secuelas del realismo mágico© continuaban fascinando a millones de lectores; fuera de la generación del *Boom,* apenas una docena de latinoamericanos era publicada regularmente por las grandes editoriales españolas, y la curiosidad hacia lo que sucedía del otro lado del Atlántico era mínima. A principios de 2008, en cambio, el realismo mágico© ha dejado de ser una obligada marca de fábrica; decenas de latinoamericanos de distintas generaciones han vuelto a encontrar acomodo en el mundo editorial español; varios de ellos incluso han ganado importantes premios peninsulares, y la búsqueda de nuevas voces es una rutina para los editores españoles. Pero este repunte de América Latina no se corresponde con un proyecto unificado: ningún rasgo identifica a estos autores. Y, en consecuencia, la carrera de cada uno sigue sus propios derroteros con fortunas dispares.

El interés de los lectores españoles —y, de rebote, de los latinoamericanos— por esta nueva ola alcanza su punto más alto hacia 2005, y a partir de allí inicia su irremediable declive: si en efecto nada identifica ya a los escritores de América Latina, editores y lectores comienzan a buscar nombres y obras particulares más que corrientes o movimientos. Y, sin embargo, por alguna razón —acaso la inercia, la obsesión de los académicos o las leyes del mercado— la pregunta de los demás encuentros reaparece: ¿algo identifica a estos escritores que arriban a España al mismo tiempo que, por primera vez en la historia, miles y miles de trabajadores de sus países?

Resulta paradójico que, justo cuando lo latinoamericano alcanza cierto estatuto de normalidad en la península —de pronto los *sudacas* están por todas partes—, por primera vez se organice un gran encuentro de escritores jóvenes en la propia América Latina. De un lado a otro de la capital colombiana, los invitados son conminados a discutir por enésima vez en torno a las características propias de la literatura latinoamericana; sólo que, a ocho años de los pinitos de Madrid, estos escritores ya no están dispuestos a dejarse amilanar por los dictados de los organizadores. A la pregunta expresa de hacia dónde va la literatura latinoamericana, sus ilustres representantes, esos jóvenes que han sido invitados porque encarnan su presente y su futuro, responden con un gesto

de fastidio y los brazos alzados en todas direcciones: "Hacia allá".
Ninguno tiene ni la más remota idea de cuál es el estado actual de
la literatura latinoamericana, e incluso alguno duda que la literatura latinoamericana aún exista. Para decirlo claramente: fuera de
los organizadores, unos cuantos académicos recalcitrantes y algún
despistado miembro del público, a nadie le importa demasiado la
cuestión. Los jóvenes y no tan jóvenes escritores latinoamericanos
están felices de conocerse, de intercambiar libros y chismes, de
verse por vez primera de este lado del Atlántico pero, a diferencia
de lo ocurrido en Madrid o Sevilla, desprecian olímpicamente
los cuestionamientos sobre su supuesta hermandad. Se suceden las
charlas, las fiestas, la rumba colombiana: hay que aceptar, al final,
que no hay rasgos compartidos, que la literatura latinoamericana es, de manera irremediable, una entelequia, una agrupación
artificial sin sustento. Ya ni el idioma es requisito. Reunir a estos
escritores equivale a convocar un congreso con jóvenes escritores
del África subsahariana, jóvenes escritores de la Polinesia, jóvenes escritores de Asia Central, jóvenes escritores balcánicos o
jóvenes escritores del Mediterráneo: si uno se esfuerza, sin duda
encontrará puntos de contacto, pero ningún parentesco concreto.

El último día de actividades de *Bogotá 39* llueve a cántaros;
la tormenta se prolonga a lo largo de toda la mañana de manera
pertinaz, sin escampar. Ese día está programado un encuentro
final con el público en un parque al aire libre. Pese al chubasco,
un centenar de personas se congrega frente al toldo reservado a los
escritores. El programa oficial indica que cada uno debe resumir,
en un minuto, su experiencia de esos días. Unos tartamudean,
otros lucen su elocuencia, alguno recita un poema, uno canta,
uno cuenta un chiste, todos ríen, todos se burlan de todos. No
hay sabias conclusiones, discursos enérgicos o citas eruditas: sólo

ese desenfado de quien por fin se reconoce a salvo de las clasificaciones, a salvo de los prejuicios, a salvo de la pesada carga de ser un escritor latinoamericano.

Evolución del escritor latinoamericano (del Boom *a nuestros días)*

	Antes	*Ahora*
Apariencia	Cabello largo, chaqueta de cuero, morral al hombro, *look hippie* o indumentaria típica	Cabello cortísimo, blackberry o iPhone, *jeans* y camisetas, *look nerd* o *cool*
Convicciones políticas	Izquierda revolucionaria	Indiferencia política y cierta simpatía por ese lugar indefinido llamado "centro"
Amistades	Presidentes y caudillos latinoamericanos, estrellas de Hollywood, artistas plásticos	Directores y actores de cine latinoamericanos, académicos gringos, edecanes de congresos literarios
Idiomas	Inglés y francés obligatorios, a veces alemán	Inglés
Formación literaria	Clásicos de aventuras (Salgari, Verne), clásicos grecolatinos, colección amarilla de Gallimard	Clásicos de la televisión *(Don Gato, El túnel del tiempo, Twilight Zone),* clásicos latinoamericanos, colección amarilla de Anagrama
Preferencias musicales	Música clásica, tango, bailes de salón, trova cubana	Música electrónica, rock independiente
Preferencias cinematográficas	Cine clásico de Hollywood, neorrealismo italiano, *Nouvelle vague,* Bergman, Fassbinder, Scorsese, W. Allen	Cine independiente estadounidense, cine asiático, Tarantino, Wong Kar-Wai, González Iñárritu, Scorsese, W. Allen

Evolución del escritor latinoamericano (del Boom a nuestros días)

Escritores favoritos en otras lenguas	Faulkner, Dos Passos, Camus, Sartre, Mann, Mailer	Auster, Amis, Sebald, Tabucchi, Magris, Murakami
Escritores favoritos en español	Borges, Vallejo, Arguedas, Neruda, Rulfo, Paz	Borges, Bolaño, Marías, Vila-Matas, Piglia
Editoriales emblemáticas	Seix Barral, Sudamericana, Joaquín Mortiz, Era	Anagrama, Alfaguara, Tusquets, Siruela
Premios literarios	Biblioteca Breve, Rómulo Gallegos	Biblioteca Breve, Herralde, Alfaguara
Residencia fuera de sus países	Universidades estadounidenses, Londres, Barcelona, París, México, D. F.	Universidades estadounidenses, Barcelona, Madrid
Agentes	Carmen Balcells	Antonia Kerrigan, Guillermo Schavelzon
Peculiaridades	Realismo mágico, realismo, literatura fantástica	Realismo, ciencia ficción
Enemigos	Nacionalismo e imperialismo, otros grupos literarios	Globalización, otros grupos literarios
Aspiraciones	Premios, reconocimiento internacional, convertirse en conciencia de América Latina, pureza literaria	Premios, reconocimiento internacional, dinero
Actividades paralelas	Conferencias, periodismo, columnas de análisis político, diplomacia	Blogs, columnas de literatura, clases universitarias
Temas principales	América Latina	?

2. Las ruinas de América Latina

Seamos radicales: la literatura latinoamericana ya no existe. Preciso: existen cientos o miles de escritores latinoamericanos o, mejor dicho, cientos o miles de escritores chilenos, hondureños, dominicanos, venezolanos, etcétera, pero un cuerpo literario único, dotado con rasgos reconocibles, no. Acabamos de verlo: ya ni siquiera la lengua española es una característica compartida. Y la verdad es que no hay nada que lamentar.

La idea de una literatura nacional, dotada con particularidades típicas e irrepetibles, ajenas por completo a las demás, es un anacrónico invento del siglo XIX. Como ha demostrado Benedict Anderson en *Imagined Communities* (1983), fueron los incipientes Estados europeos de entonces quienes, amenazados por las revueltas populares de la época, se empeñaron en acentuar el consenso de sus ciudadanos a través de toda suerte de estrategias, siendo el patronazgo de las literaturas nacionales una de las más poderosas. A partir de 1820, mientras Francia y Alemania reinventaban sus respectivas tradiciones nacionales, seguidos por Rusia, Italia y los demás países que poco a poco surgían en el cambiante mapa de Europa, nació una gran variedad de instituciones para estudiar y proteger a las literaturas locales frente a sus vecinas. Hasta entonces, la literatura nunca había sido tratada como un bien particular, propiedad privada de uno o varios países, mientras que, a partir del romanticismo, lenguas y literaturas pasaron a engrosar la artillería ideológica de los gobiernos burgueses. Sólo entonces surgieron especialistas en cada uno de estos campos que, con el mismo celo de historiadores y antropólogos, se empeñaron en descubrir y proteger el "alma nacional" sepultada en sus mitos y leyendas o en las palabras de sus artistas, elevados a partir de ese momento a la categoría de semidioses o héroes (Goethe, Shakespeare, Camões, Cervantes, Manzoni, Pushkin, etcétera).

América Latina, que justo entonces luchaba para desprenderse de España, no tardó en imitar estos procedimientos (y, en algunos casos, se adelantó a ellos): en su necesidad de diferenciarse de la odiada metrópolis —y, más tarde, de sus no menos odiados vecinos—, cada nueva nación latinoamericana se obstinó en construir su propia historia e inventar su propia literatura: incluso los escritores indígenas y virreinales nacidos en los territorios de los nuevos países se convirtieron, de pronto, en coto exclusivo de cada uno de ellos. A partir de ese momento, los nuevos poderes se empeñaron en fomentar de todas las maneras posibles —igualmente calcadas de Europa— a los escritores que compartían esta fe nacionalista. No es extraño, pues, que durante la segunda mitad del siglo XIX y la primera del XX las distintas naciones latinoamericanas se obsesionasen con encontrar su "esencia" a través de sus letras: de allí el surgimiento de una sólida tradición nacional opuesta, a veces con rabia militante, a la de los escritores "cosmopolitas" que buscaban liberarse de esta camisa de fuerza. Paradójicamente, mientras en política se imponían los liberales, en literatura los nacionalistas asentaron su férreo dominio en los diversos países de América Latina, aunque en permanente pugna con la tradición universal que nunca dejó de estar viva en la zona.

Al iniciarse la segunda década del siglo XX, el poder de los nacionalistas literarios resultaba tan opresivo que no tardaron en aparecer escritores que buscaron apartarse bruscamente de su influjo, aunque pocos con la energía de los poetas y narradores nacidos en las primeras décadas del siglo XX, los cuales pasaron su juventud a la sombra de regímenes autoritarios y ferozmente chauvinistas. Borges y Reyes se convirtieron en símbolos de quienes dieron la espalda al nacionalismo oficial y, siguiendo sus enseñanzas, los novelistas de las generaciones posteriores llevaron su desafío hasta el límite. Los libros de Rulfo, Onetti y Carpentier, y luego los primeros de Fuentes o Vargas Llosa, fueron recibidos como bofetadas en el rostro de los escritores y críticos nacionalistas: en vez de permanecer atados a sus respectivas tradiciones locales, todos ellos preferían mirar hacia afuera e incorporar recursos de la moderna novela europea y estadounidense a sus propias creaciones. Todos ellos —igual que muchos de sus coetáneos— fueron acusados de traidores por los críticos nacionalistas, como si incorporar monólogos interiores, dislocaciones temporales y juegos estilísticos en sus novelas fuese un acto de sedición. Por desgracia para sus enemigos, su apuesta artística resultó tan poderosa que, al cabo de una década, eludieron su condición de parias y se convirtieron en los auténticos —y a veces únicos— representantes de América Latina. Unidos en esa cofradía nómada que se conoció como el *Boom,* e inflamados por los ideales surgidos con el triunfo de la Revolución cubana, machacaron el obsoleto nacionalismo burgués de sus países para crear, en cambio, un frente latinoamericano de hondas raíces bolivarianas. Paradójicamente, al escapar de sus jaulas, Cortázar, Fuentes, García Márquez y Vargas Llosa contribuyeron a fundar un nuevo nacionalismo, esta vez latinoamericano.

Los críticos y académicos locales, seguidos por sus contrapartes en el resto del orbe, no tardaron en acomodarse a la nueva situación y, sin apenas ajustar sus miras, terminaron por sancionar esa literatura latinoamericana© cuya desaparición ahora tanto deploran. El resultado fue un éxito rotundo: por una parte, los medios locales volvieron a sentirse satisfechos de contar con una literatura propia, distinta de la producida en otras partes, capaz de otorgar una "identidad particular" a las naciones latinoamericanas en su conjunto; por otra, los lectores, editores y críticos extranjeros hallaron un último reducto de exotismo —de diferencia— dentro de los cada vez más previsibles márgenes de la literatura occidental. *E tutti contenti*. Si a la fecha tantos críticos y académicos persiguen un distintivo para la literatura latinoamericana, y organizan decenas de congresos en los cuales siempre se excluye a escritores españoles, es porque los fantasmas del nacionalismo todavía merodean entre nosotros.

Aun así, éste ha ido perdiendo vigencia entre las nuevas generaciones de escritores, en especial los nacidos a partir de 1960. Testigos del desmoronamiento del socialismo real y del descrédito de las utopías, y cada vez más escépticos frente a lo político, estos autores parecen haberse desprendido por fin de cualquier constreñimiento nacional. Si bien ninguno reniega abiertamente de su patria, se trata ahora de un mero referente autobiográfico y no de una denominación de origen. A diferencia de sus predecesores, ninguno de ellos se muestra obsesionado por la identidad latinoamericana —y menos por la mexicana, la boliviana o la argentina— aun si continúan escribiendo sobre sus países o incluso los de sus vecinos.

Abundan, sí, los críticos neonacionalistas que se desgarran las vestiduras ante esta falta de identidad, y ahora culpan de esta "falta de raíces" a la globalización (antes era el colonialismo o el imperialismo). Su incesante jeremiada no toma en cuenta que, al contrario de las fronteras políticas, las literarias siempre han sido permeables: el intercambio de ideas e historias entre ciudades, regiones, países y continentes ha sido infinitamente más próspero y natural que el de las personas. La globalización nada tiene que ver, pues, con la supuesta aparición de un "español internacional", fraguado para tener éxito en el nuevo mercado global, ni con la estandarización de las historias que un narrador latinoamericano ahora se siente libre de contar. Todo lo contrario: obstinarse en mantener a los distintos países de América Latina como meros "productores de exotismo" constituiría el verdadero efecto negativo de la globalización. Arrinconar a los escritores del llamado tercer mundo en "reservas de identidad" es una práctica neocolonial más peligrosa que respetar su libertad a la hora de elegir sus temas, sin obligarlos a tomar siempre en cuenta las condiciones especiales de sus países (es decir, su marginación o su pobreza). Es interesante contrastar estas quejas con lo que ocurre en el mundo anglosajón: allí jamás se escucha que los críticos esperen señas locales en los escritores de Australia, Sudáfrica, Nueva Zelanda o Canadá, es decir, de aquellos que reconocen al inglés como su lengua natal, aunque en cambio sí exigen dosis de exotismo de los numerosos narradores indios, paquistaníes o africanos que emplean el inglés. Ello significaría que, como algún crítico español ha dicho con abierto desparpajo, los latinoamericanos no reconoceríamos el español como nuestra lengua, sino como una lejana imposición extranjera, y que por ello necesitamos "apropiárnosla" a través de giros y temas locales. Esta perspectiva tuerce por completo la historia literaria: el español es la lengua de expresión de una abrumadora mayoría de latinoamericanos, que la sienten absolutamente propia, y por ello tienen la capacidad de modificarla o enrarecerla a su gusto, o de no hacerlo, con la misma naturalidad que un peninsular (baste recordar el prólogo de Cabrera Infante a *Tres tristes tigres,* que ya se vanagloriaba de haberla escrito "en cubano").

Los nuevos autores latinoamericanos no libran una guerra contra la idea de ser latinoamericanos y sus libros tampoco tienen el objetivo declarado de escapar de América Latina. No hay una confrontación o una batalla campal contra los neonacionalistas, sino una especie de tregua o, para decirlo abiertamente, una enorme indiferencia frente a los dictados críticos. La mayor parte de los escritores nacidos a partir de 1960, incluso los aguerridos miembros de *McOndo* o del *Crack,* han escrito libros que ocurren en América Latina y que buscan explorar distintos aspectos de su realidad, de la misma manera que sitúan otras de sus historias en territorios ajenos. De hecho, si se atiende a buena parte de los libros publicados en los últimos años, América Latina continúa siendo una de sus preocupaciones fundamentales, sólo que su obsesión está desprovista del carácter militante de otros tiempos. Los escritores nacidos a partir de 1960 no necesitan consolidar una tradición —como hicieron Fuentes, Vargas Llosa o García Márquez—, no poseen su anhelo bolivariano y no aspiran a convertirse en voceros de América Latina: su apuesta, más modesta pero también más natural, consiste en afrontar los problemas e historias de sus respectivos países, e incluso los de toda la región, con toda naturalidad, sin el tono salvífico o politizado de algunos de sus predecesores. Más que descubrir un continente, colocar en el mapa una región antes olvidada, convertirse en sus portavoces o posicionarse a la vanguardia de sus élites, los nuevos narradores hablan de sus países sin resabios de romanticismo o de compromiso político, sin esperanzas ni planes de futuro, acaso sólo con el orgulloso desencanto de quien reconoce los límites de su responsabilidad frente a la historia. En vez de presentarse como inventores de América Latina, contribuyen a descifrarla y desarmarla. Sus libros no pretenden sumarse a las piedras con que los novelistas del XIX hasta el *Boom* levantaron la catedral de la literatura latinoamericana, sino ser fragmentos dispersos que condensan, en sí mismos, toda la información posible sobre los desafíos que hoy enfrenta América Latina. El paradigma ya no consiste en edificar una nueva torre o una nueva cúpula, sino en trazar un *holograma:* novelas que sólo de manera oblicua y confusa, fractal, desentrañan el misterio de América Latina. Novelas que encuentran su mejor modelo en *Los detectives salvajes* (1998) y sobre todo en ese magnífico holograma de la región, tan poco explorado —y tan cercado ya por los prejuicios y los malentendidos—: la sombría y enigmática *2666* (2004) de Roberto Bolaño.

3. Bolaño, perturbación

Nunca desde el *Boom* y, para ser precisos, desde que García Márquez publicó *Cien años de soledad* en 1967, un escritor latinoamericano había gozado de una celebridad tan inmediata como Roberto Bolaño: tras su éxito en español —premios Herralde y Rómulo Gallegos y su conversión en gurú de las nuevas generaciones—, fue objeto de un reconocimiento unánime por parte de la crítica francesa, su fama se contagió al resto de Europa y, un lustro después de su muerte, explotó en Estados Unidos, uno de los medios literarios más cerrados e impermeables a las literaturas extranjeras. La publicación en inglés de *2666* a principios de 2009 se convirtió en la quintaesencia del delirio bolañesco —y de la construcción de un nuevo icono global—: miles de copias vendidas, artículos a cuál más elogioso en todos los medios —incluidos el *NYT,* la *NYRB* y el *New Yorker,* detonadores de lo *cool* intelectual— y la puesta en marcha de una leyenda ligada a sus excesos vitales y a su temprana muerte. Por si fuera poco, sus herederos abandonaron la agencia de Carmen

Balcells, mítica cofundadora del *Boom,* para ser representados por Andrew Wylie, *a.k.a. el Chacal,* el agente literario que concentra más premios Nobel y autores de culto por metro cuadrado (y que ha anunciado la recuperación de varios textos que Bolaño dejó entre sus papeles).

En *Mentiras contagiosas* (2008), he comentado las posibles causas de la fascinación que Bolaño ejerce entre los escritores y lectores más jóvenes, pero allí me limitaba al campo hispanoamericano, mientras que la aparición de la edición inglesa de *2666* marca un nuevo hito en esta canonización (en el doble sentido del término). Tras revisar buena parte de las reseñas y artículos publicados en los principales medios literarios estadounidenses, no deja de sor- prender que su lectura de Bolaño y, en especial, la reinvención de su figura, no tuviesen nexo alguno con la recepción de Bolaño en español. No sostengo, como algunos críticos españoles e incluso algunos amigos suyos, que el Bolaño gringo sea una falsificación, un producto de la mercadotecnia, una reinvención forzada o un simple malentendido: por el contrario, acaso el poder telúrico de sus textos radica en las diversas interpretaciones, a veces con- trastantes u opuestas, que es posible extraer de sus libros. Pero su entronización por la crítica estadounidense sí revela, en cambio, otro fenómeno: no sólo el Bolaño leído y recreado por ésta poco o nada tiene que ver con su lectura en español, sino que al pare- cer ninguno de sus panegiristas se tomó la molestia de leer lo que la crítica hispanohablante había venido diciendo de Bolaño —casi siempre con idéntica admiración— desde hace más de una década. Al llegar intempestivamente a Estados Unidos y conver- tirse de la noche a la mañana en un autor de culto, Bolaño cruzó el desierto, atravesó la frontera y escapó de la *migra* literaria, pero no pudo llevar consigo a sus familiares: en conjunto, los críticos "discovery"

estadounidenses se vanaglorian de su hallazgo, como si fueran los arqueólogos responsables de desenterrar a Bolaño del olvido, sin tomar en cuenta el mundo real —y no sólo el ambiente mitológico tramado por ellos— que marcó su andadura literaria.

Pocos autores tan eruditos y conscientes de su lugar en la literatura mundial, y en especial la latinoamericana, como el chileno; cada uno de sus textos es una respuesta —valdría la pena decir: una bofetada— a la tradición, o más bien a las tradiciones que lo obsesionaban. Nada de ello aparece, por supuesto, en las lecturas de la crítica estadounidense. Para un mexicano como yo, no deja de resultar insólito que un libro plagado de referencias a la historia literaria mexicana como *Los detectives salvajes* —un *ring* de box en el que Bolaño ajusta cuentas con su pasado— pudiese ser leído, comprendido y disfrutado en un medio que las ignora por completo. Y, sin embargo, así ocurrió: su éxito, tanto de crítica como de ventas, fue inmenso. ¿Qué significa esto? En primer lugar que, como ha señalado Javier Cercas, se trata de un libro tan universal —y tan abierto— que los guiños eruditos pierden interés; y acaso también que, pese a su arrogancia, la lectura de la crítica estadounidense puede revelarnos aspectos de su obra en los cuales nosotros no habíamos reparado. Bolaño no ha sido ensalzado en inglés por ser latinoamericano o chileno, ni por sus vínculos con esta parte del mundo —la sensación es que podría haber sido tailandés o kuwaití—, sino por otras razones, tanto literarias como extraliterarias, y su caso no es comparable ya, en ninguna medida, con el de otros escritores de la región, sino tal vez sólo con el de Haruki Murakami y unos cuantos más.

Como han señalado diversos comentaristas, si algo destaca en la recepción crítica de Bolaño en Estados Unidos es la evaluación —o directamente la reinvención— de su figura como escritor. En su bombástica reseña en el *New York Times,* el novelista Jonathan Lethem marcó la pauta:

> En un estallido de imaginación ya legendario en la literatura contemporánea en español, que rápidamente se volvió internacional, Bolaño, en la última década de su vida, escribiendo con la urgencia de la pobreza y su pobre estado de salud, construyó un notable cuerpo de cuentos y novelas precisamente a partir de esas dudas: que la literatura, que él reverenciaba como un penitente que ama (y se levanta contra) un dios elusivo, puede articular y dar significado a las verdades inferiores que él conoció como rebelde, exiliado, adicto [...].

Más allá de la discusión sobre si Bolaño fue aficionado o no a la heroína, ninguna de las críticas de sus libros en lengua española se empeñó en destacar su figura de "rebelde, exiliado, adicto". (Por si fuera poco, durante esa última década, Bolaño jamás vivió "en la urgencia de la pobreza", sino en una modesta vida de clase media suburbana, infinitamente más plácida que la de decenas de inmigrantes latinoamericanos en Cataluña.) Sin duda, la relación entre la vida y la obra posee un encanto mayor en Estados Unidos que en otras partes, pero el énfasis en las supuestas penurias del autor ha resultado clave a la hora de interpretarlo (y, obviamente, de venderlo). El mundo literario estadounidense se ha visto obligado a construir un rebelde radical a partir de un malentendido. Bolaño, que durante sus últimos años tuvo una vida más o menos *normal,* no llena de lujos pero sí arropada por un reconocimiento casi simultáneo a la publicación de sus primeros libros (*La literatura nazi en América* y *Estrella distante* en 1997 y *Los detectives salvajes* en 1998), se ha visto transformado en uno de esos escritores furiosos, descastados y menospreciados por sus contemporáneos y que, sólo a través de una férrea lucha individual, logran convertirse en artistas trágicos, en héroes póstumos: un nuevo ejemplo del mito del *self-made man*. Bolaño, pues, como el último revolucionario o el postrer heredero de Salinger o los *Beats:* no es casual que la otra figura latinoamericana ensalzada de modo paralelo a la suya en Estados Unidos sea la del edulcorado *Che* Guevara de Benicio del Toro y Steven Soderbergh. Los dos encarnan, en su versión gringa, reductos de fiereza y desafío: dos profetas con una fe ciega hacia sus respectivas causas —en un caso el arte, en otro la política—, modelos ideales para una juventud amilanada y descreída como la estadounidense.

Luego de una década de reinar como paradigma de los nuevos escritores latinoamericanos, la entronización de Bolaño en Estados Unidos y su rápida inclusión en el canon han representado una perturbación entre nosotros. El *caso Bolaño* marca un punto de inflexión para la literatura latinoamericana porque, si bien es idolatrado por buena parte de los nuevos escritores, muy pocos han continuado la relación que el chileno mantenía con la tradición. Decenas de jóvenes imitan sus historias "fractales", sus juegos y bravatas estilísticas, sus tramas como callejones sin salida, sus delirantes monólogos o su erudición metaliteraria, pero en cambio no han buscado el diálogo o la confrontación con sus predecesores —con la vasta trama que va del modernismo al *Boom*— que se encuentra en casi todos sus libros. Y muy pocos se han esforzado por desmantelar los prejuicios ligados a la izquierda intelectual latinoamericana como lo hizo Bolaño en obras rabiosamente políticas como *Nocturno de Chile, Los detectives salvajes* o *2666*.

Bolaño representa, pues, uno de los puntos más altos de nuestra tradición —esa telaraña que va de *Rayuela* a *2666*— y a la vez una

fractura en su interior. Es difícil saber si este quiebre será definiti-
vo, pero por lo pronto todos los signos lo sugieren: aunque fuese
de una manera rebelde y subversiva, radicalmente irónica, Bolaño
seguía asumiéndose como un escritor latinoamericano tanto en el
sentido literario como político del término; después de él, nadie
parece conservar esta abstrusa fe en una causa que comenzó a
extinguirse en los noventa. Los seguidores o imitadores de Bolaño
no siguen o imitan su espíritu, sino sus procedimientos retóricos,
vacíos para siempre de su excéntrica militancia.

No es casualidad que Bolaño, un chileno afincado en España, escribiese cuentos y novelas mexicanos, chilenos, uruguayos,
peruanos o argentinos con la misma naturalidad y convicción. Si
los miembros del *Boom* escribían libros centrados en sus respectivos
lugares de origen con la vocación de convocar la elusiva esencia
latinoamericana, Bolaño hizo lo inverso: escribir libros que juga-
ban a pertenecer a las literaturas de estas naciones pero que termi-
naban por revelar el carácter fugitivo de la identidad. Al impostar
las voces de sus coterráneos, Bolaño se convirtió en el último latinoamericano total, capaz de suplantar a toda una generación. O, en
otro sentido, su imitación de distintos acentos e idiosincrasias,
llevada al extremo de la parodia (por ejemplo, la argentinidad en el
relato "El gaucho insufrible"), escondía una hilarante crítica hacia
la propia idea de literatura nacional. Después de Bolaño, escribir
con la convicción bolivariana del *Boom* se ha vuelto irrelevante.
Ello no significa que América Latina haya desaparecido como
escenario o centro de interés, pero sí que empieza a ser percibida
con un carácter *posnacional,* desprovisto de una identidad fija.

Bolaño se empeñó en retorcer la idea de América Latina. Sus
descripciones de México o Chile, por poner los ejemplos más
notorios, se convirtieron en hologramas de la región: fragmentos

truncos y dispersos, movedizos y volátiles, sin un sustento ideológico claro, que no pretendían ser leídos como piezas coherentes de un rompecabezas, como en el gigantesco ciclo "La edad del tiempo" de Fuentes, sino como trozos autónomos pero provistos con distintos niveles de información sobre América Latina en su conjunto. Su ambición no era la de Balzac —o, insisto, la de Fuentes o Vargas Llosa— y su objetivo estaba muy lejos de una enciclopedia de América Latina como la tramada por el *Boom;* sus textos pertenecen en cambio a otra era y se construyen de forma semejante a los vínculos de la red: obras dispersas, de tamaño, composición y estilos variables, que se hallan interconectadas entre sí, y cuyas historias saltan de un formato a otro. Si uno hace clic en cierto lugar de *La literatura nazi en América* (1996) llega a *Estrella distante* (1996), o, a la inversa, un pasaje de *Los detectives salvajes* conduce a *Amuleto* (1999), por no hablar de las infinitas conexiones abiertas en *2666.*

4. HOLOGRAMAS

Herederos, admiradores y detractores de Bolaño, los escritores nacidos a partir de los sesenta aspiran a continuar su camino, y si bien no dudan en buscar escenarios e historias ajenos a América Latina, siguen situando buena parte de sus libros en sus respectivos lugares de origen, aunque sin la ideología que los llevaba a preservar los parámetros de la literatura nacional. Otra vez: no podemos leerlos como partes de un rompecabezas latinoamericano, porque ese rompecabezas es una ilusión; no hay nada que construir con ellos, no son ladrillos o piezas de un Lego que puedan ensamblarse para articular una obra mayor. Ahora los vínculos son fluidos,

líquidos, nunca estáticos: uno acaso puede transitar de una novela a otra o de un relato a otro, pero no asimilarlos en un *corpus*
común. Por el contrario, cada uno de estos textos constituye una
unidad en sí misma o, en un sentido más trágico, un reflejo de las
ruinas de América Latina, ese territorio mítico que fue imaginado
—y celosamente protegido— por sus padres y abuelos, pero que
ya no existe más. La utopía latinoamericana se ha desvanecido:
nada queda de El Dorado. Observemos, pues, algunos de estos
hologramas.

Políticas de la memoria

Si una tendencia ha prevalecido en América Latina ha sido su
falta de memoria. Fuera de la repetición de las gestas nacionales
—derrotas heroicas o sagas míticas—, historiadores y periodistas
han tenido que sortear incontables obstáculos para acometer su
tarea con objetividad, siempre en el trance de ser seducidos o
amenazados por el poder. Durante la mayor parte del siglo xx,
el presente fue un territorio prohibido que cada gobierno trataba
de mantener celosamente resguardado de las miradas ajenas: uno
podía escribir sobre el mundo prehispánico o la independencia, pero con muchas más dificultades sobre aquellos periodos
identificados como delicados o peligrosos por el régimen, y por
supuesto resultaba inimaginable abordar la infinita lista de abusos
y tragedias provocadas por sus responsables si éstos aún deten-
taban algún cargo. Si buena parte del siglo xx latinoamericano
resulta tan opaca, se debe a que el poder se empeñó en convertir
a la historiografía en un instrumento de legitimación del líder o
el partido en turno: toda historia se imaginaba por fuerza historia

oficial. Hurgar en los entresijos del poder era un desafío que podía costar la libertad —o la vida— a los curiosos (y, aun así, hay que celebrar que muchos se atrevieran a intentarlo).

Los déspotas latinoamericanos hicieron hasta lo imposible para que sus figuras no fuesen escudriñadas sino admiradas: siempre lejanas, marciales y perfectas, como han de ser las estampas de los héroes. Por eso en nuestras tierras no existe apenas una tradición biográfica: nuestros hombres de poder, fascinantes de tan obtusos, carecen de revisiones exhaustivas. Tuvieron que ser los novelistas, en apariencia menos peligrosos que los historiadores, los encargados de revelar las aristas de nuestros tiranos y caudillos: de *Amalia* (1851) a *La fiesta del chivo* (2000). Apenas sorprende, pues, que la aportación de nuestra región a la literatura universal haya sido la "novela de dictadores", cuyo auge vino en la década de los setenta con el *Boom*.

A partir de mediados de los ochenta, el tránsito a la democracia transformó drásticamente esta situación: la defensa de los derechos humanos y el ensanchamiento de la libertad de expresión trajeron como inesperada consecuencia el declive de la literatura política en América Latina. Si antes los análisis más lúcidos de la realidad social provenían de la pluma de los escritores —con Paz, Vargas Llosa, Galeano, Castro Caycedo o Monsiváis—, de pronto esa función pasó a manos de expertos en ciencia política y luego de todo aquel capaz de ganarse un espacio en los medios. La *comentocracia,* como la ha denominado Jorge Castañeda, volvió obsoleta la necesidad de que los escritores alzasen su voz para reflexionar sobre asuntos de interés público. La antigua y venerable figura del intelectual latinoamericano© se desvaneció a la par que los dictadores a los que se habían enfrentado o los guerrilleros cuyas luchas habían tratado de interpretar.

179

Por desgracia, nuestros presidentes democráticos a veces han resultado tan venales, torvos y corruptos como sus predecesores despóticos, y, fuera de los comentarios cotidianos en la prensa, los novelistas de las nuevas generaciones no han demostrado el menor interés por exhibirlos. Más allá de unos cuantos panfletos a favor o en contra, personajes tan fascinantes y oscuros como Carlos Salinas de Gortari, Carlos Andrés Pérez, Carlos Menem, Alberto Fujimori, Daniel Ortega, Evo Morales o Hugo Chávez no sólo carecen de biografías exhaustivas, sino de obras de ficción que se introduzcan en su intimidad o desmenucen su conducta. La "novela histórica", uno de los subgéneros con mayor éxito comercial, florece en América Latina como en todas partes, pero suele abordar episodios vinculados con el pasado remoto —el mundo prehispánico o la Colonia— o aspira a desacralizar a héroes y villanos oficiales, como la rigurosa trilogía del mexicano Pedro Ángel Palou sobre Zapata, Morelos y Cuauhtémoc (2006-2008); la ambiciosa novela de la mexicano-costarricense Yazmín Ross, *La flota negra* (2000), sobre Marcus Garvey, o la delirante *1810. La Revolución vivida por los negros,* del argentino Washington Cucurto (2008), pero sin preocuparse por examinar las últimas décadas del siglo xx, o haciéndolo de manera tangencial.

La tónica dominante entre los escritores nacidos a partir de los años sesenta es una irrefrenable desconfianza hacia lo político (o al menos hacia la política institucional). Casi todos crecieron a la sombra de regímenes dictatoriales o cuando menos autoritarios —del PRI en México a las dictaduras militares de Sudamérica, pasando por la guerra sucia centroamericana y la guerrilla colombiana— pero, en contraste con sus mayores, no se decantaron hacia el compromiso revolucionario, la militancia clandestina o la pasión ideológica, sino que se refugiaron en una profunda indiferencia hacia los temas de interés público. En vez de encarar a sus gobernantes, muchos de ellos prefirieron escapar de la manipulación y la mentira a través de la literatura, siguiendo un camino inverso al trazado por el *Boom,* que jamás dudó en emplear la escritura como arma de combate.

La llegada de Mijaíl Gorbachov al poder en la Unión Soviética, y el consiguiente desmantelamiento del campo comunista fueron percibidos por estos escritores como la prueba final de la manipulación y el engaño cometidos en nombre de la utopía. Precoces testigos del "fin de las ideologías" y del "fin de la historia", se desentendieron de la lucha social y se concentraron en tramar ficciones que revelaban su desencanto o su hastío. Así, las obras de la mayor parte de los autores incluidos en la antología *McOndo* pueden ser leídas no sólo como manifiestos contra el *establishment* literario representado por el realismo mágico©, sino como saldos de la ruptura con la figura del intelectual latinoamericano© encarnada por el *Boom*. Relatos urbanos poblados por jóvenes clasemedieros, obsesionados con la combinación de sexo, drogas *& rock'n'roll,* los textos de *McOndo* sentaron una pauta que no ha cesado de repetirse desde entonces. Los personajes del chileno Alberto Fuguet, del peruano Jaime Bayly o del mexicano Guillermo Fadanelli reflejan el asco o la apatía de sus contemporáneos frente a cualquier clase de orden institucional: tan alejados del romanticismo *hippie* como de la furia militante, se conforman con desvincularse del sistema, concentrados en sus miserias y decepciones cotidianas. Con el paso del tiempo, estos retratos de costumbres tal vez hayan perdido su capacidad de escocer o perturbar —nadie se escandaliza ya frente a su imaginería pornográfica o sus elogios de la adicción—, pero en cambio funcionan para mostrar el ambiente apolítico —o de plano antipolítico— en el que crecieron sus autores.

Incluso en Cuba, el último enclave de la dictadura, los narradores que no se han prestado al juego del oficialismo han optado por distanciarse lo más posible del poder castrista, aun si éste se empeña en convertirlos en "disidentes", prohíbe la circulación de sus obras o los incordia de todas las maneras posibles. Como ha mostrado Rafael Rojas en *El estante vacío* (2008), muchos de los exiliados a partir de 1990 sólo se volvieron críticos del régimen una vez que fueron conminados a abandonar su patria. Para los nuevos escritores cubanos esta condición, más patética que trágica, no se traduce en un resentimiento sin límites ni en ansias de acelerar la irremediable agonía del sistema, sino en una profunda lejanía de las momias que todavía los gobiernan. Más que rebelarse activamente, muchos de ellos han desertado de la política de la misma forma que sus coetáneos en otras partes: no han empleado lanchas o pateras, sino que interior, artísticamente, han roto cualquier vínculo con la Revolución y se limitan a subsistir como si sus guardianes hubiesen muerto décadas atrás. Basta leer obras como *Todos se van* (2006) y *Nunca fui primera dama* (2008), de Wendy Guerra; *Cien botellas en una pared* (2002), de Ena Lucía Portela, o *La fiesta vigilada* (2007), de Antonio José Ponte, para observar su implacable retrato de la decadencia revolucionaria, como si sus autores fuesen los incómodos cronistas del derrumbe largamente anunciado. Algo del espíritu de *El gatopardo* prevalece en sus relatos: una descripción de la agonía material y espiritual del régimen familiar de los Castro, recuento de las diarias vejaciones y humillaciones que han sufrido los cubanos debido a la soberbia de sus príncipes, un testimonio de las miserias cotidianas de un sistema que ya sólo puede ser visto como el último ejemplar de su especie. La generación de Guerra, Portela o Ponte no parece aspirar a otra cosa sino a la "normalidad", una condición que en

Cuba resulta aún inalcanzable. Los cubanos del exilio, en cambio, se dividen en dos grupos: aquellos que han querido hacer de la disidencia el centro de sus vidas, como Zoé Valdés, y aquellos que han buscado nuevos temas en sintonía con sus contemporáneos, como Ronaldo Menéndez o Karla Suárez.

En el resto de América Latina, el compromiso y la militancia se han convertido en materiales tan oprobiosos que incluso han aparecido textos que directamente buscan ajustar cuentas con cualquier resabio del romanticismo revolucionario del pasado. Es el caso de *Historia del llanto* (2007), de Alan Pauls. Significativamente subtitulada "un testimonio" y narrada en primera persona, la novela funge como una especie de *mea culpa* del progresismo juvenil. Al revisar su adolescencia, el protagonista rememora su formación de izquierdas: se vanagloria de haber simpatizado con todas las causas revolucionarias del momento hasta que en 1973, cuando acaba de cumplir 13 años, se descubre incapaz de llorar ante el golpe militar contra Allende, como si en el fondo el compromiso sólo hubiese sido una máscara de su fascinación por la violencia. Pauls concentra sus dardos contra ese progresismo de salón, tan típico de los setenta, encarnado en un cantautor comprometido, con sus devaneos lacrimógenos y su banalidad, perfecto exponente de la penuria intelectual de su generación.

En contra de esta tendencia apolítica, hay que reconocer que en aquellos lugares donde el rescate de la memoria histórica se ha convertido en una prioridad, como Guatemala, Argentina o Perú, las novelas que se preocupan por examinar el pasado inmediato resultan más numerosas. Luego del esperpéntico gobierno Fujimori-Montesinos, la llegada de la democracia al Perú permitió la instalación de una Comisión de la Verdad y la Reconciliación que ha cobrado gran relevancia en la vida pública. No creo que se trate de una coincidencia: a partir de entonces un buen número de escritores ha abordado el pasado inmediato desde perspectivas distintas y a veces contradictorias. Vale la pena mencionar *Abril Rojo* (2002), de Santiago Roncagliolo, un *thriller* político que revela la imposible normalidad de un pueblo donde la guerrilla ha sido derrotada por decreto; *War by Candlelight* (2006, escrito originalmente en inglés y traducido como *Guerra a la luz de las velas*), de Daniel Alarcón, que contiene uno de los mejores retratos de la sinrazón guerrillera, "Lima, Perú, 28 de julio de 1979", y *Un lugar llamado Cabeza de Perro* (2008), de Iván Thays, cuyo tema es justo la dinámica entre la memoria y el olvido en una sociedad azotada por una violencia generalizada. Siguiendo con el mundo andino, *Palacio Quemado* (2007), del boliviano Edmundo Paz Soldán, se detiene a examinar, apenas en clave, la caída del presidente Gonzalo Sánchez de Losada tras su enfrentamiento con las huestes de Evo Morales. Esta novela constituye una auténtica rareza: mientras sus contemporáneos se desentienden o se burlan de lo político, Paz Soldán no duda en internarse en los miasmas del Palacio Quemado como el forense que realiza una autopsia de sus gobernantes. El retrato que hace Paz Soldán de la democracia boliviana termina por ser un espejo de lo que ocurre en toda América Latina: tecnócratas alejados de la realidad; viejos políticos dispuestos a todo con tal de conservar su influencia; nuevos caudillos que jamás han creído en las reglas democráticas; intelectuales siempre dispuestos a venderse al mejor postor. Y, en el otro extremo, ciudadanos azorados o asqueados que de ninguna manera se sienten representados por ellos: más que víctimas, apáticos testigos de una lucha por el poder que apenas les concierne.

Otros dos relatos paradigmáticos de esta nueva aproximación a los horrores del pasado que, a falta de un nombre mejor, denomino pospolítica —aunque quizá sólo sea "postideológica"— son *Ciencias morales* (2007), del argentino Martín Kohan, y *El material humano* (2009), del guatemalteco Rodrigo Rey Rosa. Si bien ambos comparten una visión desencantada del compromiso, reflejada en una prosa dura y seca, expurgada de cualquier militancia, su reflexión en torno a la violencia del siglo xx no puede ser más contrastante. Mientras Kohan construye una inteligente fábula para abordar los mecanismos mediante los cuales el autoritarismo es capaz de filtrarse a todos los estratos de la sociedad —en este caso, una obtusa profesora en el microcosmos de Colegio Nacional de Buenos Aires durante la guerra de las Malvinas—, Rey Rosa dibuja un relato en primera persona constituido por las notas que el narrador toma en los archivos de la policía guatemalteca y que reflejan, de manera tan descarnada como incisiva, la brutalidad cometida por los órganos de seguridad contra campesinos e indígenas. Ninguno de los dos posee el tono heroico empleado por sus predecesores: en sus relatos no hay espacio para la redención o la esperanza, tal vez ni siquiera para la reparación de la injusticia —tarea ardua o imposible—, sino la simple voluntad de enfrentarse al olvido.

Nuevos exotismos

En lugar de preocuparse por sus dirigentes democráticos —acaso demasiado previsibles y aburridos—, los narradores interesados en la vida pública de sus países han preferido ocuparse de los enemigos del sistema, las bandas de criminales y sobre todo de narcotraficantes que se enfrentan a diario en una guerra sin cuartel contra el Estado (y contra sus rivales). Esta nueva épica contemporánea, cuya principal influencia se halla en el cine de

Hollywood, con elementos que van de *El Padrino* a *Pulp Fiction,* con toques de *Los Soprano,* se ha convertido en un subgénero que ya ha contaminado a escritores del *mainstream* internacional, como el español Arturo Pérez Reverte, quien transformó a una jefa del cártel de Sinaloa en la protagonista de *La reina del sur* (2002). A diferencia del realismo de otras épocas, la novela del narco© no admite juicios morales, no pretende aleccionar a nadie y apenas se percibe como instrumento crítico; pero como sus autores se empeñan en recrear milimétricamente el habla y las costumbres de sus actores, sus vidas desenfrenadas y sus muertes atroces, ha terminado por convertirse en el único resabio de crítica social de nuestro tiempo. De momento, la mayor parte de estas obras se ha conformado con regodearse con la descripción de los hábitos y caprichos de estos criminales —incluidas sangrientas escenas de violaciones u homicidios— y, en casos extremos, ha terminado por banalizar sus figuras o, peor aún, por concederles un aura mítica. Si aún existieran las polémicas literarias en nuestros días, una de ellas tendría que concentrarse en el peso moral de estas novelas que, limitándose a clonar modelos bien probados, sólo aspiran al éxito comercial.

Conforme la violencia asociada al narcotráfico comenzó a reproducirse en varios países, sus escritores se apresuraron a incorporarla en sus textos, primero como telón de fondo y luego como epicentro de la acción. En una época aséptica y anodina, dominada por la desconfianza hacia lo político, estas poderosas fuerzas al margen de la ley adquirieron un papel protagónico: adolescentes pobres, reclutados por las mafias hasta convertirse en asesinos profesionales; hermosas jóvenes utilizadas como moneda de cambio; pistoleros enfrentados sin otra razón que el vacío existencial; héroes y villanos patéticos, ni siquiera fáciles de distinguir entre sí; un universo dominado por el peligro, la imprevisión y la muerte; policías torpes y mal pagados, siempre vendidos al mejor postor; y, por supuesto, unos cuantos capos convertidos en multimillonarios, dueños de ejércitos privados y haciendas. De la noche a la mañana, todos los elementos para fraguar *thrillers* excéntricos y sobrecogedores se apoderaron de la imaginación latinoamericana: nuevas novelas de acción donde nadie sabe por qué pelea; donde, como dice la canción, la vida no vale nada; donde los actos de heroísmo son mínimos y extremos; y donde sobrevivir más allá de los 30 años se considera ya una victoria. O, en otro sentido, nuevos reductos de exotismo: si antes la región estuvo caracterizada por su lógica fantástica —o su falta de lógica—, con sus simiescos dictadores y sus briosos guerrilleros, ahora se halla infectada por esta epidemia de capos y asesinos a sueldo idónea para el consumo global. Si acaso la literatura latinoamericana© no ha desaparecido del todo, se debe a la pervivencia de esta lacra social que se ha transformado en su nueva —y acaso única— marca de fábrica. A la fórmula América Latina = realismo mágico© se opone en nuestros días América Latina = novela del narco©.

Por razones evidentes, la literatura colombiana fue la primera en explorar el tema, y la guerra entre el gobierno, los narcotraficantes, los distintos grupos guerrilleros y los paramilitares no tardó en inspirar un fresco literario de primer orden. *La virgen de los sicarios* (1994), de Fernando Vallejo, convertida en un clásico, se centra en las desoladas vidas de los jóvenes gatilleros al servicio de los capos de Medellín. Su poderosa escritura señaló un camino para las siguientes generaciones: personajes que no parecen tener otra motivación que el rencor y la inercia, la reproducción —o, como en este caso, la reinvención— de la lengua de los criminales y un estilo que, gracias a su parquedad y su distancia, exacerba el sinsentido de su lucha. Poco después, con *Rosario Tijeras* (1999), Jorge Franco terminó de definir las convenciones del género al incorporar una vigorosa figura femenina en un mundo hasta entonces regido por hombres.

Si bien en México el tráfico de estupefacientes se ejercía de manera más o menos efectiva y silenciosa en los estados fronterizos desde la década de los cincuenta, su leyenda se incorporó a la literatura mucho después de que la música popular hubiese comenzado a ensalzar a sus líderes. Corresponde al sinaloense Élmer Mendoza el mérito de crear un universo literario a partir del narcotráfico. De *Un asesino solitario* (1999) a *Balas de plata* (2007), Mendoza ha mezclado los recursos de la novela negra con el ambiente criminal —y, como en el último caso, político— del norte de México. Su influencia apenas tardó en hacerse sentir entre los escritores más jóvenes de esa parte del país, al grado de que el interés por el narco ha acabado por asumirse como una de las características centrales de la llamada ficción "norteña", aun si, paradójicamente, apenas ha contaminado a algunos de sus mejores narradores, como David Toscana o Eduardo Antonio Parra.

Novelistas de otras regiones, como Mario González Suárez y Yuri Herrera, se han sumado a esta ola, el primero con el delirante monólogo interior de un pícaro incrustado en el cerril mundo del crimen en *A webo, padrino* (2008), y el segundo, con *Trabajos del reino* (2004) que, con una prosa siempre controlada que apenas se permite algún destello lírico, cuenta el arribo de un compositor de corridos al círculo íntimo de un capo como si hablase de un antiguo bardo y un señor del medioevo. La metáfora funciona de manera sorprendente y, sin necesidad de reproducir la jerga de sus personajes, condensa en unas cuantas páginas lo que a otros narradores les lleva cientos: esa feria de lealtades y traiciones que circunda a los jefes; la vileza, la impericia y el miedo de los sicarios; la irredimible corrupción del entorno; y, sobre todo, la manera como el arte se vuelve cómplice del delito. Novela del narco© y crítica implícita de las novelas del narco©, *Trabajos del reino* es una pequeña joya literaria en un género dominado por la inercia.

Pese a que su sombra satura todos los periódicos y noticieros de televisión, la violencia en América Latina no se reduce al narcotráfico, y aquella ligada a otros tipos de delincuencia también continúa inspirando decenas de obras de ficción. En casi todos los casos se trata de novelas negras o policiacas, aunque desprovistas del compromiso ideológico que marcó la obra de autores como Paco Ignacio Taibo II. Salvo unas cuantas excepciones, el nuevo policial latinoamericano apenas logra escapar de los clichés: antihéroes estúpidos y perversos, ritmo cinematográfico, habla previsiblemente coloquial —a veces disfrazada de experimento vanguardista— e indiferencia hacia el contexto sociopolítico y los dilemas éticos. Nada cercano a la obra maestra del género: otra vez el Bolaño de *2666* y su sobrecogedora reconstrucción de los crímenes de Santa Teresa.

De entre el alud de novelas de género publicadas en los últimos años, señalaré tres que escapan al lugar común. *Satanás* (2001), del colombiano Mario Mendoza —adaptada al cine por Andrés Baiz en 2007—, reconstruye la locura de un veterano de la guerra de Vietnam que asesinó a una decena de personas en una pizzería de Bogotá en 1986; la intriga aquí es lo de menos: la relación entre la literatura y el crimen, y la convulsa psicología de su personaje, la sitúan en un ámbito que rehúye los mecanismos comerciales. *Los minutos negros* (2006), del mexicano Martín Solares, se adentra en una rocambolesca intriga mediante un agudo sentido del humor. Solares se asume heredero de Jorge Ibargüengoitia y, escapando de la solemnidad propia del género, se precipita en las desopilantes investigaciones de un detective tropical, *el Macetón* Cabrera, en un tono que combina sátira e intriga. Por último, *Al otro lado* (2008), del tijuanense Heriberto Yépez, es un espejo distorsionado del límite entre México y Estados Unidos: ubicada en un futuro difícil de precisar, exacerba las condiciones que se viven en la frontera, y su Ciudad de Paso, con su alud de "cholos", "inmigrados", narcos y asesinos a sueldo, continúa pareciéndose mucho a Tijuana o Ciudad Juárez. Especie de *Bajo el volcán* tex-mex, *Al otro lado* sigue las andanzas de Tiburón, un miserable sicario embotado de *phoco,* la droga sintética de moda, en una suerte de frontera reconcentrada. Mientras la trama se tuerce sin cesar —efecto natural del *phoco*—, las alucinaciones de Tiburón ofrecen el mejor punto de vista para describir la atmósfera de esta tierra de nadie.

Quizá la novela policiaca más arriesgada de entre las publicadas en los últimos años sea *La muerte me da* (2007), de la mexicana Cristina Rivera Garza. Aunque *Nadie me verá llorar* (1999), su primera novela, parezca insuperable, en *La muerte me da* combina la novela policiaca y la crítica literaria de manera explosiva. Mientras la mayor parte de sus coetáneos sigue dócilmente los recursos del género, Rivera Garza subvierte sus reglas y desdobla sus mecanismos internos. Cuando en la realidad cientos de mujeres mueren en Ciudad Juárez, las víctimas del asesino serial de *La muerte me da* son sólo hombres, cuyos cadáveres castrados aparecen en compañía de poemas de Alejandra Pizarnik. La responsable de encontrar a la primera víctima es ni más ni menos que Cristina Rivera Garza, profesora de literatura como la autora, quien no duda en involucrarse en la investigación al lado de la Detective y la Periodista de Nota Roja. El policial se desboca, da paso a giros metaliterarios, se adentra en la vida de la propia Pizarnik —sobre la cual la Cristina de la ficción escribe un ensayo incluido en el texto—, y concluye como una lúcida reflexión sobre las pulsiones sexuales y su asociación con la muerte. Rivera Garza no realiza diagnósticos clínicos o sociológicos: expone los recovecos más oscuros del cuerpo desde una perspectiva que transmuta la crítica literaria y la teoría de género en recursos narrativos.

Mención aparte merece *Diablo Guardián* (2003), del mexicano Xavier Velasco que, si bien sólo de manera tangencial se refiere a la criminalidad o a las drogas, contiene uno de los mejores personajes femeninos de la literatura latinoamericana reciente: Violeta, una especie de Lolita del tercer mundo que, a diferencia de la original, no se conforma con ser víctima de su propio erotismo adolescente, sino que lo emplea de manera calculada para burlar el poder masculino que se empeña en domesticarla.

Adiós a los críticos

"Un crítico literario no es un escritor frustrado, sino un crítico literario frustrado". El chiste surge como la típica venganza de los escritores frente a sus rabiosos jueces, pero ha cobrado una actualidad inusitada en la América Latina de nuestros días. Primero porque, a diferencia de lo que ocurría en épocas pasadas, hoy los escritores de la zona no se hallan sometidos a un *deber ser* que les indique una manera precisa de comportarse; y, segundo, porque las revistas y suplementos literarios que definieron por décadas la vida intelectual de nuestros países han perdido buena parte de su credibilidad o su fuerza, o simplemente han desaparecido (salvo quizás en Argentina). Pese al empobrecimiento que representa esta carencia de intermediarios culturales, la falta de esa feroz deontología crítica que dominó el siglo xx latinoamericano ha permitido que por primera vez la diversidad se convierta en la nota dominante de nuestras letras.

Si el día de hoy resulta tan difícil trazar un panorama de corrientes, movimientos o tendencias, se debe a que cada autor responde de manera individual a sus propias obsesiones, alejándose de los parámetros que antaño privilegiaron la literatura comprometida, el experimentalismo, el nacionalismo o el realismo mágico© como únicas vías de expresión de los latinoamericanos. Aún existen, claro, una crítica académica, en ocasiones valiosa pero con frecuencia arrinconada en sus arcanas teorías, aislada por completo de los lectores, y un puñado de críticos feroces que, sin reparar en su condición de cadáveres, se empeñan en seguir dictando panegíricos o sentencias de muerte que carecen ya de cualquier peso en la vida literaria.

La crítica profesional encargada de situar las obras en su contexto, de desmenuzar su poética, sus riesgos y fracasos, y de juzgarlas a partir de sus propios parámetros estéticos, independiente de las pugnas entre los distintos grupos o de la simple animadversión personal, se ha vuelto cada vez más escasa. A ello se suma que la crisis —sempiterno pretexto— ha provocado que los principales diarios reduzcan sus páginas culturales o de plano cancelen los suplementos de libros. Insisto: salvo en el caso argentino, donde la crítica periodística ha sabido mantenerse como una tradición viva, los intermediarios entre los lectores y las obras han perdido su influencia o se han extinguido por completo. El resultado: los lectores ya no tienen manera de saber qué se publica cotidianamente en sus países —y mucho menos en los países vecinos— y no cuentan con elementos para juzgar las obras que se les presentan o discernir si se trata de simples productos comerciales.

Escritores apátridas

Lo hemos comprobado: más allá de que los escritores latinoamericanos nacidos a partir de los sesenta se hayan desentendi-
do del problema de la identidad, buena parte de ellos continúa
interesándose por lo que sucede en sus países y, específicamente
lo que ocurre con la memoria histórica y la violencia, manteniendo una preocupación común. No obstante, muchos de ellos
—o incluso los mismos en otros aspectos de su obra— no tienen
inconveniente en viajar a otras tierras o en responder a otras
tradiciones. De hecho, algunas de las obras más perdurables de
las generaciones recientes se inscriben en este ámbito. Otra vez:
su universalidad no es producto de la globalización o la tiranía
del mercado, sino de una *normalidad* que, como hemos visto, se
manifiesta en todos los aspectos de América Latina. Quizá por
escapar a cualquier marca local estas obras les resulten a algunos
más aburridas y anodinas que sus predecesoras —o que las novelas del narco©—, pero eso equivaldría a decir que la región era
mucho más apasionante y divertida cuando campeaban en ella los
déspotas que nos caracterizaron a lo largo del siglo XX. Aunque
tal vez suene exagerado ligar las recientes conquistas democráticas con esta libertad creativa —tampoco debemos subestimar
las limitaciones del mercado—, el tránsito hacia la normalidad
política, por incipiente o penoso que todavía nos resulte, guar-
da cierta correspondencia con la diversidad de poéticas que se
ejercitan hoy en nuestras tierras. Esta atomización del gusto, que
permite la convivencia entre la metaliteratura y la ciencia ficción,
la novela histórica y la sátira, la fantasía y el realismo, la narrativa experimental y las mutaciones genéricas, funciona como un
digno reflejo de nuestro caos democrático.

Ni movimientos literarios ni grupos sólidamente armados ni tendencias reconocibles —para horror de críticos y académicos—: apenas un par de temas predominantes —o acaso sólo uno: la violencia— y una infinita cantidad de obsesiones y caprichos. Nuestra moderna República de las Letras resulta tan desordenada como las repúblicas de la región: un amasijo de voluntades enfrentadas, un maremágnum de puntos de vista a veces irreconciliables, un espacio indiferente a cualquier confrontación estética, un ámbito sin ley donde cada cual puede hacer lo que se le antoje. Si en España el medio académico se entusiasma con una generación que por fin se halla provista con ideas comunes —el *AfterPop* de Agustín Fernández Mallo y Eloy Fernández Porta—, en América Latina se ha perdido toda confluencia organizada. Incluso los grupos nacidos en la década de los noventa se han desperdigado —el *Crack* se mantiene como una amistad literaria más que como un movimiento—, mientras que los más jóvenes ni siquiera se plantean la posibilidad de un manifiesto: la vida gregaria les parece no sólo un despropósito, sino una traición. Han desaparecido tertulias y talleres: quedan sólo las reuniones inocuas, sociales, etílicas, donde está mal visto hablar de literatura, y unos cuantos *blogs* que sirven como mínimos puntos de referencia comunes (en especial "Moleskine literario", de Iván Thays, o los reunidos en torno a *elboomeran.com*). Lo único que quieren estos apáticos ciudadanos de la República de las Letras es que los dejen en paz (y, si es posible, volverse famosos). Ni hablar, pues, de tendencias. Apenas unos cuantos escritores y su fe privada. Unos pocos asideros en medio del desorden.

El peruano-mexicano, Mario Bellatin es uno de los casos más atípicos y, hasta donde aún es posible, más influyentes de las nuevas letras latinoamericanas. Su poética, inspirada en las

búsquedas del arte conceptual, se empeña en quebrar las convenciones narrativas que prevalecen en nuestro tiempo, mientras sus
textos —artefactos, instalaciones o *performances* más que cuentos o
novelas— eluden las fronteras entre realismo y fantasía, ensayo y
ficción. Bellatin ha urdido decenas de libros breves y enigmáticos,
que van de la invención borgiana de un escritor inexistente (*Shiki
Nagaoka, una nariz de ficción,* 2001) a una autobiografía desprovista
de cualquier marco reconocible (*El gran vidrio,* 2007), pasando por
una desoladora invocación de la diferencia (*Flores,* 2000), entre
muchas otras. *Salón de belleza* (1994) continúa siendo su unánime
obra maestra: inquietante meditación sobre la enfermedad y la
muerte, recurre a una prosa seca, clínica, sin el menor sentimen-
talismo, que se rebela contra el poder referencial de la literatura.
Work in progress fragmentario y lleno de enlaces, la vasta obra de
Bellatin prosigue el camino de las vanguardias y se acerca, como
ninguna otra, a la ruptura propuesta por las artes plásticas (o el
cine de David Lynch).

Reconocido como animador de la antología *McOndo* al lado
de Sergio Gómez, Alberto Fuguet fue responsable de asestar algunos de los dardos más certeros contra los epígonos del realismo
mágico© en los noventa. Obsesionado con el cine y su estética,
ha dirigido varios cortos y un largometraje (*Se arrienda,* 2007).
Como ya he señalado, sus primeras obras, como *Sobredosis* (1990)
o *Mala onda* (1991), aún eran herederas de cierto costumbrismo
juvenil que lo acercaba al mexicano Guillermo Fadanelli o el
español Ray Loriga, pero a fines de los noventa da un giro hacia
una sobriedad y contención expresivas que alcanzan su punto más
alto en *Por favor rebobinar* (1998) o *Las películas de mi vida* (2003).
Los títulos no son engañosos: el tratamiento que Fuguet da a sus
obras literarias abreva de los procedimientos cinematográficos, y

si en *Las películas de mi vida* ensaya una autobiografía sentimental a través de las cintas que marcaron su infancia y juventud, en *Mi cuerpo es una celda* (2008) lleva este mecanismo al límite al presentarse como responsable de "dirigir y editar" una serie de textos dispersos —diarios, cartas y reseñas— del malogrado autor colombiano Andrés Caicedo, en quien ha encontrado una especie de precursor.

Santiago Gamboa quizá sea el representante más conspicuo de la generación de escritores colombianos que comenzaron a publicar en los noventa, al lado de Enrique Serrano, Mario Mendoza, Jorge Franco o Juan Gabriel Vásquez. Sin necesidad de adherirse a manifiestos o dinamitar los lugares comunes de la literatura latinoamericana, ha sido uno de los narradores que con mayor naturalidad han despedazado la imagen de exotismo asociada con la región. Sus primeros libros, *Páginas de vuelta* (1995), *Perder es cuestión de método* (1997) y *Vida feliz de un joven llamado Esteban* (2000), abordan el mundo urbano colombiano con un estilo en el que no quedan secuelas del realismo mágico©. Tras esta primera trilogía latinoamericana, Gamboa ha compuesto una segunda centrada en China, formada por *Los impostores* (2001), desternillante novela en la cual lo policiaco es un pretexto para desarrollar un juego de espejos con aquella nación, y los libros de viajes *Octubre en Pekín* (2002) y *Hotel Pekín* (2008). En *El síndrome de Ulises* (2005), su novela más ambiciosa, retoma el típico tema del escritor latinoamericano en París pero, a diferencia de tratamientos anteriores, reniega de los clichés parisinos y revela la normalidad de un emigrante en una ciudad que ha perdido su condición de Meca literaria.

Rodrigo Fresán es, en cambio, el gran intérprete del mundo anglosajón de nuestra época: su erudición pop sólo es comparable con la que los miembros del *Boom* reservaban al cine clásico. En *Esperanto* (1995) y *La velocidad de las cosas* (1998), Fresán se arriesga a crear un territorio propio, un pueblo llamado Canciones Tristes —sólo Edmundo Paz Soldán ha intentado algo semejante en fechas recientes con *Río Fugitivo*—, donde no teme mezclar elementos fantásticos con otros provenientes del universo pop, en consonancia con escritores como Cheever, su autor de culto. En *Mantra* (2001), acaso el retrato más enloquecido que un extranjero ha trazado sobre México, la acumulación extrema de historias y recursos posmodernos llega a ser un tanto abrumadora, algo que no ocurre en *Jardines de Kensington* (2003). En esta última, la avalancha de datos y curiosidades no hace sino reforzar la doble historia que le interesa a Fresán: por un lado, las peripecias de J. M. Barrie, autor de *Peter Pan,* y por el otro, su contraparte actual, una suerte de Michael Jackson extremo, autor de *best sellers* infantiles leídos en todo el mundo y perverso seductor de sus jóvenes lectores. Crítica de la inocencia infantil, el mercado y la obsesión por el paso del tiempo, nada en ella delata una marca nacional. Si en algún momento los postulados de *McOndo* —de los que Fresán ha querido distanciarse— han animado una obra maestra, es en estas páginas.

Residente en Nueva York, José Manuel Prieto es uno de los escasos narradores cubanos que, de manera casi programática, no hablan de Cuba. Tras vivir por largos años en la Unión Soviética, ha convertido a Rusia —una Rusia desbocada y casi irreal— en el centro de su obra. *Livadia* (1998), una de las obras imprescindibles de fines del siglo xx latinoamericano, narra el periplo de un traficante de objetos valiosos que en esta ocasión decide perseguir un rarísimo ejemplar de mariposa. Su búsqueda lo llevará a encontrarse con V., una prostituta rusa en Estambul que se convertirá en su propia y elusiva mariposa nocturna. En el camino, una serie de bellísimas cartas que se permiten una amplia reflexión sobre el pasado, el dinero, el crimen y, en el otro extremo, las obras de autores "raros" como Kafka o Madame Blavatski. El cruce de géneros vuelve a ser la nota dominante: J., el protagonista, atraviesa fronteras geográficas con la misma impunidad con que Prieto se burla de las fronteras literarias. Su obsesión rusa, tan natural ya como cualquier otra, se ha prolongado en *Enciclopedia de una vida en Rusia* (2003), los relatos de *El Tartamudo y la rusa* (2002) y el libro de viajes *Treinta días en Moscú* (2001). A partir de entonces, su escritura se ha vuelto cada vez más puntillosa y extrema, hasta llegar a un alarde de todas las técnicas narrativas concebibles en *Rex* (2007).

Más conocido por ser uno de los animadores del grupo del *Crack* en los noventa, Eloy Urroz ha privilegiado un realismo intimista que se centra en el amor y sus reveses: *Las leyes que el amor elige* (1993), *Las rémoras* (1996) y la ambiciosa *Un siglo tras de mí* (2004) mezclan con desparpajo ficción y autobiografía y se regodean en detallar, con pasión de miniaturista, las ambivalencias de sus personajes. En su última novela, *Fricción* (2008), Urroz da un giro poético sorprendente y se atreve a ensamblar una de las obras más arriesgadas —y delirantes— de nuestro tiempo. Olvidando la obsesión introspectiva de su obra previa —que marca la pauta de algunos autores de su generación—, retoma el mundo rabelesiano de Pitol o Bryce Echenique y construye un artefacto —él mismo lo denomina "juguete"— donde se rompen todas las reglas del realismo y, con un estilo desmañado y socarrón, presenta una galería de personajes excéntricos con desternillante lucidez. Presidida por la figura del filósofo presocrático Empédocles, *Fricción* no se parece a ninguna obra previa de Urroz, de los demás miembros del *Crack* o, para ser justos, de ningún otro escritor latinoamericano de nuestros días.

En otro extremo, el colombiano Enrique Serrano, el peruano Fernando Iwasaki y el mexicano Ignacio Padilla podrían ser considerados ejemplos absolutos del escritor apátrida (o de patrias múltiples). Mientras el primero ha escrito una colección de cuentos ubicados en la "madre patria", *La marca de España* (1997), y *Tamerlán* (2004), una novela centrada en la vida de este personaje, Iwasaki, que se define como peruano-japonés-italiano-andaluz en *Mi poncho es un kimono flamenco* (2005), no ha cesado de emprender trayectos de ida y vuelta entre sus variados orígenes, siempre valiéndose de un inimitable sentido del humor, lleno de juegos de palabras y retruécanos, que ha convertido en su marca de fábrica. De *Neguijón* (2005), una fábula médica ubicada en los albores de la modernidad, a los hilarantes microrrelatos de terror de *Ajuar funerario* (2004), Iwasaki se muestra como una especie de camaleón capaz de burlarse de las tradiciones literarias más diversas. Por su parte, Padilla ha centrado sus novelas más recientes entre la Europa Central de principios del siglo xx (*Amphytrion,* 2000), una nación innominada en los albores de una "revolución democrática" (*Espiral de artillería,* 2003) y un trayecto dantesco entre Londres y Asia Central (*La gruta del Toscano,* 2006), y ha pubicado dos colecciones de cuentos que giran en torno a la imaginería del Imperio británico del siglo xix (*Las antípodas y el siglo,* 2001) y las obsesiones mecanicistas de principios del xx (*El androide y las quimeras,* 2008).

Por último, otro grupo de narradores latinoamericanos ha preferido engrosar las listas de la novela policiaca ligada con la historia o con la ciencia —casi siempre valiéndose de algún juego borgiano—, extendida a territorios ajenos o fantásticos: los argentinos Pablo de Santis, con *Filosofía y Letras* (1998) o *El enigma de París* (2008), y Guillermo Martínez, con *Crímenes imperceptibles* (rebautizada como *Los crímenes de Oxford,* 2003), o los mexicanos

Gerardo Laveaga, con *El sueño de Inocencio* (2007), y Pedro Ángel Palou, con *El dinero del diablo* (2009).

Sería un sinsentido clasificar a los autores nacidos a partir de 1970: si bien algunos participaron ya en *Bogotá 39* y han comenzado a aparecer en antologías generacionales (*El futuro no es nuestro*, de Diego Trelles, o *Grandes Hits, Vol. 1*, de Tryno Maldonado, ambas de 2008), resulta imposible encontrar diferencias estéticas con sus mayores o agruparlos en corrientes o grupos.

El chileno Alejandro Zambra, poeta de formación, es autor de dos breves novelas, *Bonsái* (2006) y *La vida privada de los árboles* (2007), que se han convertido en inmediatos éxitos de crítica. Escritas con una prosa impoluta que se horroriza ante lo lírico, se introducen en la vida diaria de sus personajes con la frialdad con que un entomólogo revelaría las relaciones de una comunidad de insectos. Zambra no necesita más que un párrafo o una línea para plasmar la soledad, el desencanto o la tristeza de sus personajes, abandonados al garete en un mundo sin asideros.

Las mexicanas Daniela Tarazona y Guadalupe Nettel se decantan por un estilo limpio y severo, pero mientras la primera no duda en introducir elementos sobrenaturales, la segunda prefiere regodearse en lo siniestro. En *El animal sobre la piedra* (2008), Tarazona se atreve, por primera vez en lustros, a escribir un texto que puede ser leído no sólo como el relato realista de una mujer perturbada por la doble tensión de la maternidad y la muerte, sino como una novela fantástica. A Tarazona no la intimida el realismo mágico©: es más, ni siquiera parece tenerlo presente a la hora de abordar el camino de su personaje, que día con día describe las transformaciones que la convierten en reptil y acaso en madre. En *El huésped* (2006), Nettel siembra el inquietante relato de una mujer que cree estar habitada por una criatura que mira el mundo a través de su ojo ciego, mientras que en los relatos de *Pétalos (y otras historias incómodas)* (2008) la extrañeza suscitada por sus historias no se basa en la magia o la fantasía, sino en una perspectiva descentrada que inspira escenas de una mórbida belleza.

En un ámbito muy distinto, el colombiano Juan Gabriel Vásquez le da una vuelta completa a la novela histórica con *Historia secreta de Costaguana* (2007). Vásquez emplea una prosa elaborada, musical, voluntariamente excesiva y casi barroca, para narrar el cruce de caminos entre Joseph Conrad y un tal José Altamirano en Panamá, y las consecuencias literarias y políticas de su insólito encuentro. Ajena tanto a la moda metaliteraria como al género histórico al uso, Vásquez se atreve a revisar los recursos estructurales y estilísticos del *Boom*.

Por último, el argentino-andaluz Andrés Neuman, precoz autor de libros de cuentos, poemarios, aforismos y novelas, ganador contumaz de distintos premios literarios (dos veces finalista del Herralde, finalista del Primavera, reciente vencedor del Alfaguara), parece decidido a crear toda una literatura por sí mismo. Pocos casos como el suyo: voraz e irrefrenable, su energía incombustible sólo se emparienta con la de los jóvenes Fuentes o Vargas Llosa. Con su novela más reciente, *El viajero del siglo* (2009), Neuman articula un fresco del siglo XIX alemán que puede leerse como un sutil mapa de nuestro mundo en los albores del siglo XXI. Sin temor y sin moderación, un narrador latinoamericano —en su caso, argentino y español— que se atreve a intentar de nuevo una novela total.

Colofón: fenómenos emergentes

La novela de fines del siglo XX y principios del XXI se ha convertido en una de las artes más conservadoras e inmóviles de nuestro tiempo. Mientras la música, el teatro y las artes plásticas han logrado asimilar la herencia de las vanguardias históricas y la experimentación formal del medio siglo, integrándolas de manera indisoluble en su discurso aun si emplean recursos más o menos tradicionales —la vuelta a la tonalidad, a la acción dramática o a lo figurativo—, en cambio la novela ha retrocedido casi por completo a las convenciones narrativas del siglo XIX (de ahí el predominio del folletín). A fines de los setenta, la experimentación formal pareció desembocar en un callejón sin salida y la decadencia del compromiso político le arrebató buena parte de su vitalidad a la novela que, en aras de un "retorno a la narratividad", terminó anclándose en las rígidas normas del relato clásico con sus personajes unívocos y su trama más o menos lineal. Ello no demerita, por supuesto, la calidad de algunas obras, pero sí provocó que la novela dejase de ser vista como un campo de experimentación y se plegase a las exigencias de editores y lectores más acomodaticios o apáticos que en otros tiempos. Evidentemente, América Latina no escapó de este fenómeno, y la mayor parte de sus narradores se conforma con seguir las fórmulas preestablecidas (sin que esto constituya un juicio de valor sobre ellas). Muy pocos se atreven a regresar a la idea de la novela como laboratorio. Entre las escasas mutaciones que pueden detectarse en la nueva novela latinoamericana, destacaría dos: la desaparición de las fronteras entre autobiografía, ensayo, novela, periodismo y poesía (entre ficción y no ficción, en la jerga estadounidense), y la aparición de una nueva literatura fantástica.

Firmemente cimentada en los caminos recorridos por escritores como Pitol, Bolaño, Aira, Piglia, Vila-Matas o Sada, la primera representa un quiebre necesario —y acaso ineludible— que no sólo tiende a romper los límites genéricos (un procedimiento simplemente posmoderno), sino a volverse indiferente respecto a la catalogación a partir de estos esquemas. Entre los escritores de las últimas generaciones empeñados en esta tarea se podría mencionar a Cristina Rivera Garza, Rafael Gumucio, Rodrigo Rey Rosa, Vicente Herrasti o Álvaro Bisama.

Por otro lado, entre la primera edición de *Cien años de soledad,* en 1967, y la aparición de la antología *MacOndo* y del "Manifiesto del *Crack*", en 1996, median casi treinta años: el periodo de incubación, apogeo y decadencia del realismo mágico© entendido como modelo preponderante de escritura en América Latina. Tres décadas a lo largo de las cuales la fantasía y, como he señalado antes, la indiferencia ante la fantasía, se convirtieron en la quintaesencia de la región. Como es natural en cualquier ciclo epidémico, durante las décadas siguientes los escritores latinoamericanos buscaron alejarse lo más posible de la magia y lo sobrenatural, convencidos de que cualquier tentación fantástica sería observada bajo el opaco prisma del realismo mágico©.

Puede decirse que en nuestros días la obra de demolición emprendida por *macondos, cracks* y otros escritores al fin ha terminado de fraguarse: en América Latina, España e incluso otros países ya nadie piensa que el realismo mágico© sea la única forma de expresión de los narradores de la zona, ni que éste sea una transposición directa de la enloquecida vida cotidiana de nuestros países. Esta especie de cuarentena ha permitido que por primera vez se atisben signos de una nueva literatura fantástica que no busca responder o distanciarse de García Márquez —o de Isabel Allende— ni levantarse como una alternativa a sus obras. Esta nueva fantasía continúa una tradición que se remonta a Machado de Assis y Gutiérrez Nájera en el siglo XIX, pasa por Felisberto Hernández, Torri, Quiroga, Borges, Arreola, y llega hasta *Aura* de Fuentes o los cuentos de Cortázar. Como sucede con otras obras de sus contemporáneos, carece de connotaciones políticas o sociales y no aspira a convertirse en una metáfora de los problemas que nos aquejan, sino en un instrumento de exploración de la intimidad del siglo XXI por caminos elusivos o metafóricos.

A veces tan sutil que puede pasar inadvertida, esta nueva fantasía se encuentra ya presente en algunos textos de Aira, Padilla o Bellatin, sabiamente camuflada detrás de la extrañeza, pero no me parece exagerado aventurar su posible estallido en las postrimerías del sigo XX, como demuestran las ya mencionadas *El animal sobre la piedra* de Daniela Tarazona y *El huésped* de Guadalupe Nettel o, en un ámbito distinto, *El púgil* (2008) de Mike Wilson, cuya proximidad con la ciencia ficción se inscribe en lo que Jorge Baradit ha denominado "realismo mágico 2.0". Educados en la estética de los dibujos animados, de *Star Trek* y el *Cyberpunk,* y fascinados con la escritura de autores como Haruki Murakami o Neal Stephenson, y de series televisivas como *Lost,* comienzan ya a producir textos extraños e inclasificables que escapan del severo realismo —a veces naturalismo o costumbrismo— que prevaleció en nuestras letras en la última década.

Breve inventario de obras de autores latinoamericanos nacidos a partir de 1960

País	Narradores y obras principales
Estados Unidos	• Daniel Alarcón, *War by Candlelight* (2006) • Junot Díaz, *The Brief Wondrous Life of Oscar Wao* (2008)
México	• Pablo Soler Frost, *La mano derecha* (1993) • Mario Bellatin, *Salón de belleza* (1994) • Ignacio Padilla, *Si volviesen sus majestades* (1996) • Mario González Suárez, *De la infancia* (1998) • Pedro Ángel Palou, *Paraíso clausurado* (2000) • Álvaro Enrigue, *El cementerio de sillas* (2001) • Eduardo Antonio Parra, *Nadie los vio salir* (2001) • Guillermo Fadanelli, *Lodo* (2002) • Yuri Herrera, *Trabajos del reino* (2004) • Vicente Herrasti, *La muerte del filósofo* (2005) • David Toscana, *El último lector* (2005) • Martín Solares, *Los minutos negros* (2006) • Luis Felipe Lomelí, *Cuaderno de Flores* (2006) • Guadalupe Nettel, *El huésped* (2006) • Cristina Rivera Garza, *La muerte me da* (2007) • Daniela Tarazona, *El animal sobre la piedra* (2008) • Eloy Urroz, *Fricción* (2008) • Heriberto Yépez, *Al otro lado* (2008)
Cuba	• José Manuel Prieto, *Livadia* (1998) • Ena Lucía Portela, *Cien botellas en una pared* (2002) • Ronaldo Meléndez, *De modo que esto es la muerte* (2002) • Karla Suárez, *La viajera* (2005) • Wendy Guerra, *Todos se van* (2006) • Antonio José Ponte, *La fiesta vigilada* (2007)
Puerto Rico	• Mayra Santos-Febres, *Sirena Selena vestida de pena* (2000) • Yolanda Arroyo, *Ojos de Luna* (2007)

República Dominicana	• Rey Emmanuel Andújar, *Candela* (2007)
Guatemala	• Eduardo Halfón, *El ángel literario* (2004) • Rodrigo Rey Rosa, *El material humano* (2009)
Costa Rica	• Carlos Cortés, *Cruz de olvido* (1999)
El Salvador	• Claudia Hernández, *De fronteras* (2007)
Panamá	• Carlos Wynter Melo, *Invisible* (2005)
Colombia	• Jorge Franco, *Rosario Tijeras* (1999) • Mario Mendoza, *Satanás* (2001) • Enrique Serrano, *Tamerlán* (2004) • John Jairo Junieles, *Hombres solos en la fila del cine* (2004) • Antonio Ungar, *Zanahorias voladoras* (2004) • Santiago Gamboa, *El síndrome de Ulises* (2005) • Ricardo Silva, *El hombre de los mil hombres* (2006) • Antonio García, *Recursos humanos* (2006) • Pilar Quintana, *Coleccionista de polvos raros* (2007) • Juan Gabriel Vásquez, *Historia secreta de Costaguana* (2007)
Venezuela	• Juan Carlos Méndez Guédez, *Una tarde con campanas* (2004) • Slavo Zupcic, *Máquinas que cantan* (2005) • Rodrigo Blanco, *Los invencibles* (2008)
Ecuador	• Gabriela Alemán, *Body Time* (2003) • Leonardo Valencia, *El libro flotante de Caytran Dolphin* (2006)
Perú	• Fernando Iwasaki, *Ajuar funerario* (2004) • Diego Trelles Paz, *El círculo de los escritores asesinos* (2005) • Santiago Roncagliolo, *Abril rojo* (2006) • Iván Thays, *Un lugar llamado Oreja de Perro* (2008)
Bolivia	• Rodrigo Hasbún, *Cinco* (2006) • Edmundo Paz Soldán, *Palacio Quemado* (2007)

Chile	• Andrea Jeftanovic, *Escenario de guerra* (2000) • Rafael Gumucio, *Memorias prematuras* (2000) • Alberto Fuguet, *Las películas de mi vida* (2003) • Alvaro Bisama, *Caja negra* (2006) • Alejandro Zambra, *Bonsái* (2006) • Lina Meruane, *Fruta podrida* (2007) • Alejandra Costamagna, *Dile que no estoy* (2007) • Mike Wilson, *El púgil* (2008)
Argentina	• Pedro Mairal, *Una noche con Sabrina Love* (1998) • Marcelo Birmajer, *Historias de hombres casados* (1999) • Gonzalo Garcés, *Los impostores* (2000) • Rodrigo Fresán, *Jardines de Kensington* (2003) • Guillermo Martínez, *Crímenes imperceptibles* (2003) • Marcelo Figueras, *La batalla del calentamiento* (2006) • Pablo de Santis, *La traducción* (2007) • Anna Kazumi-Stahl, *Flores de un solo día* (2007) • Martín Kohan, *Ciencias morales* (2007) • Florencia Abbate, *Magic Resort* (2007) • Washington Cucurto, *1810. La Revolución vivida por los negros* (2008) • Patricio Pron, *El comienzo de la primavera* (2008) • Andrés Neuman, *El viajero del siglo* (2009)
Uruguay	• Pablo Casacuberta, *Aquí y ahora* (2002) • Claudia Amengual, *Desde las cenizas* (2005)
Paraguay	• José Pérez Reyes, *Clonsonante* (2007)

Cuarta consideración

ESTADOS UNIDOS DE LAS AMÉRICAS

Donde el autor se atreve a mostrar algunos episodios cómicos o dolorosos de América Latina a principios del siglo XXI y, no sin una buena dosis de optimismo, aventura el futuro de esta agobiada región de la Tierra

1. Extremos que se tocan

Ciudad Juárez-El Paso

Cuando al fin se escucha el frenético derrapar de los neumáticos
y el estertor de la sirena —un par de Hummers negros, a toda
velocidad, con la carrocería entintada por el lodo, seguidos por
una destartalada ambulancia de la Cruz Roja— ya es, como de
costumbre, demasiado tarde. En el suelo terroso, ante la indiferencia de vecinos y paseantes, los cuerpos inertes de tres adolescentes,
ninguno mayor de veinte años, permanecen expuestos bajo la
sórdida luminosidad del desierto. Un barrio de casas achaparra-
das y callejuelas polvorientas, como tantos otros; unas muertes
que engrosarán las abultadas listas de víctimas de esta guerra que
tanto se empeñan en difundir televisoras y tabloides —"18 sólo
en este día"—, sólo para terminar olvidadas por la tarde. Antes,
la atención se centraba en las mujeres impunemente asesinadas en
esta árida frontera; hoy son tantos los crímenes, y tan variados sus
motivos, que sólo parece importar el récord de cada día. Tierra

de maquiladoras y narcotraficantes, Ciudad Juárez se ha convertido en símbolo absoluto de la infamia, como si en una sola ciudad —Babel o Sodoma— pudiese concentrarse todo el mal que devasta a México y a América Latina. Narcotraficantes, gatilleros, proxenetas, pederastas: sus villanos son los villanos del siglo XXI, y por alguna razón parecen concentrarse aquí, en este impúdico limbo entre la riqueza y la miseria.

Los miembros del ejército, con sus capuchas y uniformes de batalla, se aproximan a los charcos de sangre: su tarea cotidiana. De seguro se trata de narcomenudistas o aprendices de sicarios, algunos más de entre los cientos de jóvenes sin oficio ni beneficio que son empleados por los cárteles como carne de cañón. Lo más probable es que nadie reclame sus cadáveres, o que lo haga una madre o un padre con disimulo y un mohín de vergüenza. Juárez reúne las mejores condiciones para convertirse en la imagen precisa del infierno: su proximidad con Estados Unidos —abruma mirar los pulcros rascacielos a un tiro de piedra, al otro lado del río— y sus fantasías de progreso; el peregrinaje de un sinfín de trabajadores provenientes de regiones más pobres, incluidas numerosas muchachas solas e independientes, alejadas de sus familias; el ancestral rencor de machos alcoholizados, empobrecidos o infectados por la ambición; una policía legendariamente corrupta y políticos que jamás se atreven a romper la cadena de complicidades; capos que se disputan a diario el riquísimo mapa de la droga; armas de todos los calibres adquiridas sin dificultad "del otro lado"; bandas de jóvenes armados hasta los dientes; dinero a raudales; esperanzas y frustraciones compartidas. Apenas sorprende que, al reinventar Ciudad Juárez como Santa Teresa y emprender el tétrico recuento de sus muertas, Roberto Bolaño haya creído ver aquí, trágica e irónicamente, el secreto del mundo.

O al menos el secreto de América Latina. Porque lo más grave, lo que menos se dice, lo que más se teme, es que Ciudad Juárez no sea una excepción, un único terreno cedido a los demonios, sino una más entre las muchas ciudades latinoamericanas gobernadas por la violencia y el miedo, espejo de otras tantas que pueden adquirir, en los próximos años, un estatuto semejante. Si bien Juárez acaparó las primeras planas debido al brutal asesinato de mujeres y a la perversidad de sus capos —Amado Carrillo, *el Señor de los Cielos,* máximo emblema del poder y la gloria—, hoy en día es visto como la prueba de que la barbarie puede aparecer dondequiera, incluso a unos cuantos pasos de la mayor potencia global. Los enemigos del país se apresuran a mostrar las estadísticas de Juárez y a concluir que México es ya, como Pakistán, un Estado fallido, incapaz de responder a las mínimas demandas de seguridad de sus ciudadanos. ¿Un Estado fallido que colinda con Texas? He aquí el principal error de perspectiva: si Juárez se ha convertido en este vasto cementerio, en este bastión de delincuentes y asesinos, en esta colusión del narcotráfico y el poder político, es *precisamente* porque se encuentra al lado de Estados Unidos, porque la torpe y desmadrada integración de Estados Unidos y México provoca el surgimiento de estos pantanos.

Imposible hablar de dos países escindidos. Por más que los populistas gringos insistan en elevar muros o en sancionar al gobierno mexicano por su dejadez o corrupción, lo cierto es que, si la violencia se concentra de un solo lado de la frontera, se debe al sistema económico que rige en ambas partes. El consumo masivo de estupefacientes se lleva a cabo mayoritariamente al norte del Río Bravo (Río Grande para nuestros vecinos): al sur, productores y distribuidores harán cualquier cosa —cualquiera— para mantener y elevar sus ganancias. Absurdo denunciar y controlar una parte sin tomar en cuenta a la otra: mientras los trabajadores ilegales son detenidos, la droga sigue llegando a todos los puntos de venta, prueba de que la corrupción afecta por igual a las aduanas y cuerpos de seguridad de los dos países. Y, pese a los millones de dólares invertidos, el precio de venta apenas se ha elevado.

La "guerra contra las drogas" ha fracasado en la misma medida que su hermana gemela, la "guerra contra el terror". Las dos son producto de una lógica que creyó prudente —o electoralmente rentable— utilizar una estrategia del pasado para un combate posmoderno. Si Bush fracasó radicalmente en su enfrentamiento contra Al Qaeda al no tomar en cuenta su naturaleza múltiple, sin centros, lo mismo ocurre cuando se espera acabar con el narcotráfico sólo con enviar al ejército a luchar contra sus huestes. Los modernos criminales, sean narcos o terroristas, funcionan más como células empresariales independientes que como los antiguos Estados nacionales: no tienen una sola cabeza y pueden atomizar su lucha aprovechándose de las ventajas de la globalización mejor que sus adversarios. Al desatar una "guerra total" contra los cárteles, el gobierno mexicano ha conseguido capturar a algunos de sus líderes, pero ello sólo ha provocado la proliferación de luchas intestinas entre los segundos de a bordo para mantener el control de las distintas plazas, multiplicando la violencia a niveles nunca vistos. Mientras el problema no sea percibido como un asunto verdaderamente binacional, e incluso global, y no se transforme la vieja lógica usada para luchar contra estas bandas, los resultados jamás estarán a la altura de las expectativas, y el caos se mantendrá de manera indefinida como una condición habitual de estas zonas, y acaso en todo el país.

Otra conclusión más obvia se deriva de lo anterior: resulta ya imposible, o más bien absurdo, pensar en México y Estados Unidos como dos naciones distintas, independientes y soberanas, según los modelos clásicos del pasado. La interrelación entre los dos lados es tan natural y poderosa en todos los niveles —legales e ilegales—, que pretender aplicar las anticuadas recetas nacionales refleja una completa falta de entendimiento de las mutaciones que se han producido en los últimos decenios. No sólo se trata de que haya millones de ciudadanos de origen mexicano en Estados Unidos, o de que la circulación de mercancías sea parte de un flujo imparable, sino de que una nación no podría vivir ya sin la otra. Pésele a quien le pese, Mexamérica se ha vuelto una realidad incontestable. Ello no quiere decir, por supuesto, que los obstáculos para una verdadera integración no parezcan aún insuperables; la desigualdad en el nivel de desarrollo es abismal y, por razones internas, los gobiernos de los dos países jamás han intentado un acercamiento mayor. La desconfianza, el rencor y el miedo entre los vecinos han impedido instrumentar mecanismos que, más allá de lo puramente comercial, se aventuren a proponer un acercamiento político: el libre tránsito de personas a través de la frontera, por ejemplo, que se percibe como una meta irrealizable a corto plazo. Pero, si atendemos a las enseñanzas de la historia, se trata de un proceso inevitable. Para lograr una verdadera unidad política, los dos gobiernos tendrían que modificar drásticamente sus ideologías a fin de que sus ciudadanos puedan comprender que sólo una mayor integración, semejante a la Unión Europea, podrá convertir a Norteamérica en una región próspera en los siglos venideros. Los nacionalismos en los dos lados continúan siendo tan poderosos que una iniciativa en este sentido sería percibida hoy como una locura o un acto de traición, pero para los dos lados se trata de la única oportunidad de resolver los problemas que los aquejan y que no harán sino incrementarse en el futuro. Si Estados Unidos no quiere tener un verdadero "Estado fallido" al sur de su frontera, y si México no quiere verse excluido del desarrollo, será necesario abortar las anacrónicas nociones de identidad nacional y aventurarse a explorar nuevos modelos de vecindad. Estados Unidos necesita un México seguro y próspero tanto como México necesita una economía estadounidense saludable. La única manera de resolver los problemas de inseguridad que azotan el norte de México, y que no tardarán en reproducirse en los estados del sur de la Unión Americana, es con la más drástica solución posible: acabar con la frontera. Igual que ha ocurrido en Europa, ello no tiene por qué significar el fin inmediato de las peculiaridades y obsesiones nacionales, ni siquiera de buena parte de sus respectivas soberanías, pero sí el fin de un alejamiento y una desconfianza que acentúan las condiciones de desigualdad y violencia que imperan entre los dos países.

Territorios como Ciudad Juárez y El Paso deberían dejar de existir como lo han hecho hasta ahora: es antinatural, e irracional, que un turbio río separe una ciudad próspera y segura de otra cenagosa y criminal. Quizás una parte del secreto del mundo que Bolaño creía percibir en la fatídica cadena de asesinatos de mujeres en Santa Teresa radicaba en esta necesidad de borrar la frontera, de acabar de una vez por todas con las condiciones que permiten que este pedazo de tierra se haya convertido en el mayor emblema contemporáneo de la impunidad y del espanto.

La Habana-Miami

La noticia circula desde la madrugada, pero nadie la cree o, más bien, nadie se atreve a creerla. Rumores semejantes han sobrevolado las calles de La Habana desde hace meses y siempre han terminado por resultar falsos: hace dos semanas que no aparece en las pantallas; no recibió al presidente de no sé qué lugar cuando vino a visitarlo; hoy no apareció su columna en *Granma*… Las esperanzas y los temores ancestrales se desatan sólo para consumirse en un chispazo. Invariablemente, luego de semanas o días de incertidumbre, su rostro cada vez más flaco y estragado, los canosos hilos de su barba, su pellejo enjuto y frágil reaparecen en una fotografía o una imagen electrónica, más o menos sonriente, más o menos apacible, con esa cara de viejo jubilado que lo caracteriza desde que dejó —al menos nominalmente— el poder. Pero esta vez es distinto: el penoso silencio de sus colaboradores, la inquietud de la seguridad del Estado y la ansiedad de su hermano no resultan fingidos; la calma chicha en la ciudad presagia que el final ahora sí puede ser inminente. Quienes lo imaginaron eterno se estrellan ante la confirmación oficial: un tibio comunicado, apenas enfático, dictamina la muerte del comandante. Unas cuantas palabras para señalar el final de una era. ¿Qué puede decirse cuando no desaparece un hombre, sino una época?

Pocos decesos han sido esperados con tanta impaciencia, con tanta emoción, con tanta desconfianza. Desde que hace unos años confirmó públicamente su enfermedad, una nación entera y miles de exiliados en medio mundo no han hecho otra cosa sino aguardar lo irremediable. Triste destino: dejar de ser el libertador de un pueblo para convertirse en un obstáculo que hasta sus más fieles seguidores quisieran sobrepasar lo antes posible. Crónica de una muerte anunciada —nunca mejor dicho—, la de Fidel representa la postrera extinción no sólo de un caudillo, sino de una visión del cosmos. Último entre los líderes del tercer mundo que fueron endiosados sólo para terminar convertidos en tiranos —Mugabe es otro ejemplo—, Castro concentró en sí mismo el tempera-

mento de una era, la revolución permanente, la oposición frontal
al imperialismo, la visión de una América Latina unida frente a
Estados Unidos, ideas todas que han terminado desacreditadas o
muertas mucho antes que él mismo.

"La historia me absolverá", se atrevió a vaticinar, convencido
de que los sacrificios que no dudó en imponer al pueblo cubano —los daños colaterales de la Revolución, las víctimas de su
gran tarea— valdrían la pena comparados con la inmensidad de
sus logros. Lo más probable es, en cambio, que la historia no lo
absuelva (¿el comandante habrá pensado siquiera en esta posibilidad en su lecho de muerte?). Porque, más allá de que su hermano
y el partido comunista logren controlar la sucesión o se vean arras-
trados por el descontento, poco quedará de su obra. El balance
de 50 años de Revolución es ya crítico: la defensa de un modelo
alternativo frente a la rapiña consumista, si acaso; unas cuantas
intenciones justicieras masacradas por la inercia y sus verdades
absolutas; un buen sistema sanitario y escolar para una población
drásticamente empobrecida. Y poco más. ¿Cómo defender este
extravagante invento —esta "instalación", como la ha llamado Wendy Guerra— cuando los resultados son tan magros? El
comandante se empeñó en mantener a Cuba como una excepción
planetaria: un reducto a salvo de la irracionalidad capitalista, un
paraíso al margen de Occidente; una isla condenada a ser una isla.
Robinson obcecado y altanero, obligó a toda su familia a subsistir
con sus propios medios y los confinó durante medio siglo a su
condición de náufragos con la promesa de un futuro de felicidad
y buena conciencia. Ese futuro, por desgracia, nunca llegó; llegó,
en cambio, su muerte, y la muerte de esta atrabiliaria utopía, de
ese absurdo sueño de ser distintos.

El inmenso cortejo recorre las calles de La Habana: al menos hoy los jerarcas del partido preservan la ficción de unidad que se espera de ellos. Planeados al milímetro, los funerales de Estado se llevan a cabo sin disturbios, en orden, como si fuesen parte de un desfile militar o, de nuevo, de un gigantesco *performance*. No podía ser de otra manera. Uno imaginaría que el alivio contagia los rostros de quienes se agolpan en las bocacalles para presenciar el cortejo, pero las expresiones resultan difíciles de interpretar: si hay cierta paz, va acompañada de desconcierto, inseguridad y profunda desazón. Incluso de tristeza. Muchos de quienes lloran son sinceros, no porque deploren la muerte del tirano que los mantuvo secuestrados durante medio siglo, sino porque reconocen la no por anunciada menos triste muerte de la Revolución, el fin de la excepcionalidad cubana —de la utopía—, y la inminencia de una libertad tan anhelada como incierta.

Hay quien vaticina un cambio drástico y una fila de empresarios cubanos de Miami desembarcando en las playas de la isla, mientras otros auguran una transición dominada por los férreos dirigentes del partido y que en el mejor de los casos se parecerá a la china: reformas económicas mas no políticas. La verdad acaso se encuentre en el medio: difícil, si no imposible, evaluar el grado de descomposición de los nuevos dirigentes. Una cosa es segura: la rareza cubana, ese rasgo distintivo que mantuvo al país al margen de las transformaciones políticas, económicas y tecnológicas de los últimos decenios, no podrá conservarse. Tanto los líderes revolucionarios como los miembros más activos del exilio son ancianos que no tardarán en desaparecer y las nuevas generaciones, de un lado y del otro, no parecen dispuestas a preservar el resentimiento incubado por sus padres. Incluso los Estados Unidos de Obama se decantan por disminuir o de plano cancelar el bloqueo que fue la principal arma del castrismo para justificar la miseria en la isla.

No deja de resultar paradójico, en cualquier caso, que la eventual transformación de Cuba en un régimen capitalista vaya a producirse en medio de la mayor crisis que el capitalismo ha experimentado en un siglo: patético consuelo para quien se ha mantenido como su juez más acerbo. Si los cubanos de dentro y fuera son lo suficientemente generosos e inteligentes, tal vez logren articular un entendimiento que apacigüe el rencor e impulse una reconciliación acelerada, pero aun así habrá muchas cuentas que saldar y mucha historia que será necesario contar de nuevo. Pero no pasará mucho tiempo antes de que volvamos la vista atrás y comprobemos, con fascinación y cierta dosis de amargura, cómo Cuba también acabó por convertirse en un país *normal*.

Guatemala-San Salvador-Tegucigalpa-Managua-San José-Panamá-Santo Domingo

Aquellos enloquecidos sociólogos del siglo XIX, fascinados con las recurrencias históricas, con los ciclos inexorables, con el eterno retorno, con la fatalidad nacional y con la buena o mala suerte de ciertos países, creerían ver comprobadas sus teorías en Centroamérica (y en la República Dominicana). ¿Cómo una región del mundo tan pequeña, tan poco visible, tan alejada de los núcleos de poder ha sido capaz de producir tantos conflictos, tantas guerras, tantos escándalos, tantos contrastes, tantas divisiones, tantas muertes y tantas esperanzas? Serpiente enroscada entre el sur de México y Colombia, prueba de que las identidades nacionales pueden construirse a partir de las diferencias más insignificantes, sembradío de odios y desconfianzas ancestrales, América Central no ha dejado de padecer un sinfín de terremotos —políticos, sociales y tectónicos— desde los extravagantes procesos de independencia que la liberaron de España y, poco después, del efímero Imperio mexicano (y, en el caso panameño, de Colombia).

Zona tórrida, sin grandes riquezas nacionales, poco poblada, fue abandonada a su suerte por la Corona española desde el siglo XVIII, dando lugar a pequeñas comunidades autónomas, apenas vinculadas entre sí y dominadas por las miserables ambiciones de sus aristocracias locales. Sólo así puede comprenderse que sus lidercillos, siempre estrechos de miras, se hayan abocado a romper las Provincias Unidas de Centroamérica para dar lugar a mínimas repúblicas en permanente tensión unas contra otras y que se convirtieron en fácil botín de las ávidas potencias extranjeras. Luego, como en toda América Latina, el siglo XIX fue para América Central una suma de calamidades: asonadas, golpes de Estado, revueltas, invasiones, intervenciones extranjeras. Y el XX tampoco fue mejor, como si en esta pequeña porción de tierra se repitiesen y exacerbasen todos los grandes problemas del orbe: confrontaciones de todo tipo, permanente tensión entre unas élites cerriles y las mayorías empobrecidas, y sangrientas dictaduras que dieron lugar a feroces movimientos guerrilleros.

Salvo el caso de Costa Rica, que todavía hoy se muestra orgullosa de su condición de paraíso ecologista —la "Suiza centroamericana"—, el resto de las diminutas naciones de la zona ha padecido todas las catástrofes imaginables. Incluso los dos momentos más brillantes de su historia reciente, el triunfo de los sandinistas en Nicaragua en 1979 y su posterior alejamiento del poder por la vía democrática en 1990, o la firma de los acuerdos de paz entre el gobierno y los guerrilleros del Frente Farabundo Martí de Liberación Nacional en El Salvador en 1992, se han visto opacados por la corrupción y la violencia que no han dejado de incrementarse desde entonces.

Si la desigualdad es la norma de vida en América Latina, en América Central aumenta porque se encuentra ligada a la discriminación y la violencia (salvo, otra vez, el caso costarricense, aunque su prosperidad haya menguado a últimas fechas). Guatemala sigue teniendo uno de los sistemas políticos más endebles de la región —baste observar el turbio asesinato del abogado Rodrigo Rosenberg, quien antes de morir inculpó al presidente Álvaro Colom en un video—, y su amplia mayoría indígena se mantiene en condiciones de miseria pese a las promesas de sus dirigentes democráticos. El Salvador se distingue por ser cuna de una de las bandas ilegales más violentas que han surgido en el continente, la Mara Salvatrucha, producto directo de los conflictos del siglo pasado, y cuyos integrantes ahora se alquilan al mejor postor en las nuevas guerras dirigidas por mafiosos y narcotraficantes, mientras que la llegada al poder de Mauricio Funes, apoyado por el FMLN, es todavía una incógnita en el complejo ajedrez regional. Nicaragua ha visto la corrupción absoluta de los regímenes de derecha y el tristísimo regreso de Daniel Ortega al poder, reconvertido en un desfachatado tiranuelo, constantemente asediado por el escándalo. Honduras, utilizada por Estados Unidos como base de operaciones de la contraguerrilla nicaragüense, fue la víctima principal de las desastrosas recetas neoliberales de los años noventa. El presidente Manuel Zelaya, originalmente ligado a la derecha, recorrió el camino ideológico inverso hasta vincularse con Hugo Chávez y, siguiendo su ejemplo, intentó convocar una consulta para hacerse reelegir. Sólo que, a diferencia del venezolano, Zelaya jamás logró tener el control sobre los demás órganos de gobierno y sus ambiciones no tardaron en ser vistas por sus antiguos aliados como una amenaza, lo cual terminó por alentar el último de los golpes de Estado sufridos por la zona (e hizo reaparecer, en un papel estelar, a nuestros caducos gorilas militares). Costa Rica, pese a su tradición antimilitarista y ecológica, ha visto reducirse sus niveles de prosperidad, y el regreso a la presidencia del Premio Nobel de la Paz Óscar Arias no ha logrado frenar la discriminación que sufren los inmigrantes nicaragüenses. Y, por último, Panamá que, tras la invasión estadounidense de 1989 —la última de la guerra fría—, inició también una endeble transición democrática que llevó al poder a Martín Torrijos, hijo del ex dictador Omar Torrijos, que al no haber conseguido limitar la pobreza y el crimen ha tenido que entregar el poder a la derecha. A unos pasos, en el Caribe, la República Dominicana también ha debido experimentar una drástica transformación tras la prolongada dictadura trujillista, una de las más sanguinarias de la región. El turismo y una política económica responsable han logrado el rápido crecimiento de su economía, pero sin que haya disminuido un ápice el racismo de buena parte de su población hacia los haitianos.

A principios del siglo XXI, los desafíos que enfrenta la zona son los mayores de América Latina, pues se acentúan por la gran pobreza de sus habitantes (Nicaragua y Honduras son el segundo y tercer países más pobres de la región, sólo después de Haití): criminalidad y narcotráfico crecientes, tendencias autoritarias de sus gobernantes, corrupción imparable, desconfianza hacia las instituciones democráticas y completa falta de perspectivas de desarrollo económico. Reconcentrado de todos los problemas de la región, Centroamérica tal vez haya podido desterrar la violencia política que la ha azotado a lo largo de su historia, pero en cambio no ha sido capaz de mejorar sustancialmente las vidas de sus ciudadanos. Desterrados dictadores y guerrilleros, que la volvían noticia constante en todo el mundo, la región se ha sumido en un olvido desolador: la normalidad democrática del siglo XXI que, celebrando elecciones más o menos libres, sigue mostrándose incapaz de atajar la injusticia y la pobreza.

Bogotá-Caracas

Uno es sobrio y distante, con una mirada que, lejos de ser aristocrática, revela cierta desconfianza criolla; el otro es alocado y febril, de caliente sangre mulata, especialista en bravatas y salidas de tono, con unos ojillos punzantes, pendencieros. Uno es bajito, callado, melindroso; el otro está cada vez más gordo, y se muestra siempre expansivo y apapachador. Uno es soberbio y belicoso, con una oratoria lánguida, extraída de un manual cívico del siglo XIX; el otro, caprichoso y bullanguero, se deja llevar por arrebatos de furia y enhebra larguísimas parrafadas, fascinado con sus propios chistes y ocurrencias. Uno se comporta como soldado, sin jamás usar un uniforme; el otro es un soldado que se ha visto obligado a abandonar el adorado verde olivo de su juventud. Uno calcula —sibilino— cada movimiento, cada signo; el otro embiste, ruge, vocifera. Uno se asume heredero de la legalidad tradicional, prototipo de la moderación y el autocontrol; el otro aborrece las formas y la etiqueta, la sobriedad burguesa y su derroche. Uno, bajito y un tanto enclenque, hace *footing* todas las mañanas, metáfora perfecta de su férrea moral y de su ánimo; el otro, antiguo deportista, pelotero en ciernes, prefiere sentarse horas frente a un micrófono y reinventarse como pachanguero conductor de radio, señal también de cuál es su moral pública. Uno reza todas las noches, se persigna, se confiesa; el otro inventa nuevas oraciones, se rinde a la religión bolivariana que le ha revelado a su pueblo y de la cual se considera sumo sacerdote. Uno se siente heredero de los conquistadores; el otro de los conquistados. Uno pacta con el opulento Tío Sam; el otro maldice día con día, cada vez con frases más burdas o grandilocuentes, al demoniaco Tío Sam. Uno es apolíneo y el otro —claro— dionisiaco. Hermanastros que se pelean la herencia de Bolívar, Álvaro Uribe y Hugo Chávez han logrado imponer su sacrosanta voluntad en sus respectivas naciones, han modificado las leyes para hacerse reelegir y se han asumido como heroicos salvadores de la patria. Y encarnan los modelos antagónicos del líder latinoamericano del siglo XXI. Observémoslos en dos momentos clave de sus gobiernos.

La expectación en el Comando Aéreo de Transporte Militar de Bogotá supera todo pronóstico; las informaciones que han circulado en las últimas horas no dejan lugar a dudas: Ingrid Betancourt, ex candidata a la presidencia con ciudadanía francocolombiana, ha sido rescatada tras más de seis años de cautiverio a manos de las FARC. Los periodistas se arremolinan para ocupar sus lugares, los fotógrafos combaten por los escasos centímetros de suelo: la secuestrada más famosa del mundo aparece rodeada por otras tantas víctimas de la guerrilla. Su relato de lo ocurrido parece extraído de una saga de aventuras —desde el principio se imagina la adaptación hollywoodense—: minuciosamente engañadas por las fuerzas de seguridad, las FARC entregaron a los cautivos sin disparar un solo tiro. La *Operación Jaque* hizo creer a los guerrilleros que los secuestrados —Betancourt, tres contratistas estadounidenses y once militares— iban a ser transportados a un lugar más seguro ante el sistemático acoso del ejército, pero en cuanto el helicóptero de la ONG que se disponía a conducirlos estuvo en el aire, los responsables de la operación mostraron su verdadera cara, maniataron a los secuestradores y se revelaron como miembros del ejército.

Pese a las acusaciones de sus enemigos —entre ellos varios amanuenses de Hugo Chávez—, la maniobra se llevó a cabo de manera tan precisa que catapultó al presidente Uribe y a su ministro de Defensa, José Manuel Santos, a la estratosfera. Y convirtió a Betancourt, de por sí ya un símbolo global, en una diosa que no tardó en acumular todas las muestras de solidaridad y todos los premios posibles (incluido el Príncipe de Asturias). Nunca en América Latina una acción de rescate había resultado tan espectacular y tan eficaz. Hasta la propia Betancourt, siempre arisca y veleidosa frente a su presidente —y en general frente al mundo—, no tuvo más remedio que agradecer su determinación (como haría luego con Sarkozy y la Santísima Virgen).

Uribe, ya lo he dicho, se comporta como un mesías laico; hijo de un empresario asesinado por la guerrilla, católico ferviente, cercano a los paramilitares, se cree revestido de una misión casi divina y, desde su llegada a la Casa de Nariño en 2002, no ha dudado en aplicar mano dura a la guerrilla tras el fracaso de las conversaciones de paz emprendidas por su predecesor. Apoyado por Estados Unidos, en unos años consiguió limitar las acciones militares de las FARC y dotar de mínimas condiciones de seguridad a sus compatriotas, que se lo han agradecido con uno de los índices de popularidad más altos del continente. El éxito de la *Operación Jaque* le abrió incluso la posibilidad de una nueva reelección (tras la reforma constitucional indispensable).

Meses después, Hugo Chávez también despierta con una sonrisa: aunque en diciembre de 2007 su propuesta de modificar la constitución para aspirar a una reelección indefinida fue rechazada por un estrecho margen, ahora, poco más de un año después, se ha volcado —y ha hecho uso de todos los recursos a su disposición— para revertir los resultados. Y lo ha conseguido. El 15 de febrero de 2009 el pueblo venezolano le concede la oportunidad de presentarse a cuantas elecciones se le antoje. Su obsesión se ha cumplido: aunque él sostenga que en cada elección el pueblo tiene la posibilidad de darle la espalda —prueba del carácter supuestamente democrático de su liderazgo—, cualquiera sabe que apartarlo de la silla presidencial requerirá de un esfuerzo titánico.

De entre todos los líderes del continente, Chávez se lleva las palmas por su empecinamiento, originalidad y buena suerte. En efecto, nada ha logrado destruirlo, ni siquiera el golpe de Estado orquestado en su contra en 2002; desde entonces, en cambio, su fuerza no ha cesado de crecer, pese a los tropiezos de la economía o al revés en el referéndum de 2007. ¿Por qué sobrevive donde otros han fracasado? Porque, si bien Chávez encabeza la larga estirpe de caudillos latinoamericanos©, ha tenido la intuición necesaria para adaptarse a cada nueva circunstancia. Aunque sus medidas sean cada vez más autoritarias, no se trata de un tirano cualquiera ni de un simple populista y, si bien conserva lastres del pasado —en especial una retórica paleolítica—, sus acciones demuestran una insólita capacidad para mutar. Su estrategia ha consistido en socavar lentamente la democracia desde adentro, utilizando métodos falsamente democráticos. Así, poco a poco ha eliminado la independencia de los otros poderes, ha desmantelado a los partidos tradicionales, ha limitado al máximo la libertad de los medios electrónicos —tolerando a regañadientes a la prensa escrita—, ha afianzado un régimen corporativo, ha polarizado el discurso a grados que sólo existen en los sistemas totalitarios y, si bien no se ha atrevido a ejercer la represión directa, ha permitido que las organizaciones que le son afines —grupos de choque oficialistas— se encarguen de amedrentar a sus enemigos. Más que una democracia imaginaria©, el frankenstein político que ha concebido es un "socialismo imaginario": aunque no se cansa de promover el marxismo del siglo XXI, su régimen defiende un férreo capitalismo de Estado; insulta a Estados Unidos y a sus presidentes —incluido Obama—, pero jamás ha incumplido sus compromisos comerciales con Washington; cita a Bolívar a diestra y siniestra, pero no duda en enfrentarse a las naciones latinoamericanas que se desmarcan de su radicalismo; alaba sin cesar a los pobres y a los desheredados, pero no vacila en transar con los empresarios que se pliegan a sus caprichos.

El balance social de su república bolivariana resulta más bien magro: la miseria no ha disminuido y en cambio la corrupción se ha disparado de manera alarmante. Las gigantescas cantidades de dinero que ha recibido a consecuencia de los elevadísimos precios del petróleo han terminado por dilapidarse para consolidar su propia popularidad, tanto interna como externa. He aquí la mayor clave de su éxito: a partir del fallido golpe de Estado, que se reveló como un trauma permanente, Chávez aprendió que sólo las encuestas cotidianas, más que las elecciones esporádicas, lograrían mantenerlo en el poder de manera indefinida. Desde entonces ha invertido enormes cantidades no tanto en resolver los problemas del país como en elevar su presencia en los medios: de allí su batalla con la televisión, que lo llevó a nacionalizar RCTV y a censurar otras cadenas. Este populismo posmoderno lo convierte en un maestro del espectáculo que se prodiga sin fin en el espacio radioeléctrico. Sus aparentes torpezas, salidas de tono y exabruptos están siempre calculados: no son producto de su carácter atrabiliario, sino acicates para llamar día con día la atención hacia su persona (como en su reciente enfrentamiento con Vargas Llosa).

Sin empacho ni mesura, Chávez ha anunciado su voluntad de gobernar hasta el año 2021 (otras versiones le atribuyen 2050): una más de sus bravuconadas que, como ya se sabe, deberían ser tomadas en serio. ¿Es posible que lo consiga? Todo depende de que la crisis económica no arrase con su proyecto; de que la oposición continúe tan desmadejada como hasta ahora; de que no surja otro caudillo entre sus fieles que se harte de su omnipresencia, y de que su estrategia de sobreexposición mediática no termine por aniquilarlo como lo ha hecho con tantas estrellas. Por lo pronto hay Hugo Chávez para rato: se ha comprobado que se necesitará más que una elección reñida para arrancarlo de su puesto.

El panorama más triste para Venezuela sería imaginarlo en quince años, canoso y decadente, repitiendo por enésima ocasión el nombre de Bolívar y lanzando sus diarias bravatas contra sus enemigos, a imagen y semejanza de Fidel, su modelo, el cual para entonces ya habrá desaparecido. Si la historia se decantara no sólo por la justicia poética sino por los ciclos irrepetibles, lo normal sería que Chávez terminase solo y apartado del poder como el Libertador, refunfuñando por la ingratitud de los venezolanos que, luego de tantos sacrificios, al fin consiguieron deshacerse de él.

La Paz-Lima-Quito

Sus fieles, algunos con combativos lemas impresos en sus cami-setas, otros con atuendos tradicionales incas y aimaras, cantan, gritan y celebran a las afueras del Palacio Quemado. Pese al sis-temático acoso de sus enemigos, la oposición de la Media Luna rebelde y la desconfianza de Estados Unidos, el pueblo —esa pala-bra inventada por los políticos para justificar cualquier acción—

ha sancionado el histórico vuelco. Con el 61.43 por ciento de los votos, es decir, poco más de dos millones de personas, los bolivianos han dicho "sí" en el referéndum que pondrá en vigor la nueva constitución del país; más aún: que el viejo país machista y racista, la antigua y obsoleta nación colonial, habrá de transmutar en un lugar nuevo, en una república indígena. Justa reivindicación luego de 500 años de dominación, el pago que merecen las comunidades originarias de esta región andina. Hay quien sostiene que la población indígena se halla en torno al 45 por ciento, y que por tanto se ha operado una sobrerrepresentación de sus miembros frente a blancos y mestizos; pero desde hace años la percepción es otra: por fin Bolivia reconocerá a sus hijos predilectos. Nadie cuestiona la limpieza de los resultados —no deja de sorprender cómo en lugares tan conflictivos las disputas electorales se han vuelto mínimas—, pero sí su interpretación: en las cuatro provincias occidentales, encabezadas por la rica y arisca Santa Cruz, el "no" ha ganado por un amplio margen.

A lo largo de la historia contemporánea siempre ha habido países que funcionan —o al menos parecen funcionar— como laboratorios de su tiempo: el Imperio austro-húngaro de fines del siglo XIX, la Unión Soviética de los años inmediatamente posteriores a la Revolución de Octubre, la España republicana. En nuestros días esa angustiante condición le corresponde a Bolivia —mucho más que a la neurótica Venezuela—: una de las naciones más pobres de América Latina, ferozmente dividida, con un insuperable récord de disturbios sociales y huelgas generales por año, donde el movimiento indigenista encabezado por Morales ha conseguido, no sin sangre, imponer su visión del mundo. Para altermundialistas y revolucionarios se trata de una oportunidad única, mientras que conservadores y liberales señalan las contradicciones y peligros de un modelo que no evita el revanchismo ni los desvíos autoritarios. Sólo los líderes de la Media Luna no dudan en proclamar su animadversión frontal al nuevo texto: se sienten el motor económico del país y se resisten a acatar las imposiciones de los desheredados.

Nuevas constituciones y cartas magnas se suceden unas a otras a lo largo del continente: Venezuela, Ecuador, ahora Bolivia. Textos que no cuestionan la democracia ni el libre mercado, pero que subvierten drásticamente las condiciones políticas, económicas y sociales de sus frágiles repúblicas. Lo dicho: la democracia es el único régimen que puede autodestruirse en diez segundos. El preámbulo de la nueva constitución boliviana no sólo es un dechado de cursilería nacionalista, sino la mejor muestra del espíritu de estas "revoluciones pacíficas":

En tiempos inmemoriales se erigieron montañas, se desplazaron ríos, se formaron lagos. Nuestra amazonia, nuestro chaco, nuestro altiplano y nuestros llanos y valles se cubrieron de verdores y flores. Poblamos esta sagrada Madre Tierra con rostros diferentes, y comprendimos desde entonces la pluralidad vigente de todas las cosas y nuestra diversidad como seres y culturas. Así conformamos nuestros pueblos, y jamás comprendimos el racismo hasta que lo sufrimos desde los funestos tiempos de la colonia.

El pueblo boliviano, de composición plural, desde la profundidad de la historia, inspirado en las luchas del pasado, en la sublevación indígena anticolonial, en la independencia, en las luchas populares de liberación, en las marchas indígenas, sociales y sindicales, en las guerras del agua y de octubre, en las luchas por la tierra y territorio, y con la memoria de nuestros mártires, construimos un nuevo Estado.

Un Estado basado en el respeto e igualdad entre todos, con principios de soberanía, dignidad, complementariedad, solidaridad, armonía y equidad en la distribución y redistribución del producto social, donde predomine la búsqueda del vivir bien; con respeto a la pluralidad económica, social, jurídica, política y cultural de los habitantes de esta tierra; en convivencia colectiva con acceso al agua, trabajo, educación, salud y vivienda para todos.

Dejamos en el pasado el Estado colonial, republicano y neoliberal. Asumimos el reto histórico de construir colectivamente el Estado Unitario Social de Derecho Plurinacional Comunitario, que integra y articula los propósitos de avanzar hacia una Bolivia democrática, productiva, portadora e inspiradora de la paz, comprometida con el desarrollo integral y con la libre determinación de los pueblos.

Nosotros, mujeres y hombres, a través de la Asamblea Constituyente y con el poder originario del pueblo, manifestamos nuestro compromiso con la unidad e integridad del país.

Cumpliendo el mandato de nuestros pueblos, con la fortaleza de nuestra Pachamama y gracias a Dios, refundamos Bolivia.

Honor y gloria a los mártires de la gesta constituyente y liberadora, que han hecho posible esta nueva historia.

Un *patchwork* capaz de reunir en unas cuantas líneas los discursos más contradictorios —celébrense las menciones a Dios y a la Pachamama— para proclamar el nacimiento de un nuevo leviatán, llamado Estado Unitario Social de Derecho Plurinacional Comunitario. Analizado con mesura, el texto es una excéntrica y a ratos confusa obra de ingeniería política: un Estado que, si bien defiende la pluralidad y la diversidad como divisa, mantiene un férreo centralismo; un Estado que, si bien conserva el tradicional sistema jurídico de origen románico, lo iguala con la justicia indígena; un Estado que, sin renunciar abiertamente al libre mercado, ejerce un control directo sobre la economía. Símbolo de su vuelco histórico, la constitución reconoce la oficialidad de todas las lenguas indígenas del país (según ciertos críticos suspicaces, algunas de ellas extintas): aimara, araona, baure, bésiro, canichana, cavineño, cayubaba, chácobo, chimán, ese ejja, guaraní, guarasu'we, guarayu, itonama, leco, machajuyai-kallawaya, machineri, maropa, mojeño-trinitario, mojeño-ignaciano, moré, mosetén, movima, pacawara, puquina, quechua, sirionó, tacana, tapiete, toromona, uru-chipaya, ween-hayek, yaminawa, yuki, yuracaré y zamuco.

¿Y ahora? ¿Qué sucederá una vez consumada la refundación del país? En los años recientes se han repetido tantas muestras de inestabilidad, que la difícil convivencia entre La Paz y Santa Cruz, entre mestizos, blancos e indígenas, entre radicales y tradicionalistas, resulta incierta. La constitución puede decir una cosa, pero el país real está en otra parte. Morales, ya lo he dicho, es un líder distinto de Chávez, por más que éste se muestre como su protector o su modelo: ambos comparten su odio a la democracia burguesa y al neoliberalismo, pero sus maneras de combatirlos no pueden ser más diversas. Pese a sus devaneos autoritarios y a la influencia de su vicepresidente, Morales no ha conseguido —ni es probable que lo haga— una acumulación de poder semejante a la del venezolano; no posee tampoco su obsesión retórica ni sus manías telegénicas, por más que se esfuerce en imitarlas. Y sobre todo no cuenta con sus inmensos recursos. De allí que sus proyectos se hayan estrellado una y otra vez con los factores reales de poder y que su pulso con las regiones de la Media Luna no vaya a resolverse con facilidad. Mientras Chávez amenaza y vocifera, Morales se declara en huelga de hambre. Aun así, no cabe duda de que en la república maniquea en que se ha convertido Bolivia, donde tantos valores e ideales se enfrentan todos los días, se encuentra el mayor experimento latinoamericano de principios del siglo XXI: no el socialismo imaginario de Chávez, sino el auténtico —e inviable— indigenismo radical de Morales.

Del otro lado de la frontera, un hombre ríe. No es una carcajada, tampoco una sonrisa irónica, cómplice o nerviosa, sino una risa burda, intempestiva. Una risa tan extravagante como la aventura que lo ha traído de vuelta aquí, al banquillo de los acusados de esta sala de audiencias del tercer mundo, cuando en estos momentos podría estar disfrutando de una taza de té a la sombra de un cerezo y —¿por qué no?— bajo la mirada del apacible monte Fuji. La sentencia que ha dictado el tribunal, luego de un largo proceso cuya limpieza sorprende a propios y extraños, no es menor: 25 años de cárcel por ser "autor mediato de la comisión de los delitos de homicidio calificado, asesinato bajo la circunstancia agravante de alevosía en agravio de los estudiantes de La Cantuta y el caso Barrios Altos", que se suman a los cargos de usurpación de funciones y abuso de autoridad por los que fue condenado en 2007. Aun así, Alberto Fujimori sonríe con vehemencia, sin revelar sus motivos, con la misma impertinencia de cuando era presidente y luego dictador.

Elegido por una abrumadora mayoría de votos frente a Mario Vargas Llosa —*of all people*—, este ingeniero de origen japonés no tardó en revelarse como un astuto embaucador. Incómodo ante los límites constitucionales que le impedían actuar sin freno en su lucha frontal contra el terrorismo —¿alguien reconoce la trama?—, intrigó hasta disolver el congreso, propinarse un autogolpe —modalidad inédita en la rica tradición autoritaria de América Latina— y diseñarse una nueva constitución a su medida, que en cualquier caso nunca respetó. El atildado y sobrio *Chino* de los primeros años de gobierno abrió así la compuerta de un arrogante míster Hyde oriental; acompañado de su impúdico consejero áulico, el siniestro Vladimiro Montesinos —mezcla de Fouché y Rasputín en los Andes—, abandonó toda mesura y, como escribió Santiago Roncagliolo, se convirtió en un implacable tirano liberal.

Pese a su fe absoluta en el libre mercado, Fujimori fue pionero entre los caudillos democráticos© del continente: no sólo por torcer la legalidad a su antojo mucho antes que Chávez, Correa o Morales —sus némesis de izquierda—, sino por utilizar los medios electrónicos como principal herramienta de legitimación; herramienta que, en su caso, no tardó en volverse en su contra y precipitar su caída. Las imágenes que mostraban en vivo y en directo la corrupción y venalidad de Montesinos —videoescándalos que luego habrían de repetirse en México y otras partes— aceleraron la descomposición de un régimen que no dudaba en violar los derechos humanos bajo el escudo de su profética "guerra contra el terror".

A fines de 2000, en uno más de sus imprevisibles cambios de ánimo, Fujimori asistió a la reunión de la APEC en Brunéi, todavía en su calidad de presidente, y una vez allí, sin avisar a nadie, ordenó a su piloto realizar un ligero desvío para terminar pidiendo asilo en la tierra de sus ancestros. Aún más incomprensible que su huida fue su determinación de regresar al Perú en 2005 (con una escala en Santiago de Chile, donde fue detenido). ¿Qué le hizo pensar que sería recibido como un héroe o al menos como el viejo salvador de la patria? La nostalgia o la soberbia determinaron su captura y su condena. El Perú de esa época no era tampoco un modelo de estabilidad —la popularidad del errático Alejandro Toledo iba en picada—, pero al menos se trataba de una sociedad decidida a desmarcarse de la tradición de impunidad que la caracterizó en el pasado.

Tras un penoso viacrucis legal —y el fallido intento del acusado de acceder al senado bajo las siglas de una oscura fuerza de ultraderecha llamada Kokumin Shinto—, la justicia chilena al fin determinó la extradición de Fujimori el 21 de septiembre de 2007. El 10 de diciembre de ese año, el encanecido *Chino* compareció ante el fiscal peruano haciendo gala de su incómoda sonrisa. Meses después, una vez probada su complicidad en los delitos que se le imputaban, Fujimori fue condenado —ya lo he dicho— a veinticinco años de cárcel. Y por alguna razón —también lo he dicho— siguió riendo. Perú, y en general América Latina, no tienen demasiadas hazañas que celebrar en los últimos años, pero sus habitantes al menos podrán recordar con orgullo esa estúpida risa enfrentada a un sistema de justicia que, por una vez, cumplió su trabajo de manera firme e impecable.

Menos melodramático que Chávez y Morales, Rafael Correa es un tipo de caudillo democrático© distinto: pese a su apego inicial al ejemplo chavista, sus decisiones recientes no permiten encasillarlo en el mismo paquete. Correa no posee un corsé ideológico tan ajustado como Chávez ni una agenda indígena como la de Morales: es un político profesional con una visión que sólo por momentos coincide con la de sus aliados. A diferencia de éstos, Correa se define como "humanista cristiano", "neoestructuralista" y "neodesarrollista": términos que nada significan pero lo sitúan fuera de la órbita socialista e indigenista de sus colegas. Eso sí, Correa también ha diseñado una constitución a su medida. Si bien la insistencia en el carácter social del Estado es prueba de la debacle neoliberal en América Latina, la relevancia concedida a las comunidades indígenas queda muy lejos de la boliviana. En cambio, el control que sobre la política y la economía mantiene el presidente de la República se refuerza al máximo, e incluso le permite disolver la asamblea nacional en caso de que ésta bloquee su plan nacional de desarrollo.

¿Qué significa que tantos países latinoamericanos necesiten reconstruirse así, concediéndoles tan amplio margen de maniobra a sus líderes? ¿Por qué Chávez, Correa o Morales han conseguido salirse con la suya, no sólo con la aprobación de su agenda sino con la ampliación y reafirmación de su poder personal? ¿Qué dice de los ciudadanos latinoamericanos esta tendencia a confiar ciegamente en sus caudillos? Los ciudadanos latinoamericanos no son tan indiferentes o torpes como quisieran caracterizarlos algunos de sus críticos: al reforzar a Chávez, Correa o Morales están tomando una decisión consciente. Hartos de promesas, reniegan de los sistemas que los han mantenido en el subdesarrollo por decenios y se atreven a otorgar su confianza a quienes les ofrecen reformas radicales. El problema es que, a cambio de esos anhelados ajustes de cuentas, de esa reivindicación de los desfavorecidos, los caudillos democráticos© se elevan como redentores y acumulan un poder omnímodo que les permite jugar con ventaja en cada nueva elección. Si los regímenes neoliberales estuvieron dispuestos a sacrificar la igualdad en aras de la libertad, los nuevos caudillos democráticos© no dudan en revertir el arco y sacrifican la libertad en aras de la igualdad. Quizás el mayor desafío de América Latina —y del mundo— radica en verse obligada a tomar partido en esta coyuntura, en carecer de la imaginación política necesaria para huir de esta atroz dicotomía en cual, a la larga, los ciudadanos siempre pierden.

El corazón de América Latina

Un mínimo apunte sobre Brasil, el verdadero coloso latinoamericano. Culturalmente alejado de sus vecinos hispanohablantes, así como de buena parte de los procesos históricos comunes a la región hasta mediados del siglo XIX, Brasil es hoy el paradójico centro de América Latina. México, segundo país más poblado y segunda economía de la zona, no representa ya competencia alguna, no sólo por su integración con Estados Unidos y Canadá, sino por el desprecio o el olvido de una política exterior coherente, capaz de mantener su influencia cultural y política entre sus vecinos del sur. Argentina, por su parte, también ha tenido que reservarse la condición de socio privilegiado —y un tanto incómodo— de los brasileños, pero nada más. Dotado de un enorme territorio, recursos naturales envidiables —incluidos los nuevos yacimientos de petróleo—, una población multicultural y una posición geográfica estratégica, Brasil, o más bien sus élites, ha sabido aprovechar estas ventajas y, desde hace un par de décadas, ha articulado una verdadera política continental al tiempo que ha asumido su condición de potencia económica emergente y orgulloso miembro del BRIC. Motor del Mercosur y, por tanto, de la integración sudamericana, árbitro entre los demás países y sus recelos regionales, moderador de Chávez y Morales, interlocutor privilegiado de Estados Unidos, Brasil reúne todas las condiciones para convertirse en otro de los centros del mundo, y no sólo de América del Sur. Con un drástico *handicap:* una enorme parte de la población sumida en la miseria y uno de los índices de desigualdad más altos del planeta. Aun así, la fascinación que ejercen Brasil y Lula —ese sindicalista de izquierdas convertido en visionario global—, con su explosiva mezcla de algarabía y sueños de futuro, no ha hecho sino comenzar. A menos que se produzca una catástrofe imprevista, el siglo XXI será, en buena medida, un siglo brasileño.

Santiago-Buenos Aires; Montevideo-Asunción

Otras vidas paralelas, ahora femeninas. En apariencia, muchas similitudes: dos mujeres independientes y de carácter, acostumbradas a salir adelante en las situaciones más comprometidas; dos luchadoras sociales con largas carreras a sus espaldas; dos figuras que sufrieron en carne propia la represión de sus respectivas dictaduras y se vieron obligadas a exiliarse, una a Europa y la otra al extremo sur de su propio país; dos activas defensoras de los derechos humanos, preocupadas por rescatar del olvido a quienes sufrieron la barbarie del pasado; dos políticas que han debido soportar el acoso machista, los obstáculos de género y la infinidad de chistes sobre su posición de mujeres públicas; dos jefas de Estado con la ardua misión de sustituir a dos de los presidentes más populares de los últimos años; dos mujeres, en fin, obligadas a demostrar doblemente su tesón y su talento.

Hija de un general que rehusó participar en el golpe de Estado contra Allende y fue acusado de traición, Michelle Bachelet representa la llegada al poder de la generación que fue directamente reprimida por la dictadura. Tras la muerte de su padre en prisión, la joven estudiante de medicina se mantuvo en la clandestinidad, colaborando en distintas tareas políticas, hasta que fue detenida y torturada al lado de su madre en 1975. Pasó unos años de exilio en Australia y Alemania Democrática, sólo para volver a Chile en 1979, donde no sin dificultades se desarrolló en el campo médico hasta que se reincorporó a la actividad política a mediados de los noventa. De la mano de Ricardo Lagos, quien primero la nombró ministra de Salud y luego, en un sorprendente giro —y en un acto de justicia poética—, ministra de Defensa, desarrolló una meteórica carrera que la llevó a convertirse en candidata de la Concertación para las elecciones de diciembre de 2005, que ganó en segunda vuelta con un 56.5 por ciento de los votos.

Sobria, un tanto tímida, con una apariencia casi maternal, Bachelet tuvo la desgracia de llegar al poder justo cuando el gobierno de Ricardo Lagos comenzaba a perder fuelle y, pese a las expectativas despertadas por su triunfo, el escándalo del Transmilenio y la rebelión de los estudiantes de secundaria acotaron su popularidad desde los primeros días de su mandato. Su presidencia ha sido un remar contra la corriente: primero, para esquivar las críticas de la derecha y de importantes sectores de la Concertación, incluido el propio Lagos; y, luego, para construir un régimen consistente cuando la boyante economía chilena empezaba a resentir los efectos de la crisis global. Tarea nada sencilla ser una presidenta de izquierda en uno de los países más conservadores del continente. Si habrá de ser recordada por negarse a otorgarle un funeral de Estado a Pinochet y no asistir a sus exequias militares, la sensación que prevalece en Chile, incluso entre sus partidarios, es que ella encarna el inexorable declive de la Concertación. A varios meses de las elecciones de 2010, el público —antes se decía: el ciudadano— parece más preocupado por las encuestas que le otorgan una abrumadora ventaja a Sebastián Piñera, rico empresario y líder de la derecha, que por la gestión de su presidenta.

Circunspecta, Bachelet no se parece a ningún otro presidente de América Latina: no lanza discursos grandilocuentes, no se muestra obsesionada por el poder, no se imagina redentora de la nación y ni siquiera se revela particularmente afectada por el alud de críticas que recibe desde todos los flancos. Lo que en muchos sería visto como pasividad o indolencia, en ella es muestra de serenidad. En pocas palabras, Michelle Bachelet es una excepción en el panorama regional porque no es, y nunca ha querido ser, un caudillo democrático©. Tal vez su gobierno no haya sido el mejor de la historia chilena y ella misma haya cometido numerosos yerros, pero ha intentado recomponerlos y se ha sometido sin falta al escrutinio público. A América Latina le convendría contar con más líderes con su temple: políticos que, más allá de sus limitaciones personales, buscan servir a sus compatriotas sin reservas ni protagonismos.

Muy distinto es el caso de Cristina Fernández, cuya pasión por el poder resulta mucho más obvia. Activista juvenil, en 1974 conoció a Néstor Kirchner, abogado de izquierdas como ella, y se casó con él al año siguiente. En el opresivo ambiente de la época, la pareja decidió trasladarse a la sureña provincia de Santa Cruz, donde ella comenzó una ascendente carrera política que habría de llevarla a ocupar distintos puestos legislativos. Primera diferencia con Bachelet: si bien posee una fuerte personalidad, su itinerario no puede desligarse del de su marido; Néstor y Cristina Kirchner representan, por el contrario, un tándem político semejante al formado por Bill y Hillary Clinton: dos jóvenes airados y ambiciosos que deciden apoyarse uno en el otro —y soportar los avatares de los años— para cumplir la misma ambición.

En medio de la sucesión de catástrofes que padeció Argentina a partir de los setenta, los Kirchner aparecieron en el triste panorama político local como una bocanada de aire fresco: una pareja alejada —geográfica y espiritualmente— de la clase política argentina y con la vocación de rescatar al país de la postración en que se hallaba. Y hay que reconocer que en buena medida lo consiguieron. Como presidente, Néstor Kirchner no sólo levantó al país de las ruinas, sino que acumuló suficiente poder para acallar a los distintos sectores del peronismo, ese recipiente en el que todo cabe, y dejar todo atado y bien atado para que su esposa fuese elegida candidata del Partido Justicialista. Ello no quiere decir, insisto, que Cristina Fernández no tenga su propio peso político, pero sería ingenuo pensar que sin el apoyo de su marido hubiese llegado a la Casa Rosada en condiciones tan favorables.

Su carácter firme y protagónico, su temple expansivo y sus modales principescos la convierten en el reverso de la apacible Michelle Bachelet. Cristina Fernández se muestra siempre dueña de la situación, no duda ni vacila, domina la retórica ampulosa y un tanto hueca de la política contemporánea. Nadie cuestiona sus convicciones sociales, su defensa de las mujeres y su fe en los derechos humanos, pero no es difícil percibir en ella algo feroz, casi autoritario en sus réplicas o su alejamiento de los medios. Cristina Fernández no está dispuesta a dilapidar la obra construida al lado de su esposo: la Argentina renacida de los últimos años es producto de su esfuerzo conjunto —así lo cree— y no pierde ocasión de proclamarlo. Quizá no encalle en los exabruptos de Chávez y no tenga una deriva revolucionaria como Morales, pero comparte con ellos un lejano aire de familia. Si bien ella no ha modificado la constitución para mantenerse en el cargo, el juego con su marido les ha permitido a ambos dilatar su influencia y consolidar su proyecto común: no hay que olvidar que, hasta su reciente derrota electoral, Kirchner fue la cabeza del Partido Justicialista.

Igual que a Bachelet, a Fernández le ha correspondido enfrentar el creciente desencanto de sus votantes y la sacudida económica mundial, pero frente a la adversidad ha preferido echarse hacia adelante, acaparar la iniciativa y culpar a Estados Unidos de todos los males. Su personalidad severa y obcecada le ha deparado varios sinsabores —en especial durante su acerba disputa con el campo—, pero su discurso esquiva los problemas o los minimiza. Cristina Fernández ha sido tan ambiciosa como Néstor Kirchner, o acaso más: esperó el doble de tiempo para demostrar su fortaleza y sólo una acumulación de conflictos podría descarrilarla. En oposición a Bachelet, quien de seguro volverá a la vida civil una vez terminado su mandato, Cristina Fernández no piensa en el anonimato sino en conservar la dupla con su marido tanto tiempo como sea posible. En resumen: dos mujeres presidentas en el extremo sur de América Latina. La mujer serena y tímida que ha reivindicado el pasado y la mujer aguerrida e implacable que sólo piensa en el futuro.

La ola de izquierdas también ha llegado a los dos países pequeños de América del Sur, Uruguay y Paraguay, aunque en sus vertientes más excéntricas. Tabaré Vázquez, médico de profesión, ha puesto en marcha uno de los programas de gobierno más ambiciosos del continente, lleno de ideas y planes de acción, con una agenda progresista que, sin embargo, se distancia por completo del radicalismo de Chávez (y en algún caso, como en su rechazo frontal al aborto, se acerca más a sus rivales conservadores). En Paraguay, el fenómeno es más extraño: Fernando Lugo, obispo reconvertido en candidato y luego presidente socialista, tiene una agenda más extrema que la uruguaya (y, en un típico escándalo latinoamericano, acaba de reconocer la paternidad de un hijo de dos años). En cualquier caso, apenas sorprende la aparición de dos izquierdas tan distintas, cuando no opuestas, en naciones que más allá de la cercanía y la nomenclatura no comparten nada: una nación ligada a su orgullosa tradición guaraní, frente a otra blanca, con sólo unos resabios de negritud; una nación despojada y pobre, y otra al borde de la prosperidad. En cada una de ellas, las figuras tutelares del médico y el sacerdote: personajes que al parecer continúan siendo indispensables en el drama familiar de América Latina.

Los otros

Por fortuna —verdad de Perogrullo que es necesario repetir—, América Latina no se reduce a sus políticos. Por más simpáticos, escandalosos, atrabiliarios, torpes, encantadores, brutales, sádicos o irresponsables que nos parezcan, y pese a la influencia que acumulan en todas partes —y que no se cansan de perseguir y acrecentar—, el mito de su omnipotencia es eso: un mito. Sin duda el poder que ejercen en sus naciones es enorme, y en algunos casos han conseguido que sus ciudadanos no logren preocuparse de otra cosa más que de sus apariciones públicas y de sus incesantes y cada vez más enloquecidas propuestas —Cuba, Venezuela, Bolivia—, pero aun así la vida sigue y, pese a sus aciertos y sus errores, la sociedad civil ha logrado organizarse y sobrevivir a ellos. Los malos o pésimos gobiernos que hemos tenido —otra tradición latinoamericana— no han impedido el surgimiento de iniciativas individuales y colectivas que intentan darle la vuelta a lo público, escapar de sus tentáculos y producir auténticas renovaciones en ámbitos muy diversos.

Cuando uno habla de América Latina, parece obligado referirse a Castro y Chávez, o al menos a Calderón o Bachelet, obcecados con proseguir una tradición que liga los destinos de las naciones con los de sus líderes. Insisto: esta historiografía oficial quisiera reducir todo lo que ocurre a la voluntad de nuestros caudillos democráticos©, o a la pereza o corrupción de nuestros sistemas políticos, cuando en América Latina hay mucho más que eso. Justo por nuestra costumbre de rebelarnos contra nuestros líderes, de moderarlos, aplacarlos, tolerarlos o desembarazarnos de ellos, los latinoamericanos hemos construido microrrealidades paralelas que se apartan de la política y sus tumores.

En el campo del arte y la literatura, de la ciencia y la historia, e incluso en ámbitos sociales y cotidianos, América Latina no ha dejado de producir individuos excepcionales que, pese a circunstancias por lo general adversas y a la falta de estímulos o apoyos institucionales, día con día logran romper barreras y esquivar los obstáculos que se les presentan. Cierto: el trabajo en equipo se nos dificulta, carecemos de espíritu de cuerpo, pero aun así no escasean las propuestas colectivas. Para paliar este error de perspectiva, quizá deberíamos dejar de referirnos ya a tal o cual político, de preservar su omnipresencia, y ocuparnos de aquellos ciudadanos o grupos que, con su tesón y su trabajo cotidianos, son los únicos responsables de que, pese a dos siglos de malos o pésimos gobiernos, los distintos países de América Latina aún estén allí.

2. EL FUTURO

2010, ebriedad y resaca

Un derroche de fuegos de artificio, himnos interpretados por orquestas y coros multitudinarios, escarapelas con los colores nacionales que engalanan cada esquina, cada edificio público, cada plaza; miles —literalmente miles— de conferencias, coloquios, mesas redondas y debates; inagotables discursos de políticos, empresarios, intelectuales, artistas y estrellas del cine y la televisión; una avalancha de estudios, ensayos, monografías, biografías y fastuosos *coffee-table books,* que probablemente muy pocos leerán, sobre los detalles más insignificantes de nuestras gestas; películas, programas de televisión con un sinfín de formatos, del *reality show* patriótico a la telenovela histórica, sin olvidar los omnipresentes programas de concurso; obras de todos los géneros —sinfonías, corridos, charangas, cantatas, *musicals* a la manera de Broadway— comisionadas para la ocasión; lienzos, retablos y murales; *souvenirs* y *merchandising* al por mayor, incluyendo figuras de acción de los héroes, llaveros, *mugs,* estampitas, juguetes antiguos, camisetas y sudaderas, gorras, relojes, colgantes, aretes y pulseras; impactantes ceremonias en cada capital a imagen y semejanza de la inauguración de los Juegos Olímpicos, el medio tiempo del Súper Tazón o el Año Nuevo en Disneylandia.

América Latina —o al menos los países que celebran juntos el inicio de sus luchas patrióticas—, convertida en un parque temático sobre... América Latina. 2010: todo gira en torno a los bicentenarios; cada nuevo puente —que siempre se tuvo la intención de construir—, cada nueva autopista, camino o sendero, cada refinería, presa o planta de luz, cada nueva línea del metro, plaza o valla, cada sistema de alumbrado, cada drenaje profundo, cada nueva instalación eléctrica, cada calle recién pavimentada y cada muro recién remozado reciben el enfático apelativo "del Bicentenario". No hay político en funciones, líder o caudillo que no quiera aprovechar la coyuntura para reforzar —o resucitar— el fervor de sus conciudadanos en una fecha tan preclara, tan luminosa, tan *bonita.* Convengamos en que los infelices pueblos latinoamericanos tenemos pocas cosas que festejar (aunque festejemos todo el tiempo): ¿cómo desaprovechar esta pachanga, esta oportunidad de oro para la reconciliación, la hermandad y el diálogo? ¿Cómo no olvidar, aunque sea por unos días o unos meses —o un año entero—, nuestros infinitos problemas y celebrar, en cambio, justo aquello que nos hace latinoamericanos o, más bien, mexicanos, colombianos, venezolanos, chilenos o argentinos (los bolivianos vienen haciéndolo desde el 2009)? Nada como los bicentenarios para concitar fantasías de progreso, paz y comunión en nuestras alicaídas democracias. O al menos así lo piensan nuestros políticos: una buena borrachera para distraer la atención de la gigantesca crisis económica que, como un tifón largamente anunciado, golpea con toda su fuerza a la región; una cortina de humo para ocultar o al menos opacar la inseguridad, la corrupción y la miseria de nuestras repúblicas.

No quiero sonar como uno de esos malignos aguafiestas que no se cansan de embutirnos su amargura y señalan una y otra vez que América Latina nada tendría que festejar en 2010: todos los países necesitan de vez en cuando unas sesiones de terapia que, más que obligarlos a evaluar su pasado, les permitan tolerar que las infinitas promesas lanzadas por sus próceres no se hayan cumplido en el presente. Pero tampoco nos llevemos a engaño: el circo jamás ha funcionado como aglutinador social sin el pan que debe acompañarlo, y América Latina canta a sus raíces en una época de vacas flacas, flaquísimas, que no invitan a la pura descarga de emotividad. México, en 1910, fue ya ejemplo: a las majestuosas ceremonias organizadas por el dictador Porfirio Díaz con motivo del primer centenario de la independencia les siguieron, apenas unas semanas después, los estallidos de una larga y sangrienta revolución. Insisto: no es mi intención sonar alarmista, ni estropearle el cumpleaños a nadie, pero no puede obviarse que, por otro de esos designios incomprensibles de la fatalidad, las celebraciones de la independencia se llevan a cabo en una de las épocas de mayor recesión y desempleo de los últimos tiempos (otros problemas resultan, en cambio, permanentes).

El balance de estos dos siglos resulta, hay que reconocerlo, un tanto pobre. Quizás hayamos logrado deshacernos de las cadenas que nos ataban a España, y a partir de entonces pudimos despedazarnos entre nosotros hasta construir nuestros propios Estados nacionales, pero ello no significó el fin de nuestra dependencia ni la consolidación de nuestros endebles sistemas republicanos. El XIX fue, en muchos términos —y mal que les pese a nuestros especialistas—, un siglo perdido: es decir, un siglo regido por todas las calamidades imaginables, externas, internas y naturales, y que no sirvió más que para definir, luego de infinitas disputas, guerras y muertes, las fronteras físicas e ideológicas de cada nación.

Si bien se reveló lleno de energía y colocó en el mapa mundial el arte, la literatura y el pensamiento de América Latina, en términos sociales y políticos el siglo XX no resultó mucho mejor: entre 70 y 80 años de dictaduras y regímenes autoritarios a cuál más errático y brutal —alguno dura todavía—, que sólo al final dieron paso a democracias más o menos consolidadas cuyos logros aún resultan equívocos. Quizás ésta sea la razón de que los festejos resulten tan difíciles de organizar: en el fondo los responsables no saben si su objetivo es sólo didáctico y se reduce a un simple ejercicio de memoria, o si los bicentenarios pueden ser un pretexto para examinar de manera crítica no tanto el pasado como el presente de sus naciones.

No consigo evitar el pesimismo: los gobiernos se desviven por llevar a buen puerto los fastos, historiadores y especialistas al fin logran publicar y difundir sus sesudos esfuerzos, se pronuncian mil discursos en donde la palabra "futuro" suena como un mantra o un conjuro, y en términos reales nada cambia. O incluso empeora. Por más que en esta ocasión los culpables de esta peste contemporánea que es la crisis financiera no sean nuestros ineficaces funcionarios sino los especuladores estadounidenses —vano consuelo—, para 2010 nuestras economías se hallan ya infectadas por completo, postradas y purulentas, al borde del colapso. Quienes proclamaron que esta vez América Latina no enfermaría, que apenas sería tocada por la epidemia, han debido hacer penitencia: el desempleo se ha elevado a niveles nunca vistos, miles de empresas han cerrado y los signos de mejoría, anunciados una y otra vez por presidentes y ministros al borde de un ataque de nervios, aún no se vislumbran.

Paradójico año 2010: celebrar el fin de nuestra dependencia de una potencia extranjera justo cuando somos víctimas de los errores, los vicios y la avaricia de los especuladores de otra potencia extranjera (o en realidad de la misma que hemos padecido desde la expulsión de los españoles). Nada indica que, para ese momento, la imaginación política latinoamericana haya logrado una receta para escapar de la catástrofe. Quizá porque ahora las conmociones ya no son controlables con las recetas nacionales que ahora festejamos y que hemos venido importando y aplicando, con absurda convicción, desde el siglo XIX. Las naciones independientes, tal como fueron conceptualizadas y ensalzadas entonces, resultan anacrónicas, huecas, impotentes: ningún gobierno, por más enfático o brillante que se muestre, puede resolver por sí mismo los nuevos problemas globales, de la crisis al narcotráfico, ajeno a la suerte o a la desventura de sus vecinos.

Insisto: tal vez la mejor manera de festejar nuestras independencias, es decir, los dolorosos procesos que convencieron a los distintos pueblos latinoamericanos de aislarse unos de otros, sea renunciando de una vez por todas a estas convicciones patrióticas, a los himnos y banderas, a los odios y las exclusiones, a las caducas ideas de soberanía, para entrar en un mundo nuevo, en una era donde la pertenencia a un solo país no sea crucial, donde sea posible articular una ciudadanía —y una identidad— más amplia, donde América Latina vuelva a convertirse en una realidad posible, donde la aplicación de soluciones primero regionales y luego globales sirva para mejorar las condiciones de vida de esa gigantesca parte de la población latinoamericana sumida en la pobreza desde hace 200 años.

2050, tensiones Norte-Sur

El imponente despliegue militar en el norte de Colombia, a sólo unos pasos de la región desmilitarizada de Centroamérica, y la creciente acumulación de buques de guerra, portaaviones y submarinos de la Alianza del Sur a sólo unas millas del Canal, no dejan lugar a dudas: la tensión entre los dos extremos del continente ha alcanzado cotas inusuales incluso entre vecinos tan quisquillosos. Hay que reconocer que las relaciones entre las uniones septentrional y meridional del continente nunca han sido cordiales: después de que el antiguo Mercosur lograra unificarse bajo la tutela de Brasil en 2035 —con las solas excepciones de Colombia y Chile, cuyos gobiernos preservaron sus soberanías por un decenio más—, a Estados Unidos no le quedó otro remedio que abrir sus fronteras a Canadá y México, dando origen a una región bipolar que, pese a las reiteradas declaraciones de amistad y cooperación, jamás ha conseguido entenderse del todo.

Tras las décadas perdidas de 2010-2030, Estados Unidos no pudo ver sino con desconfianza —e impotencia— cómo sus antiguos aliados sureños se embarcaban en la frágil unión que les proponía el muy popular presidente brasileño Ricardo Machado de Assis. Poco pudo hacer para impedir que éste convenciese a sus homólogos de firmar el acta protocolaria de lo que sólo unos lustros después habría de convertirse en una realidad incontestable: la unión de América del Sur. A la desazón inicial siguió el recelo, y no pasó mucho tiempo antes de que la economía de la Alianza superase por primera vez a la de los socios de un NAFTA cada vez más envejecido.

Mientras en el sur las distintas naciones se esforzaban por cooperar y se aprestaban a crear instituciones comunitarias —no sin fuertes resistencias internas—, en el norte los políticos republicanos se mantuvieron aferrados a su vieja idea de identidad y se resistieron por todos los medios a reconocer los mismos derechos a los ciudadanos mexicanos (los canadienses siempre representaron un desafío menor). Pese a que en todos los términos Estados Unidos y México se habían convertido en algo más que simples socios comerciales —la interminable "guerra contra el narco" terminó por unificar sus cuerpos de seguridad en la frontera y abrió el camino hacia la unión política—, hubo que esperar hasta la victoria demócrata de 2044, casi 10 años después de lo ocurrido en el sur, para que Norteamérica se transformase al fin en una realidad política.

La consolidación de las nuevas potencias no alentó la cordialidad entre sus dirigentes. Pequeñas disputas comerciales dieron lugar a juicios internacionales que no tardaron en envenenar las mentes de políticos oportunistas, siempre ávidos de resucitar los conflictos del pasado. La llegada al poder del ultraconservador

Thomas Bentham en América del Norte y del comunitarista radical Rubem de Campos en la Alianza del Sur fue una coincidencia catastrófica: el escándalo de los espías y el asesinato del comisario de Exteriores de la Alianza hicieron el resto. Carentes de memoria histórica, los pueblos de ambas uniones apoyaron a sus líderes. Y la escalada de amenazas y chantajes, denuncias y vetos en el Consejo de Seguridad de Naciones Unidas, condujo a un punto muerto en las negociaciones de paz.

El 23 de octubre de 2050, el presidente De Campos declaró su intención de defender la soberanía de la Alianza contra el imperialismo norteamericano con todos los recursos a su alcance: una gran mayoría de los representantes de las naciones del sur, reunidos en el Parlamento Sudamericano en Sucre, validó su estrategia. Mientras tanto, el Comando Central de Norteamérica, reunido en Monterrey, México, dictaminó poner en marcha medidas preventivas para frenar las "ansias expansionistas y antidemocráticas" de De Campos. Y así llegamos a la crisis del Istmo.

Hoy, el resto del mundo contempla con incredulidad las imágenes satelitales de Centroamérica, convertida en el tablero de ajedrez de las dos potencias regionales. Las mediaciones emprendidas por la Unión Europea y luego por la Unión Sudasiática se resuelven en sonoros fracasos. Los llamados a la paz del papa Roméo N'Djime o del secretario general de Naciones Unidas, Karl Drottingholm, no tienen ningún efecto. Bentham y De Campos continúan desafiándose con furia hasta que la inminencia de una guerra atómica, inimaginable sólo unas décadas atrás, se vuelve una amenaza cierta.

Dos horas después de que, en la madrugada del 15 de enero de 2050, De Campos ordena a sus tropas iniciar la toma de la Zona del Canal, Bentham autoriza el uso de la fuerza para repeler a los invasores. Las voces críticas en uno y otro lado son acalladas de inmediato. Las escaramuzas entre los dos ejércitos duran siete días con un saldo de 4 000 muertos, según datos oficiales, más un número no especificado de heridos. Una cifra que sólo se detiene gracias al triunfo de un golpe de Estado contra De Campos. La nueva junta cívico-militar se apresura a pactar un armisticio y promete celebrar nuevas elecciones en el plazo de tres meses. Durante su toma de posesión, el triunfador en los comicios, el liberal argentino Gabriel Borges, anuncia que mantendrá una relación sana y constructiva con el Norte.

2110, América para los americanos

A principios del tercer milenio de nuestra era, los Estados Unidos de las Américas se han convertido en una de las regiones más prósperas del mundo, al lado de las grandes superpotencias orientales; frente a ellas, la Unión Europea no ha logrado frenar la decadencia que la agobia desde hace medio siglo; la Unión Africana sigue siendo en buena medida una quimera impracticable, y el resto del planeta es, bueno, eso: el resto. Con una población de más de 1 000 millones, un PIB gigantesco y un nivel de prosperidad sin precedentes, los EUA —como se les conoce en todas partes— han dejado atrás los terremotos de otras épocas, la corrupción y la violencia se han vuelto problemas esporádicos, e incluso la desigualdad entre el Norte y el Sur se ha reducido a niveles nunca vistos.

Cuando los líderes de Norteamérica y de la Alianza del Sur se reunieron en la Conferencia de La Habana en 2066, no tenían otro objetivo que asentar la unión comercial forzada desde 2055, pero al cabo de unas décadas se hizo evidente que el mero tránsito de mercancías no sería capaz de satisfacer a sus votantes y dio inicio un proceso de integración cuya celeridad dejó sorprendidos incluso a los observadores europeos. El sistema confederal fue ratificado por sus miembros en 2098, y por fin el viejo ideal bolivariano se hizo realidad cuando se promulgó la primera Constitución de los Estados Unidos de las Américas en 2110.

No han sido pocas las dificultades que la nueva unión ha enfrentado desde entonces —las revueltas urbanas de México, Buenos Aires y Bogotá de 2110, o las zonas del continente que aún continúan bajo el control de los últimos herederos de la narcoguerrilla—, pero la cordura ha terminado por imponerse tras la gran crisis financiera de 2112. La elección de Eleonor Garralde, la primera presidenta confederal proveniente de un país sudamericano, ha conquistado la simpatía de un 60 por ciento de los electores, quienes ven en ella un símbolo de la integración y la calma que ahora prevalecen en la región. Fuera del arribo masivo de inmigrantes africanos —el mayor desafío que afrontan los EUA—, las perspectivas de la Unión para los próximos años no podrían ser más halagüeñas. ¿Quién hubiera podido predecir hace sólo un siglo una coyuntura tan afortunada?

Aunque los críticos de la integración no han desaparecido por completo —grupos radicales adictos al Movimiento Contra la Unión (MCU) se mantienen activos en todas las grandes capitales—, los beneficios para la población han resultado indiscutibles. Por primera vez en su historia, las antiguas repúblicas de América Latina han experimentado un crecimiento continuo y los niveles de desigualdad han disminuido como nunca, mientras que la democracia y los derechos humanos se hallan plenamente garantizados. Los escépticos insisten en señalar que el precio que ha pagado América Latina ha sido demasiado alto: la desaparición de las identidades nacionales, la homogeneización de la cultura, la eliminación de las diferencias. Imposible convencerlos de que los beneficios de la ciudadanía continental compensan con creces estas pérdidas.

A los más severos les resulta chocante que, para convertirse en una realidad palpable, el sueño bolivariano haya tenido que sumarse al Destino Manifiesto de los estadounidenses; otros, en cambio, deploran que los verdaderos centros del poder se hayan desplazado a Washington y Brasilia en detrimento de los países hispanohablantes. Como sea, más de 70 por ciento de la población ha aprobado la unión en tres distintos referendos. Pese a las críticas, el mayor logro de América Latina en sus tres siglos de historia ha consistido en desaparecer.

Cronología del futuro

2010   Diversas naciones latinoamericanas festejan el bicentenario del inicio de sus independencias en medio de una gigantesca crisis económica. | Santa Cruz y otras provincias de la llamada Media Luna boliviana declaran su intención de independizarse de Bolivia. | Raúl Castro consolida su poder tras la reciente desaparición de su hermano en Cuba.

2011   Ante las primeras medidas reformistas de Raúl Castro, el gobierno estadounidense cancela el embargo contra la isla. | El desempleo en América Latina alcanza cotas nunca vistas. | Manifestaciones de protesta se suceden en casi todos los países de la zona. | Primer triunfo de la derecha en Chile.

2012   Primeras grandes manifestaciones contra el régimen de Raúl Castro. | El Partido Revolucionario Institucional vuelve al poder en México. | Reelección de Barack Obama en Estados Unidos.

2013   Caída del régimen de Raúl Castro, quien gravemente enfermo abandona el poder. Establecimiento de un gobierno de unidad nacional. | Inicio de la recuperación económica en el mundo.

2014   El narcotráfico controla ya prácticamente todo el norte y el occidente de México y distintos enclaves en el sur de Estados Unidos, así como grandes zonas de Colombia, Brasil y Bolivia.

2015   Fin del régimen comunista en Cuba y reinstauración del libre mercado y la democracia.

2016   A iniciativa de Brasil, el Mercosur determina sentar los mecanismos para una unión política de América del Sur.

2017   Firma del Tratado de Libre Comercio entre Cuba y Estados Unidos.

2018   Hugo Chávez es apartado del poder. | Por primera vez en su historia, una amplia coalición de izquierda gana las elecciones en México. | Creación del Parlamento Sudamericano y de la Comisión Sudamericana, primeros pasos para una eventual unión política.

2020   Tras unas semanas de guerra, declaración de independencia de la República Cruceña, formada por las antiguas provincias bolivianas de la llamada Media Luna. | Atentados terroristas islámicos simultáneos en India, China, Irak, Estados Unidos y Francia, con un saldo de 3 000 muertos.

2024   Inicio de una nueva etapa de recesión en todo el mundo, que golpea especialmente a América Latina. | Golpe de Estado en Venezuela e instauración de un régimen militar.

2027   Tercera Guerra del Golfo. | Estados Unidos interviene en Irán.

2030   Intervención de las tropas de la Alianza del Sur en Venezuela y reinstauración de la democracia.

2035   Fundación de la Alianza del Sur, en la que participan todos los países sudamericanos, con la excepción de Colombia y Chile.

2038   Creación del Estado Palestino. | Israel, objeto de nuevas sanciones por parte de Naciones Unidas y la OTAN.

2043   Incorporación de Colombia y Chile a la Alianza del Sur.

2044   Creación de la Unión Norteamericana entre Canadá, Estados Unidos, México, Cuba y la República Dominicana, con los países centroamericanos como socios adherentes. | El término América Latina cae en desuso.

2045   Tras los atentados terroristas en varias ciudades de China, el gobierno declara el estado de emergencia y rompe relaciones con la Unión Norteamericana, a quien acusa de financiar a los grupos separatistas de Corea, Taiwán y el Tíbet. | Los países de la Unión Norteamericana se integran a la estructura militar de la OTAN.

2046   Ruptura de relaciones diplomáticas entre Norteamérica y China.

2047   Guerra comercial entre China y Norteamérica.

2048   Inicio de las tensiones entre Norteamérica y la Alianza del Sur.

2049   Desmilitarización de Centroamérica como resultado de las tensiones Norte-Sur.

2050   El presidente de la Alianza del Sur, Rubem de Campos,
        ordena la invasión de la Zona del Canal. | Guerra de los
        siete días. | Deposición de De Campos.

2055   Unión comercial y aduanera entre el Norte y el Sur.

2066   La Conferencia de La Habana sienta las bases de una futu-
        ra unión continental entre los dirigentes de los países de
        la Unión Norteamericana y de la Alianza del Sur.

2070   Legalización de la droga en todos los países de América
        y fin oficial de la guerra contra el narcotráfico, que dura
        ya casi un siglo.

2098   Creación formal de los Estados Unidos de las Américas,
        con un régimen confederal.

2101   Revueltas urbanas en todas las grandes capitales latino-
        americanas, en las que se cuentan miles de muertos y
        heridos. | Varios gobiernos locales se derrumban. | For-
        mación del Movimiento Coordinado contra la Unión.

2110   Promulgación de la Constitución de los Estados Unidos
        de las Américas.

3. EL INSOMNIO Y EL SUEÑO

El Libertador se remueve en su lecho en la quinta de San Pedro
Alejandrino: un nuevo ataque de tos estremece su cuerpo débil,
enfermo. Abre los ojos y, en la penumbra, apenas reconoce los
rostros compungidos de quienes lo rodean. Una sotana, el último
resplandor de una vela, acaso un crucifijo. En otra habitación llora
una mujer. El Libertador hace un esfuerzo para levantar la mano,
balbucir una palabra de agradecimiento o dictar una sentencia

para el futuro, pero apenas le quedan fuerzas. Las palabras se ahogan en su garganta: demasiados años de luchas, sinsabores, fracasos. Una América unida, menudo disparate. Sabe que el fin está cerca y de pronto se siente tranquilo, en paz. Casi sonríe mientras su semblante se llena de luz. Al fin podrá dormir.

Ciudad de México, 23 de abril de 2009

El insomnio de Bolívar, de Jorge Volpi
se terminó de imprimir en septiembre de 2009 en
Quebecor World, S.A. de C.V.
Fracc. Agro Industrial La Cruz
El Marqués, Querétaro
México